T0278832

EL NÚMERO 10

de DOWNING STREET

C.J. DAUGHERTY

EL NÚMERO 10

de

DOWNING STREET

Traducción de Lidia González Torres

Argentina – Chile – Colombia – España
Estados Unidos – México – Perú – Uruguay

Título original: *The Chosen: Number 10*
Editor original: Moonflower Publishing
Traductor: Lidia González Torres

1.ª edición: febrero 2022

ISBN: 978-84-17854-38-6
E-ISBN: 978-84-19029-11-9
Depósito legal: B-37-2022

Fotocomposición: Ediciones Urano, S.A.U.

Impreso por: Rodesa, S.A. – Polígono Industrial San Miguel
Parcelas E7-E8 – 31132 Villatuerta (Navarra)

Impreso en España – *Printed in Spain*

UNO

—¿TE APETECEN UNOS CHUPITOS?

Gray apenas escuchó la pregunta de Chloe por encima de los graves que retumbaban en los altavoces.

Era casi medianoche y la discoteca Bijou estaba en pleno apogeo. Las luces bailaban y se chocaban a su alrededor —morado, azul, amarillo, verde— y luego se alejaban vertiginosamente como un torbellino. El efecto era tan cegador que Chloe tuvo que entrecerrar los ojos para ver los pequeños vasos resplandecientes que tenía en las manos.

Gray tomó uno y observó el líquido transparente.

—¿Y el ponche? —preguntó casi gritando para que se la escuchara a pesar de la música.

Antes había por ahí algo de ponche de frutas, un mejunje tecnicolor de zumo tan dulce que era complicado detectar el alcohol que contenía.

—Esto es lo único que he podido conseguir. —Chloe arrastró las palabras un poco al tiempo que se inclinaba para acercarse a Gray para que pudiera escucharla.

No tuvo que dar ninguna explicación. Eran menores de edad, por lo que para comprar la bebida dependían de los asistentes mayores.

Gray alzó el vaso y lo olió, y se le arrugó la nariz ante el aroma fuerte y astringente.

—¿Qué es?

—Ni idea. ¿Vodka, tal vez? —Chloe se encogió de hombros, mostrando lo poco que le importaba—. Todo el mundo se lo está bebiendo, así que tiene que estar bien.

—¿Estáis de chupitos? —Los gemelos Bolino se acercaron acompañados de Aidan, quien le estaba sonriendo a dos chicas—. ¡De un trago!

Estaban celebrando el cumpleaños de Aidan. Su padre era el dueño del Bijou y se las había arreglado para que entrara todo el mundo, independientemente de la edad. Actualmente era una de las discotecas más de moda entre la gente joven en Londres, y esta era la fiesta del año. Parecía que la mitad del instituto les había mentido a sus padres y había venido aquí esta noche. Desde el momento en el que Gray se enteró, toda la situación pareció emocionante e ilícita. Una diversión total. Con Chloe se habían pasado una semana decidiendo qué iban a ponerse, y acabaron optando por unos vestidos cortos y ajustados, de color plateado (Chloe) y azul (Gray), combinados con unos tacones que daban miedo. Gray apenas podía caminar, pero estaba feliz porque creía que aparentaba, por lo menos, dieciocho años, si no más.

No había posibilidad alguna de que su madre le diera permiso, por lo que utilizó el truco más viejo del mundo y le dijo que iba a pasar la noche en casa de Chloe. Por su parte, la madre de Chloe creía que estaban en casa de Aidan.

Las mentiras solo hicieron que fuera más emocionante. Ambas estaban eufóricas desde que llegaron y se encontraron a sus compañeros de clase igualmente animados. Unos momentos antes, todos le cantaron «feliz cumpleaños» a Aidan y bailaron a su alrededor mientras que él se volvía del mismo color rojizo que sus pecas.

Ahora, en cambio, se estaba haciendo tarde. Gray estaba cansada y empezaba a sentirse un poco mareada. Su plan nocturno no había incluido comida.

Chloe no tenía ese tipo de preocupaciones. Alzó el vaso y lo agitó hasta que el líquido se derramó.

—Vamos, Gray —dijo para persuadirla—. Estamos aquí para pasárnoslo bien.

—Eso —intervino Tom Bolino, que le dio un codazo—. No seas aguafiestas.

—Y me lo estoy pasando bien —insistió Gray—. Es solo que no quiero beber algo misterioso y aparecer en las noticias de la mañana mientras todo el mundo dice: «¿Por qué motivo habrá bebido eso? Ni siquiera sabía lo que era. Ahora está en coma. Menuda idiota».

—Esto es el *Bijou* —contestó Chloe como si eso fuera una prueba rotunda de lo seguro que era—. Es como el vodka. No es *tóxico*. —Movió un brazo barriendo la sala, la cual estaba repleta de bailarines sudorosos que giraban bajo las luces estroboscópicas—. No todos los que están aquí van a despertarse en un coma.

—La discoteca de mi padre es segura —coincidió Aidan, inesperadamente ofendido.

Gray se tragó un argumento sobre cómo siempre había gente a la que le alteraban la bebida en lugares que parecían agradables. Podría haber dicho muchas cosas, pero la música estaba demasiado alta y nadie estaba de humor como para escucharla. Así pues, lo único que pudo articular fue:

—No lo veo así.

Chloe se encogió de hombros.

—Pues no pienso desperdiciarlo. —Con una sonrisa, alzó el vaso—. Por mejores notas. Y por unas fiestas más salvajes.

Se bebió el chupito de un trago e hizo una mueca ante el sabor. Luego se rio mientras dejaba con un golpe el pequeño vaso sobre la pringosa mesa que tenían al lado.

—Eso ha sido *increíble*.

Cerró los ojos y comenzó a contonearse al ritmo de la música; estaba tan alta que Gray podía sentir el ritmo dentro del pecho allí donde debería estar el corazón. Su pelo brillante relucía bajo las luces magentas y su cuerpo se movía formando eses.

Al otro lado de la discoteca, Gray vio cómo un grupo de hombres se codeaban y la señalaban con una sonrisa hambrienta.

Se levantó con brusquedad y se inclinó para impedir que siguieran viendo a su amiga. Chloe malinterpretó este movimiento, ya que le dirigió una amplia sonrisa y le hizo un gesto al vaso que Gray casi había olvidado que tenía en la mano.

—Vamos. —Chloe hizo un gesto hacia la bebida intacta—. Todavía no me he muerto, así que debe ser seguro.

Los chicos se rieron.

—Eso, vamos, Langtry. Todos seguimos con vida —la provocó Tyler Bolino—. No seas tan aburrida.

Eso le hizo daño. Gray nunca quiso ser aburrida. Su madre era aburrida. Su padrastro era aburrido.

Ella no era así.

No obstante, justo cuando alzó el vaso, Jake McIntyre salió de la neblina de humo falso que se alzaba desde el otro lado de la pista de baile. Gray se quedó quieta, con el vaso suspendido frente a los labios.

Vestido con unos vaqueros y una camiseta oscura, se mostraba tan indiferente y aburrido como siempre mientras contemplaba el lugar con aire de desaprobación. Era demasiado delgado. Demasiado pálido. Y tan arrogante.

Cuando sus ojos se encontraron con los de Gray, ella vio que la mirada de él pasaba del vaso de chupito a su cara. Alzó la ceja izquierda.

La chica notó cómo le ardía el rostro. Sin pensarlo siquiera, se apresuró a bajar la bebida. Se arrepintió al momento.

Siempre hacía lo mismo. Lanzarle miradas de superioridad. Siempre estaba buscando formas de hacerla sentir como una idiota. No iba a decidir lo que iba a hacer esta noche.

En tono desafiante, se giró hacia Chloe.

—Por fiestas salvajes —dijo, y se lo bebió de un trago. Los demás gritaron cuando dejó el vaso sobre la mesa dando un golpe.

No era vodka. Tenía un sabor fuerte, parecido al regaliz, que hizo que le ardiera el estómago.

Con los ojos llorosos, Gray tosió.

Antes de que pudiera recuperarse, la música cambió. Chloe lanzó un grito cargado de emoción y dio vueltas sobre sí misma, con el pelo ondeando.

—¡Me encanta esta canción!

Agarró a Gray del brazo y la empujó hacia la pista de baile, donde decenas de cuerpos ya estaban saltando al ritmo de la música. Gray no tuvo más remedio que bailar. Tyler y Tom se unieron a ellas, y todos bailaron como locos.

Por el rabillo del ojo, Gray vio cómo Jake se acercaba y se colocaba junto a Aidan, quien le ofreció uno de los vasos de chupito. Negó con la cabeza. Aidan se encogió de hombros y bajó el chupito antes de correr para sumarse a los demás en la pista de baile.

Jake se quedó donde estaba, observándolos con el ceño fruncido.

Consciente de su mirada, Gray lo dio todo bailando. La fina neblina la envolvió. Notó el cuerpo ligero y ágil. Pensaba que podía sentir el ritmo *dentro* de su cuerpo. El ritmo era parte de ella.

El sudor humedecía el rostro de Chloe mientras giraba y cantaba la letra de la canción en voz alta. Gray cerró los ojos, alzó los brazos por encima de la cabeza y permitió que la música se apoderara de ella. Se permitió ser libre.

Sin embargo, diez minutos más tarde, la música la abandonó. Tenía los labios secos y la cabeza le daba vueltas. No se encontraba bien del estómago.

—¿Qué pasa? —preguntó Chloe—. Estás rara.

—Me siento mal —respondió Gray, y al momento deseó no haberlo hecho. Hablar hizo que empeorara.

—Vamos a tomar el aire. —Chloe la agarró de la mano y la condujo a través del bar.

Algunos mechones de pelo se le pegaban a la cara mientras se abrían paso entre la multitud en dirección a la salida. A medida que avanzaban, se le retorcía el estómago.

Curiosamente, Chloe no parecía tener náuseas en absoluto. Solo se la veía preocupada.

Estaban en un lugar menos ruidoso y notablemente más tranquilo. Mientras se limpiaba el sudor de la cara, Gray respiró profundamente en un intento por que se le calmara el estómago. Sentía que tenía la boca tan seca como el Sahara.

—Necesito beber algo —farfulló.

Apenas se percató de que Chloe había desaparecido durante un minuto antes de volver con una botella de cerveza. Se la puso a Gray en la mano.

—Bébete esto. Te sentirás mejor.

No parecía un gran consejo.

—Necesito agua —dijo Gray.

—El camarero no quiere darme. Dice que solo la vende en botellas y no puedo comprar nada porque soy menor. Tyler me ha dado esto. Según él, puede ayudar.

Gray no iba a beber más alcohol. No obstante, la botella fría se sentía bien contra su piel caliente, por lo que presionó el cristal contra la mejilla.

—Gray. —El acento norteño de Jake era inconfundible.

Se giró y lo vio a pocos metros con una expresión que rebosaba desaprobación.

—¿Qué quieres? —preguntó.

Frunció el ceño y pasó la mirada desde la botella hasta su rostro.

—Tal vez deberías tomártelo con calma. No pareces estar bien.

Esto era insultante en múltiples niveles. Sin embargo, antes de que Gray fuese capaz de pensar en una respuesta devastadora, Chloe se interpuso entre ambos, enfurecida.

—¿Por qué te metes donde no te llaman, Jake? —inquirió—. Siempre te estás metiendo con Gray y lanzándole esas miraditas. Es más que obvio que estás celoso de ella. Es ridículo.

Incluso en tacones, era tan bajita que tenía que ponerse de puntillas para mirarlo a la cara. Como una mariposa realmente enfadada. El chico la observó con un desinterés irritante.

—Solo intento ayudar.

Chloe, impulsada por el alcohol y la determinación de proteger a Gray, no iba a retroceder.

—No necesita tu ayuda. Siempre te metes con ella porque tu padre perdió las elecciones. ¿Por qué no lo superas? Fue hace un mes. No es culpa de Gray.

Jake tensó los labios y se giró hacia Gray.

—Mira —dijo con firmeza—, no pretendo insultarte ni nada por el estilo. Pero no te emborraches aquí. Hay demasiada gente. Demasiados ojos.

Quizá, si hubiera sido una noche diferente, habría tomado su consejo de una forma distinta. Pero en ese momento la enfureció. Era tan condescendiente.

Ignorando el revoltijo que tenía en el estómago, le lanzó una mirada imperiosa.

—Gracias por tu preocupación, pero soy perfectamente capaz de decidir cuánto quiero beber.

13

Durante un segundo Jake le sostuvo la mirada, y ella pensó que iba a discutirle. Pero entonces, tras negar con la cabeza, se alejó. Mientras Gray lo observaba con una mano sobre su estómago rebelde, el chico se detuvo en el guardarropa para recoger su chaqueta y, tras lanzarle una última mirada, desapareció por la gran puerta de cristal.

Una brisa fría y otoñal entró a raudales cuando se marchó. El contacto del aire con la piel caliente de Gray fue agradable. Luego la puerta se cerró y volvió el calor húmedo.

A Gray se le revolvió el estómago. Se cubrió la boca con los dedos.

—Es tan arrogante. —Chloe seguía furiosa, pero, en cuanto le vio la cara a su amiga, el enfado se desvaneció—. Gray, ¿ha empeorado?

En silencio, asintió.

—Volver a casa —dijo con la voz ronca—. Ganas de vomitar.

No confiaba en sí misma como para decir más, y Chloe debió de haber visto la seriedad de la situación en su rostro, ya que su única respuesta fue:

—Voy a por nuestros abrigos.

Gray se apoyó contra la pared mientras Chloe corría hacia el perchero y entregaba el pequeño tique blanco. Un minuto más tarde volvió a toda prisa con sus chaquetas; las habían dejado en el guardarropa al comienzo de la noche, cuando todo era muy emocionante.

Sin embargo, Gray no podía esperar a que le dieran su abrigo. Necesitaba aire. Ya.

El portero se hizo a un lado con una mirada cautelosa mientras ella corría con los tacones prestados, resbalándose sobre el cemento. Se detuvo durante una fracción de segundo bajo el toldo blanco y negro con la palabra *BIJOU* hecha con tubos de neón magentas, y el aire de octubre, frío como el hielo, hizo contacto con su piel sudada.

Dio dos pasos a la derecha y vomitó en la base de una maceta gigante que contenía una palmera.

—¡Gray! —Chloe corrió hacia ella.

—No puede vomitar ahí —objetó el portero.

Mientras le sostenía el pelo hacia atrás a Gray, Chloe le echó una mirada sobre su hombro.

—Déjala en paz.

Los dos comenzaron a discutir con la espalda de Gray en medio a medida que las náuseas iban apagándose poco a poco; enseguida, la chica comenzó a enderezarse mientras se limpiaba la boca con el dorso de la mano.

Lo que ocurrió a continuación fue rápido.

—La madre que me parió, ¿esa es Gray Langtry? —Una voz masculina se oía a unos metros de distancia.

—¡Es ella! —respondió otro hombre.

Una serie de flashes cegadores iluminaron la noche. Los *ra-ta-tá* que sonaban cada vez que pulsaban el botón de las cámaras venían de todas partes, como si les estuvieran disparando.

Chloe lanzó un grito ahogado y se tambaleó hacia atrás mientras se veían desbordadas por un aluvión de voces.

—¿Cómo te encuentras, Gray? —Una voz adulta y masculina con acento de Essex se mofó de ella—. ¿Un poco cansada y conmovida?

—¿Quién es esa amiga tan sexy? ¿Cómo te llamas, cielo?

—¿Has bebido un poco demasiado, cariño?

Flash. Flash. Flash.

Cegada por los flashes Gray no podía ver a los hombres, pero supo al instante quiénes eran. *Qué* eran.

Le dio un vuelco el corazón.

15

—¿Sabe tu madre que estás bebiendo? —preguntó el primer hombre. Los otros se rieron.

—Eres menor, jovencita —dijo uno de ellos—. Debería darte unos azotes.

En medio de todo eso, los flashes iluminaban la noche.

—Gray. —La voz de Chloe sonaba extraña, alta y nerviosa, y su mano apretó los dedos de Gray con fuerza—. ¿Qué hacemos?

Desesperada, Gray buscó una forma de escapar. Tras ellas, impasible, el portero vestido de negro bloqueaba la puerta con los brazos cruzados. No podían volver junto a sus amigos.

Detrás de los *paparazzi*, la calle Park Lane de Londres estaba muy concurrida debido al tráfico propio de la última hora de la tarde.

Gray miró a Chloe.

—Corre —dijo.

DOS

TOMADAS DE LA MANO, LAS DOS CHICAS CORRIERON HACIA LA OSCURIDAD.
Gray seguía cegada por los flashes. A través de los puntos que flotaban delante de sus ojos, vio a cuatro hombres fornidos con sus respectivas cámaras. Se estiraron a lo largo de la acera, hombro con hombro, formando una barrera humana.

Y se reían mientras hacían fotos como si dispararan armas de fuego.

Gray se metió entre ellos a codazos, arrastrando a Chloe. Fue como traspasar un muro de rocas.

Los hombres siguieron riéndose, pero cedieron y dejaron pasar a las chicas.

Con la cabeza gacha y las manos cubriéndoles el rostro, ambas recorrieron la calle a toda prisa. A sus espaldas, Gray podía oír el ruido sordo y fuerte de las pisadas de los hombres que las seguían con las cámaras, que parpadeaban como pequeñas explosiones.

—¡Vamos, Gray! —gritó uno de ellos—. Muéstranos una sonrisa.

Ninguna de las dos estaba sonriendo.

A pesar de los tacones, eran más rápidas que los fotógrafos de mediana edad en baja forma y, poco a poco, las voces se fueron desvaneciendo en la distancia.

Los hombres seguían riéndose mientras se iban quedando atrás.

—Da igual —se burló uno de ellos—. Tenemos lo que necesitamos.

Al final, el ruido de la ciudad se alzó a su alrededor y Gray dejó de escucharlos.

Siguió corriendo y se precipitó a través de Park Lane, y sus hoteles y restaurantes de moda se fueron desdibujando a ambos lados de su campo de visión hasta que Chloe se tropezó con un adoquín irregular, cayó sobre una rodilla y su mano se soltó de la de Gray.

—¡Chloe! —Gray se giró, sin aliento y asustada—. ¿Estás bien?

Chloe no respondió. Se quedó apoyada sobre las manos y las rodillas, con las chaquetas desperdigadas a su alrededor.

Gray se arrodilló junto a ella.

—¿Te has hecho daño?

—Estoy bien. —No obstante, cuando Chloe alzó la vista, tenía las mejillas sonrojadas por las lágrimas, el alcohol y el esfuerzo. El delineador había formado una mancha bajo sus ojos.

Gray sabía que ella debía tener el mismo mal aspecto. El sudor le recorría la espalda, enfriado por el aire nocturno. Hacía *mucho* frío. Solo llevaba puesto un vestido corto, por lo que empezó a temblar.

Chloe le tendió la mano.

—Ayúdame a levantarme.

Gray tiró de ella con demasiada fuerza para ponerla de pie, y ambas se tambalearon mientras se aferraban una a otra. Una pareja muy bien vestida que pasaba por ahí se las quedó mirando con visible desaprobación.

Sintiéndose desnuda y expuesta, Gray apartó la cara.

Debería haber esperado todo esto. Bijou, popular entre la joven realeza y los famosos de la televisión, aparecía a menudo en la prensa amarilla. Además, esta no era la primera vez que Gray era el objetivo de los *paparazzi*. Las cosas habían estado bastante mal justo después de las elecciones. Por aquel entonces, los fotógrafos aparecían en todas partes: fuera del instituto, en la cafetería a la que los chicos de su instituto iban después de clase.

Después de que un periódico amarillista publicara una foto de ella entrando en el instituto bajo el titular «La hija adolescente de la primera ministra luce una falda súper corta», su madre presentó una denuncia formal contra la editorial.

Hubo reuniones tensas con los editores del periódico y, por un tiempo, se calmaron. Gray creía que lo peor ya había pasado. Bajó la guardia.

Había decepcionado a su madre.

El efecto del alcohol ya se había disipado por completo. Gray se sentía con la cabeza despejada y cansada, y el frío le había calado los huesos. Recogió su chaqueta de la acera y le pasó a Chloe la suya.

—Tenemos que irnos —dijo—. Puede que nos sigan.

—No podemos correr con estos tacones. —A Chloe le castañeaban los dientes; se apretó la chaqueta con fuerza contra el pecho—. Necesitamos un taxi o algo.

No obstante, no había ningún taxi libre. Eran las doce de la noche de un jueves. Todos los bares del centro de Londres se estaban vaciando. Gray no podía quedarse en una esquina a pocos bloques del Bijou, a la espera de que los fotógrafos las encontraran mientras intentaban parar un taxi.

A una cuadra de distancia, un autobús rojo de dos pisos se detuvo con un estruendo. El interior parecía seguro. Y cálido. Tomó una decisión inmediata.

—Subámonos a ese autobús —dijo mientras lo señalaba—. Luego ya veremos.

. . .

Por suerte el autobús no estaba lleno de gente. Sentada en la parte delantera había una pareja joven que hablaba en voz baja en un idioma que no reconoció. A unas filas de distancia había un hombre mayor que miraba por la ventana.

Chloe pasó su tarjeta de transporte. Gray, que no tenía una, se mantuvo cerca de su amiga con la esperanza de que nadie se fijara en ella.

Unos hombres que estaban de pie cerca de la puerta delantera miraron a las chicas. Varios de ellos tenían latas de cerveza en las manos.

—¿Todo bien, preciosa? —dijo uno de ellos, y los demás soltaron una risita.

Manteniendo la cabeza gacha, Gray se agarró al brazo de Chloe con firmeza hasta que encontraron un sitio en la parte trasera. Solo cuando el autobús arrancó sintió que podía respirar. Se giró sobre sí misma y miró hacia la discoteca. No había rastro de los fotógrafos.

—¿Adónde vamos? —preguntó Chloe, que tenía el ceño fruncido y miraba por la ventana mientras el autobús tomaba una calle desconocida.

—No lo sé. —Gray tragó saliva—. Creo que lo mejor sería llamar a mi madre.

Chloe abrió los ojos de par en par.

—¿Estás segura? Ella cree que estás en mi casa.

—Se va a enterar de todas formas cuando lea el periódico mañana. —Gray miró hacia el final del autobús, donde los hombres seguían observándolas—. Además, aquí no estamos seguras.

Chloe siguió su mirada.

—Vale, llámala. Puede que esos tíos te reconozcan.

Por lo menos no llegó a soltar el bolso en la discoteca; seguía colgado de su hombro por una cadena fina y dorada. No había mucho dentro, no hacían falta llaves donde vivía. Lo único que llevaba era un pintalabios y polvos, un billete de diez libras y el móvil.

Todavía tenía los dedos demasiado fríos como para poder moverlos correctamente, por lo que agarró con torpeza el móvil mientras marcaba el número que nadie sabía que tenía su madre.

Sonó dos veces antes de que su madre respondiera.

—¿Gray? ¿Qué pasa?

Al escucharla, toda la valentía de Gray se desmoronó. Los ojos le ardieron por las lágrimas.

—Necesito ayuda. —Le temblaba la voz—. Chloe y yo hemos ido a una fiesta en la discoteca del padre de Aidan y han aparecido unos fotógrafos. Nos han perseguido por la calle. Tuvimos mucho miedo.

Su madre digirió la información rápido y se centró en lo importante.

—¿Te están siguiendo ahora? —preguntó con brusquedad—. ¿Dónde estás?

—Estoy con Chloe. Estamos en un autobús hacia… alguna parte. —Se le rompió la voz, se tapó los ojos con una mano y susurró—: Hay unos hombres que no dejan de mirarme. Solo quiero irme a casa.

—No te preocupes. Te voy a sacar de ahí. —Su voz era nítida y eficiente. Gray identificó el tono como el que usaba siempre que quería arreglar las cosas. Normalmente le molestaba, pero en ese momento la tranquilizó.

Al otro lado del autobús oyó que uno de los hombres decía:

—Vaya, mirad. Está llorando. Debería darle un abrazo.

Debían de tener, por lo menos, treinta años. ¿Por qué los hombres daban tanto asco?

La voz de su madre la trajo de vuelta.

—Gray, necesito llamar a seguridad por mi otra línea, pero estoy aquí. No voy a dejarte, ¿vale? No cuelgues.

—Vale.

Chloe miró a Gray de forma inquisitoria.

—Va a pedir ayuda. —Gray señaló la ventana que había junto a ellas—. Intenta averiguar dónde estamos.

Obediente, Chloe se inclinó para presionar la cara contra el cristal, con las manos a modo de escudo junto a los ojos.

Pasado un minuto, la madre volvió a la línea.

—Voy a pasarte a alguien del equipo de seguridad, Gray. Necesita hacerte unas preguntas. Pero yo no me voy a ir a ninguna parte. Estaré justo aquí.

La siguieron unos cuantos clics y entonces se oyó la voz profunda de un hombre.

—¿Gray? Soy Raj Patel. Me encargo de la seguridad de tu madre. Primero, ¿estás a salvo ahora mismo?

Tenía el mismo acento norteño que Jake y, aunque sus palabras sonaban urgentes, había algo tranquilizante en su voz que hizo que el pánico de Gray se desvaneciera.

—Estamos a salvo —respondió—. Hemos tomado un autobús.

—¿Qué autobús es? ¿Has visto el número?

Gray había comprobado el número justo antes de subir.

—Es el 704.

—Bien —dijo—. ¿Sabes dónde está el autobús ahora mismo?

Gray le dio un toque a Chloe en el brazo.

—¿Dónde estamos?

Chloe se apartó de la ventana.

—Culross Street.

Se lo transmitió a Raj.

—Bien —contestó, y, de alguna manera, su aprobación hizo que se sintiera mejor—. Necesito que esperes. Intenta no llamar la atención. No obstante, esto es importante: no te bajes de ese autobús con nadie bajo ninguna circunstancia hasta que no veas una placa y oigas mi nombre. ¿Queda claro?

La seriedad de su voz era inconfundible. No se andaba con rodeos. El pánico se encendió en el pecho de Gray. No había pasado algo así desde que su madre tomó posesión del cargo. Nunca necesitó que la rescataran.

—Totalmente claro —contestó.

—¿Cuánta batería te queda en el móvil?

Gray lo giró para comprobarlo.

—El veinte por ciento.

—Tenemos que ahorrarla por si algo sale mal —decidió—. Cuando me vaya de la línea, voy a pedirle a tu madre que cuelgue, pero necesito que mantengas el móvil encendido.

Tras unas cuantas instrucciones más, abandonó la conversación.

Cuando se fue, Gray apretó el móvil con fuerza. Podía oír la respiración de su madre.

—Mamá —dijo con suavidad—. Lo siento.

—No te preocupes por eso ahora —le respondió su madre—. Tengo que colgar, Raj quiere que ahorres batería. Pero prométeme que me llamarás si me necesitas. Te quede batería o no.

—Vale. —La voz de Gray era débil.

—Y, por favor, Gray —suplicó—, ten cuidado.

Después de que su madre colgara Gray mantuvo la cabeza gacha, sin mirar a nadie a los ojos. Chloe y ella estaban hablando en voz baja y mirando por la ventana cuando un hombre se dejó caer en el asiento de adelante y les sonrió de forma depredadora.

Reconoció su cabello castaño grueso y la camisa azul pálido. Era el que había dicho que la iba a «abrazar».

—Pensé que podríamos conocernos. —Se inclinó y examinó sin tapujos el cuerpo de Chloe—. Ya que vamos a ser amigos.

Desde la parte delantera del autobús sus amigos se rieron y ulularon, dándole ánimos.

—No pueden resistirse —dijo uno de ellos, y golpeó a otro en el hombro.

Gray mantuvo la mirada fija en sus rodillas. Entonces Chloe tomó la iniciativa:

—Mira, ¿no puedes dejarnos en paz? Solo queremos ir a casa.

Se le torció la boca. Su voz adquirió un tono nuevo y feo.

—¿Por qué tienes que ser así? ¿Eh? Solo intento ser simpático. ¿Acaso es un delito? ¿Por qué no puedes ser simpática también?

Gray se cubrió la cara con una mano. No sabía qué hacer. Las cosas empeorarían muchísimo más si la reconocía. Sin embargo, sus acciones solo parecían llamar su atención.

—Un momento —dijo el desconocido, con la mirada fija en ella—. ¿No te conozco de algo?

Casi era capaz de escuchar cómo trabajaba su cerebro embotado por el alcohol. Cómo intentaba ubicarla. Tenía que deshacerse de él antes de que uniera las piezas.

—No la conoces —intervino Chloe con frialdad—. Por cierto, tiene dieciséis años. ¿Cuántos años tienes tú?

Por un momento pareció sorprendido, pero se recuperó con rapidez.

—Con dieciséis ya es suficientemente mayor —contestó—. Es legal.

—Eres repugnante. —Le arrebató el móvil a Gray y lo alzó—. De todas formas, acabamos de llamar a la policía.

—Vaya, conque así es como vais a jugar. —Curvó los labios—. ¿Crees que eres tan guapa que puedes hacer lo que quieras? Tengo noticias. La policía no detiene autobuses porque las niñas guapas se ponen nerviosas. —Tenía la cara roja.

Gray examinó el lugar en busca de ayuda, pero la mayoría de los pasajeros se mostraron indiferentes. Solo los amigos del que las había encarado les prestaban atención y aullaban con una risa desagradable.

El hombre señaló a Gray con el dedo.

—Sé que eres alguien. He visto tu cara antes. ¿Eres modelo o algo así? ¿Cantante? ¿Es por eso que piensas que estás tan buena que no tienes por qué hablar con la gente?

Fuera de su campo de visión, Chloe agarraba la mano de Gray con tanta fuerza que le hacía daño. Gray había empezado a temblar otra vez, aunque no era por el frío.

—No soy nadie —dijo, y deseó que fuera verdad—. No soy nadie.

—Por favor, *por favor*, déjanos en paz —suplicó Chloe, todavía aferrada a Gray—. Solo queremos volver a casa.

—«Solo queremos volver a casa». —El hombre hizo que su voz fuera aguda y burlona—. Deberíais intentar no ser tan arrogantes. Os lo tenéis muy creído, ¿lo sabéis?

Apenas terminó de pronunciar esas palabras cuando el alarido de unas sirenas llenó el aire. El conductor frenó tan de golpe que el vehículo se movió bruscamente.

—¿Qué coj...? —El hombre se giró para ver lo que estaba ocurriendo.

Unas luces azules iluminaban la noche.

Los demás pasajeros murmuraban, preocupados, e intentaban averiguar qué sucedía estirando el cuello.

A través de la ventana, Gray vio que un policía en una moto se paraba junto a la ventana del conductor y le hacía señas para que aparcara.

El conductor obedeció y el autobús aminoró la marcha.

Junto a ella, Gray oyó cómo Chloe susurraba: *Por favor, por favor, por favor...*

Cuando el autobús se detuvo, el silencio lo inundó todo. Incluso el hombre que las había estado acosando miraba fijamente a la parte delantera del autobús, boquiabierto.

El conductor abrió la puerta.

Entraron un hombre y una mujer, ambos jóvenes y con un uniforme oscuro.

—Lamentamos interrumpir su viaje —declaró la mujer con una alegría inesperada. Tenía el pelo rubio recogido con firmeza y se movía con la facilidad propia de un atleta—. No tardaremos ni un segundo.

Mientras hablaba, su compañero había estado escaneando a los pasajeros. Le dijo algo y señaló la parte trasera, donde Gray y Chloe estaban acurrucadas.

Ambos se acercaron a ellas con pasos largos. La mujer llegó primero.

—¿Gray, Chloe?

Asintieron con fuerza.

Los ojos de la mujer fueron hacia el hombre que la estaba mirando boquiabierto.

—¿Os está molestando?

Ambas volvieron a asentir con más fuerza.

La mujer se giró hacia él con un pequeño billetero negro y lo abrió. Una placa plateada relució bajo la luz brillante.

—O desapareces de mi vista —le dijo—, o acabas en la cárcel. Tú eliges.

El hombre se puso de pie y fue tambaleándose por el pasillo hasta donde estaban sus amigos, que ya habían dejado de reírse.

La mujer se giró de nuevo hacia Gray.

Tenía los ojos de color azul oscuro y una expresión indomable que decía que lo mejor era no meterse con ella.

—Me llamo Julia. —Señaló a su compañero—. Él es Ryan. Raj Patel nos ha enviado para que te llevemos a casa.

TRES

Julia y Ryan sacaron a las chicas. Julia llevaba la delantera, con Gray y Chloe siguiéndola de cerca. Ryan se quedó unos cuantos pasos atrás. Los demás pasajeros susurraban mientras contemplaban la escena. Gray mantuvo la cara inclinada hacia abajo.

Fuera, unos policías en motos formaron un círculo impreciso alrededor del autobús, y las luces azules lanzaban destellos. La noche de octubre parecía ahora incluso más fría. Gray comenzó a temblar otra vez.

Ryan señaló un coche oscuro de cuatro puertas proporcionado por el gobierno, que estaba aparcado cerca.

—Por aquí.

Gray y Chloe no necesitaron más invitación que esa. Se subieron a los asientos traseros, agradecidas por la calidez del vehículo. Cuando estuvo acomodada, Gray se inclinó contra el reposacabezas con un suspiro de alivio.

Julia se sentó en el asiento del conductor y Ryan, en el del copiloto. Mientras arrancaba el coche, este tomó la radio.

—Unidad C5 —dijo—. Luciérnaga está a salvo.

—Recibido, C5 —respondió alguien.

En cuanto se incorporaron a la carretera, las motos aceleraron y las luces azules fueron desapareciendo una a una.

Los ojos de Julia se toparon con los de Gray a través del retrovisor.

—Primero vamos a dejar a Chloe. Luego te llevaremos a casa.

Cuando volvió a dirigir su atención al frente, Chloe se inclinó y susurró:

—¿Cuán enfadada estará tu madre?

Gray no doró la píldora.

—Tengo la sensación de que ha sido mi última fiesta este año.

No parecía que hubiera mucho más que decir.

La cabeza comenzó a latirle con fuerza y tenía la boca seca y agria. Se quedó mirando por la ventana en silencio. Incluso a esa hora había gente por todas partes. Andando, en coches, cruzando la calle, bajándose de autobuses. Resultaba difícil creer que hubo un tiempo en el que podía caminar así por la acera sin que la reconocieran. O la persiguieran. O la fotografiaran. O se burlaran de ella.

Parecía que había pasado un siglo desde aquella vida anónima.

Habían pasado ocho meses.

Cuando se levantó la mañana de aquel martes era la hija de una política británica, una más entre miles. Para las nueve de aquella noche, era la única hija de una primera ministra.

Y ese fue el fin de todo. El fin de las cafeterías. El fin de las fiestas.

El fin de la normalidad.

Ahora vivía su vida en los asientos traseros de coches con cuatro puertas y ventanas oscuras, rodeada de agentes de seguridad en traje y demasiado ocupados en mantenerla a salvo como para hablarle. Todo lo que quería hacer suponía un problema. Salir con amigos. Ir de compras. Incluso ir a una cafetería era un inconveniente enorme.

¿Ir a la fiesta de Aidan? Eso habría sido imposible, gracias por preguntar. Demasiado difícil de asegurar. Demasiada gente.

Así pues, mintió y se escabulló; cualquier cosa con tal de experimentar algo de normalidad. Y ahora eso se iba a acabar también.

Cuando se detuvieron en la calle de Chloe, Ryan bajó del coche y dio la vuelta para abrir la puerta.

La chica se desabrochó el cinturón y miró a Gray.

—Mañana te llamo. —Y en voz baja añadió—: Espero que tu madre no te mate.

Durante el resto del trayecto, Gray estuvo sentada sola atrás, con la mirada al frente, intentando decidir qué iba a decirle a su madre.

Las puertas altas y en forma de punta que conducían a Downing Street no tardaron en aparecer frente a ellos. Los policías que montaban guardia vestidos con ropa térmica negra estaban provistos de armamento.

Julia bajó la ventanilla y le enseñó su placa a un agente; una ametralladora le cruzaba el pecho. Le echó un vistazo al asiento de atrás y sus ojos examinaron el rostro de Gray, inexpresivos.

Tras un seco asentimiento, dio un paso atrás y le hizo una señal con la mano a la caseta de vigilancia que había tras él. La puerta se abrió con un temblor.

Mientras el coche se incorporaba al carril oscuro y silencioso, Ryan pulsó un botón en su radio.

—Unidad C5 a base —dijo—. Luciérnaga, entregada.

—Recibido —respondió la voz a través de la radio—. Han hecho un buen trabajo.

Por la noche, Downing Street se parecía a cualquier otra calle elegante de Londres. A un lado se alineaba una serie de casas adosadas georgianas bajo unas farolas anticuadas de hierro forjado. Parecía totalmente ordinario.

Pero esta no era una calle ordinaria.

Era la calle más segura, monitorizada y protegida del país. Las puertas, de lo más normales, eran un disfraz. Tras ellas había enormes edificios de oficinas poblados por cientos de empleados de alto nivel del gobierno. En este lugar nada era lo que parecía.

Julia detuvo el coche y apagó el motor. Ryan se bajó y caminó rápido para abrir la puerta de Gray.

Tras quitarse el cinturón, Julia se giró para mirar a la chica.

—Hogar, dulce hogar —dijo.

No había nada dulce allí, pero Gray no iba a hablar sobre ello.

—Gracias por venir a recogerme. Dio más miedo de lo que parecía.

—Lo sé —respondió Julia sin más—. Y de nada.

Cuando bajó del coche Gray se sentía exhausta, como si la noche se hubiera apoderado de todo lo que tenía. Aun así, todavía quedaba algo por hacer.

Su madre la estaba esperando.

Caminó penosamente hacia la puerta negra y brillante con el número 10 en el centro; estaba hecho con una plata reluciente a la que pulían constantemente. A Gray aún le parecía extraño que no hubiera ningún pomo en el exterior. No había forma de abrir la puerta si quienes estaban dentro no querían hacerlo.

La puerta se abrió antes de que pudiera pensar siquiera en llamar.

Un guardia con un chaleco antibalas que dejaba ver las mangas de una camisa blanca se hizo a un lado para dejarla entrar a lo que parecía una sala de estar normal. Salvo que, tras él, había otros dos guardias sentados en una pequeña cabina frente a una fila de pantallas de ordenador.

Sus rostros impasibles no revelaron emoción alguna cuando Gray pasó junto a ellos, desaliñada, exhausta y deseosa de meterse en la cama.

—Buenas noches, señorita —dijo uno de ellos cuando se dirigió al pasillo.

—Buenas noches —respondió ella de forma automática.

Las luces siempre estaban encendidas en la planta de abajo, por lo que no fue necesario pulsar un interruptor a medida que caminaba sobre el suelo de azulejos blancos y negros, y pasaba junto a un reloj de pie y a un pesado armario de nogal con decenas de compartimentos. Durante el día contenía los móviles de quienes visitaban el edificio. En ese momento estaba casi vacío.

Se encaminó hacia el primer pasillo a la izquierda, pasó junto a una enorme y magnífica escalera sin prestarle atención y continuó hasta que llegó a otro conjunto de escaleras más estrecho.

Mantuvo la mirada en sus pies mientras subía. Los zapatos blancos de tacón que le había pedido prestados a Chloe aquella tarde estaban sucios y maltrechos. Todo lo que llevaba parecía estar mancillado. Costaba creer lo feliz que había estado antes con ese vestido.

Luego de un tramo de escalera, recorrió un pasillo sombrío iluminado solo por unos sutiles apliques de pared y abrió la primera puerta que encontró.

Su madre, que parecía haber estado caminando de un lado a otro de la habitación, corrió hacia ella.

—Dios, menos mal. —Tiró de Gray para abrazarla con fuerza—. Me has dado un susto de muerte.

A pesar de la llamada de teléfono de antes, esa no era la bienvenida que esperaba Gray. No habían estado muy unidas últimamente, y estaba segura de que sus acciones iban a tener serias consecuencias. Sin embargo, recibió el afecto de buen agrado. Durante un momento se permitió ser una hija normal y le devolvió el abrazo a su madre.

—Lo siento mucho, mamá —susurró.

—Lo sé. —La madre le agarró las muñecas con firmeza, dio un paso atrás y recorrió el rostro de su hija con los ojos—. Raj me dijo que estabas bien, pero necesitaba verlo por mí misma.

—Mamá, no sabía que los fotógrafos iban a estar allí.

El padrastro de Gray, Richard, salió de la cocina con una taza en la mano.

—Seguro que pagaron al personal o a uno de tus compañeros de clase para conseguir información.

Gray se tensó.

Pues claro que él también estaba despierto. Siempre estaba ahí cada vez que su madre tenía un rato libre. Siempre se metía entre ambas.

Tras darle la taza de té humeante a su madre, se giró hacia Gray y sus ojos azules como glaciares le recorrieron la cara.

—Debe de haber sido un buen susto.

—Bueno —dijo entre dientes, y se alejó un poco de los dos—. Estoy bien.

—¿En qué estabas pensando, Gray? —inquirió su madre—. ¿Por qué has ido a esa fiesta sin que lo supiéramos? Dijiste que estabas estudiando en casa de Chloe.

Estaba claro que el momento del alivio había quedado atrás. Ahora iban a entrar de cabeza en el enfado que había estado esperando.

—Chloe tenía muchas ganas de ir a la fiesta de Aidan. El padre de él es el dueño de la discoteca, así que supuse que sería seguro. Creí que estaríamos una hora o así, pero… —Se encogió de hombros.

—Pero ¿qué? —Richard dio un paso hacia ella y tomó una profunda bocanada de aire—. Gray, ¿has bebido?

—No. —La mentira fue un acto reflejo, ni siquiera lo pensó dos veces. Entonces se acordó de los fotógrafos, de los destellos de las luces mientras vomitaba en la maceta, y se le hundieron los hombros.

No tenía sentido mentir. De todas formas, se iban a enterar tarde o temprano.

—Solo un poco —admitió.

—Por Dios, Gray.

Insistió al ver la decepción en la mirada de su madre.

—No mucho. Había ponche de frutas. Solo eso.

Su madre y Richard intercambiaron una mirada.

Siempre pasaba lo mismo. Desde que Richard se casó con su madre. Eran un equipo, y Gray estaba fuera.

—No soy una niña —les recordó a ambos—. Tengo casi diecisiete años. Si quiero tomarme un vaso de ponche en una fiesta, voy a hacerlo. Denunciadme. —Alzó las manos—. He dicho que lo sentía, y es verdad. Gracias por ayudarme. Espero no haberte arruinado la vida. Ahora voy a dormir un poco.

Se giró sobre sus talones y se encaminó hacia el salón.

—Ni se te ocurra darme la espalda.

La voz de su madre podía hacer que una multitud de políticos en una habitación se quedaran inmóviles al instante, pero Gray no se detuvo. El dolor de cabeza le estaba martilleando detrás de los ojos y tenía la boca seca y agria. Estaba agotada.

No podía mirarlos a los dos ni un minuto más y pensar en lo mucho que había metido la pata.

—Gray… —Había un tono de advertencia en la voz de su madre. Aun así, Gray siguió andando.

—Necesito dormir —dijo sin darse la vuelta—. Grítame por la mañana, ¿vale?

—Esto no ha acabado.

Gray alzó los hombros.

—Lo sé.

CUATRO

A TRAVÉS DE LA VENTANA ABIERTA DEL COCHE, JULIA VIO CÓMO GRAY caminaba penosamente por la acera con los hombros caídos y la cabeza gacha.

Subida a sus tacones y enfundada en ese diminuto vestido, era obvio que quería parecer mayor de lo que era. Sin embargo, la persona con la que se había encontrado en el autobús era una chica asustada.

—He tenido que hacer acopio de toda mi fuerza para no darle un puñetazo a aquel tío —dijo, más que nada para ella misma—. Es imposible que pensara que esas chicas eran suficientemente mayores para lo que fuera que tuviera en mente.

Ryan le lanzó una mirada de reojo.

—Puede que no lo golpearas, pero creo que pasará un tiempo hasta que vuelva a intentar algo así.

—El castigo ha sido leve.

Al oír la indignación en su voz la observó con curiosidad, aunque no hizo ninguna pregunta. Julia no ofreció ninguna explicación. Era nueva en el equipo de seguridad, pero Ryan ya se había enterado de que era susceptible con respecto a las preguntas personales.

Sabía poco sobre ella más allá del hecho de que tenía formación militar y de que parecía dura y determinada. Pero ¿determinada por qué?

Julia seguía mirando a la chica con una expresión pensativa.

—No puedo ni imaginar lo que implica ser ella —dijo—. No puede ir a ningún sitio sin que la reconozcan. Sin que la acosen. Tiene que ser duro.

Ryan emitió un sonido desdeñoso.

—Por lo que he oído, no da más que problemas. Va a muchas fiestas. Evade a su equipo de seguridad. Todo el mundo dice que es problemática.

—Puede que lo sea. —Julia se giró para mirarlo—. Aunque no la culpo por ello.

El móvil de Ryan vibró y miró la pantalla. Era un mensaje de Raj.

Mi despacho. Cinco minutos.

Alzó la vista hacia Julia.

—El jefe quiere vernos.

Arrancó el coche.

Aparcaron en un anodino solar oculto detrás de un gran edificio gubernamental. Julia le dejó las llaves al agente de la entrada y siguió a Ryan a través de la puerta del pequeño edificio de ladrillos.

La estructura, en la cual no había ningún tipo de distintivo, tenía vistas a la exuberante y verde extensión de St. James' Park. Si uno se ponía de puntillas, desde el último piso era posible distinguir el palacio de Buckingham.

Estaba en uno de los barrios más exclusivos de Londres y, a pesar de ello, tenía un aspecto tan ordinario que miles de turistas pasaban por allí cada día sin prestarle atención.

Eso era típico de Talos Inc. Era una de las principales empresas de seguridad del país y proporcionaba protección discreta a multimillonarios, a la realeza y a los funcionarios del gobierno.

En el interior, el pequeño vestíbulo estaba iluminado con fuerza. Un guardia armado observaba mientras, uno después de otro, Julia y Ryan presionaban los dedos contra las pequeñas pantallas azules para que se abrieran las puertas antibalas.

Raj Patel, el dueño y fundador de la empresa, tenía un despacho grande en el último piso. Cuando Julia llamó a la puerta, su voz profunda y familiar los invitó a entrar.

No era raro encontrarlo aquí a la una de la mañana. Era bien sabido que prefería trabajar por la noche.

Estaba sentado en su escritorio con dos portátiles abiertos frente a él. No era alto, pero sí de complexión robusta, y tenía la piel aceitunada y los ojos y el cabello negros. Tenía casi cincuenta años, si bien Julia nunca le había visto una sola cana. Su acento delataba una infancia en el norte de Inglaterra.

—Bien. Estáis de vuelta. —Hizo un gesto hacia las dos sillas que había delante de él—. Sentaos.

Julia no conocía a una persona más tranquila que Raj. Si quería verlos con urgencia, era porque pasaba algo.

Fuera lo que fuere, lo haría. Se lo debía.

Lo conoció cuando era una adolescente y él trabajaba en su instituto, pero perdió el contacto después de eso. Cuando cumplió los diecinueve, en un acto desafiante hacia sus padres, se fue de cabeza al ejército y se especializó en inteligencia. Cuando terminó, no supo qué hacer con su vida.

Entonces, un día la llamó Raj.

«He oído que estás buscando trabajo. Tengo algo que podría gustarte».

No sabía cómo había conseguido su número ni por qué conocía su situación. Sin embargo quedó con él, ya que lo recordaba como un hombre sabio y considerado que solo trabajaba con los mejores.

Una semana más tarde estaba en un campo de instrucción estudiando con el mejor equipo de seguridad del país. Y cuando terminó con el entrenamiento obtuvo su primer trabajo, en el que debía brindarle protección a un ejecutivo de bajo riesgo. El mes pasado le había asignado un caso de un perfil más alto relacionado con un funcionario del gobierno.

Esta noche había sido su mayor trabajo. Y había salido a la perfección.

Raj cerró los portátiles y los examinó a ambos desde el otro lado del escritorio.

—¿Qué tal ha ido?

Ryan respondió por los dos.

—Tranquilo. El conductor del autobús no nos dio problemas. La chica estaba justo donde dijo que estaría.

—¿Cómo está? —Raj le lanzó una mirada a Julia.

—Asustada —contestó—, pero bien.

—Me alegro.

Raj nunca hacía muchas preguntas después de las operaciones. Sabía que presentarían un informe escrito por la mañana y esperaba que fuese riguroso.

—Habéis trabajado bien esta noche —les dijo—. Durante un tiempo seguiréis formando equipo. Tengo otro encargo para vosotros. —Su expresión era seria—. Estamos escuchando muchos rumores a través de canales fiables sobre una nueva organización respaldada por Rusia que planea un ataque contra la primera ministra y su familia.

A Julia comenzó a latirle el corazón con fuerza, pero mantuvo una expresión calmada. Proporcionar seguridad a la primera ministra era lo más de lo más.

—Esta amenaza es creíble y muy peligrosa —continuó Raj—. Yo estaré involucrado personalmente en la protección de la primera ministra. Quiero que vosotros dos le proporcionéis seguridad personal a Luciérnaga.

Julia contuvo una sonrisa.

—Luciérnaga es joven y rebelde, y eso hace que esté expuesta a que la secuestren —siguió, pasando la mirada de uno a otro—. Después de lo ocurrido esta noche, vamos a aumentar su seguridad. Tenemos que encontrar una manera de llegar a ella. De hacerle entender que la situación es peligrosa sin darle un susto de muerte. Estas amenazas contra ella y su madre son creíbles. La finalidad de esta organización es sembrar el caos. Debilitar al gobierno. Si mataran o atraparan a la chica sería un éxito para ellos. No deben salir victoriosos.

Sus palabras produjeron un hormigueo a lo largo de la columna vertebral de Julia. Nunca lo había oído tan serio.

—No saldrán victoriosos —le aseguró—. No los dejaremos.

Su jefe le lanzó una mirada de aprobación.

—Eso es lo que quería escuchar. Vais a estar con ella en todo momento. Acompañadla a clase y esperadla dentro del edificio para traerla a casa. Aseguraos de que no se vuelva a escabullir. —Miró a Julia—. Creo que tú en particular podrías estrechar lazos con ella. No responde bien ante la autoridad. Cooperará mejor si forjáis una amistad. Hazle confidencias y gánate su confianza.

Julia pensó en la chica pálida y asustada del autobús, acurrucada junto a su amiga como si la noche misma se hubiera convertido en su enemiga.

—Lo haré lo mejor que pueda.

Raj se dirigió a Ryan.

—Tu experiencia será invaluable en este trabajo. Nos estamos enfrentando a agentes rusos cualificados. Conocen todos nuestros trucos. Espero que te anticipes a los suyos.

Con los hombros rígidos, Ryan alzó la barbilla.

—Cuenta con ello.

—El comienzo debería ser fácil —les contó Raj—. Luciérnaga estará una temporada sin ir a ninguna parte, salvo a clase y al número 10. Podéis dividiros las tareas como queráis, pero quiero que ambos estéis con ella cada vez que abandone el edificio. —Sacó dos tarjetas de plástico de una carpeta que había sobre el escritorio—. Estos pases de seguridad os permiten acceder al número 10 en cualquier momento, día y noche.

Julia miró el suyo. No había nada más que la huella de un pulgar, un pequeño chip y la palabra *Talos*. Sin embargo, le dio un vuelco el corazón al verlo.

Estaba dentro del escalón más alto del gobierno, trabajando como escolta de la hija de la primera ministra. Esto era mucho mejor que el papeleo.

—Ahora presentad vuestros informes e id a casa a descansar —les ordenó Raj mientras cerraba la carpeta—. Volved al número 10 a las ocho en punto para llevarla a clase.

Cuando se levantaron, añadió una última cosa:

—Mantened los ojos abiertos todos los días. Este grupo nuevo está muy cualificado. Se aprovecharán de cualquier debilidad que pueda tener nuestra seguridad. —Tenía el rostro ensombrecido—. Si le ponen las manos encima, no sobrevivirá.

CINCO

LOS *PAPARAZZI* HABÍAN LLEGADO DEMASIADO TARDE COMO PARA QUE las fotos aparecieran en los periódicos de la mañana, pero Internet nunca duerme. Desde primera hora, las páginas web de los tabloides estaban llenas de imágenes de Gray y de Chloe con los ojos abiertos de par en par. Gray, inclinada sobre la maceta, estaba vomitando hasta los intestinos.

«La rebelde hija adolescente de la primera ministra, de borrachera ilegal», se regocijaba un titular.

«La pequeña Langtry está de juerga», decía otro.

El peor mostraba a Gray mirando con los ojos como platos a la cámara, con la máscara de pestañas rodeándole los ojos azules y con el cabello oscuro como una nube alrededor de su pálido rostro. El titular decía: «¿Sabe tu madre que andas por ahí?».

Gray miró las fotos en su móvil con el estómago revuelto.

Había pasado una noche inquieta en la que había soñado con flashes y risas burlonas. Con voces sarcásticas que gritaban: «Mira aquí, cielo». Justo antes de las siete de la mañana, el móvil vibró al llegar un mensaje de Chloe. Lo único que decía era:

Lo siento mucho. No te metas en Internet.

Cuando entró en la cocina un rato después, su madre estaba junto a la encimera vestida con una falda de diseño azul oscuro y una

41

americana. Le habían alisado el pelo con mechas, que apenas le rozaba los hombros. Estaba hablando con su secretaria de prensa, Anna, y mirando su portátil.

—Por el amor de Dios. —La ministra se presionó la frente con los dedos—. No entiendo cómo es posible. Actúan como si hubiera matado a alguien.

Anna le lanzó a Gray una mirada fría mientras cruzaba la cocina en dirección a la nevera.

Ella se encargó de la prensa la última vez que Gray se había metido en problemas. Por lo general se llevaban bien, pero era obvio que en esta ocasión pensaba que toda la culpa era de Gray.

Era más bajita que la primera ministra, y tenía acento escocés y un cabello rubio por el que siempre se pasaba los dedos en un acto de desesperación.

—Necesitamos una respuesta a todas las llamadas que estamos recibiendo —dijo—. El teléfono no para de sonar. Estoy recibiendo llamadas desde Australia.

Sacó un folio de una carpeta antes de volver a hablar.

—Sugiero algo como esto.

Lo leyó en voz alta.

—«La noche pasada, Gray Langtry estaba en una fiesta con unos amigos del instituto en la discoteca Bijou, con el permiso de su propietario. Al encontrarse mal, se marchó y fue abordada por la prensa, que la asustó e intimidó. Nos gustaría recordarles que Gray tiene dieciséis años y merece cierta privacidad. Anoche unos fotógrafos agresivos pusieron en peligro la vida de Gray y la de su amiga. Se vieron obligadas a huir a pie a un barrio que desconocían. Esto no debe volver a ocurrir».

—Bien —murmuró la madre de Gray, y tomó el folio para leerlo otra vez—. Esto hace ver que la prensa es la responsable. —Le dio un golpe con el dedo al folio—. Añade una línea que diga: «Si la prensa no respeta la privacidad de mi familia, me veré obligada a tomar medidas más severas ante los tribunales».

Anna asintió con la cabeza y giró el portátil hacia ella para escribir.

—Eso es genial —contestó.

Mientras trabajaban, Gray se sirvió un vaso de zumo de naranja, buscó pan en la despensa y puso una rebanada en la tostadora.

Así era como funcionaba siempre. Hacía algo normal que toda persona de dieciséis años haría, el gobierno entero se volvía loco, y entonces su madre y Anna creaban una respuesta mientras básicamente la ignoraban.

Aclara y repite.

—Es gracioso —dijo, dándoles la espalda a las dos mujeres—. Ninguna de las dos se plantea preguntarme siquiera cómo me siento tras haber sido perseguida por la calle por fotógrafos. —Añadió un tono de sarcasmo a su voz—. «Hola, Gray, ¿cómo te sientes al tener toda tu vida privada fotografiada por hombres de mediana edad con cámaras gigantes y un interés repugnante por tu cuerpo?». —Alzó la vista para mirarlas—. No muy bien. Así es como me siento.

Las mujeres intercambiaron una mirada.

—De acuerdo. Mejor me voy yendo. —Anna cerró el portátil—. Creo que podemos convertir esto en algo positivo. Si le damos la vuelta correcta, los periodistas hablarán de esto en vez de ocuparse del proyecto de ley de inmigración. —Metió el ordenador en el bolso satinado que tenía a los pies—. Podrías subir tres puntos en las encuestas para el viernes.

Gray la miró con el ceño fruncido.

—Me alegro de haber sido de ayuda para vuestras carreras.

Su madre se giró con una expresión glacial.

—Ya basta, jovencita. No te muevas. Tenemos que hablar.

Furiosa, Gray se quedó mirando al fregadero, esperando, mientras su madre y Anna caminaban hacia la puerta y se despedían en un susurro.

La puerta se cerró con un golpe contenido. Gray aguardó mientras su madre volvía a la cocina con el rostro inexpresivo y profesional que utilizaba en el trabajo.

—Siéntate, Gray. —Señaló la mesa—. Tenemos que hablar.

No tenía ningún sentido discutir. Gray obedeció.

Al otro lado de la habitación, su tostada saltó con un alegre chasquido. Gray la dejó donde estaba.

—No sé cuántas veces tengo que decirte que tus acciones tienen consecuencias —dijo su madre.

—Anna acaba de decir que subirás en las encuestas —le recordó—. ¿No es eso lo único que te importa?

—No. —Su madre mantuvo la voz inalterada—. Eso no es lo único que me importa. Y lo sabes. Me importas tú. —Se inclinó hacia delante y buscó el rostro de Gray con sus ojos azules—. Anoche podrías haber salido herida. Conoces la situación de seguridad que hay en este país. Y, aun así, te arriesgas. Mientes sobre dónde estás. Sales sin protección. Te pones en peligro. Pones a *Chloe* en peligro.

Cuando mencionó a Chloe, Gray agachó la cabeza entre los hombros y fijó la vista en sus manos. Odiaba que su madre tuviera razón.

—¿Por qué? —insistió la madre—. ¿Por qué haces eso?

—Solo quiero ser una persona normal —contestó en voz baja—. Fui a una fiesta. Todos los de mi clase estaban allí. ¿Por qué cuesta tanto entenderlo?

—Gray… —Su madre parecía agotada—. No hay excusa para que me mientas.

—No pretendo excusarme. Intento decirte… que no puedo vivir así. —Con un gesto, Gray abarcó el apartamento pequeño y equipado con elegancia—. No ibas a dejar que tuviera una vida normal. —Había un ligero temblor en su voz—. Te pedí que no te presentaras a primera ministra hasta que no terminara el instituto. Aun así, te presentaste. Eso puso nuestras vidas patas arriba. ¿Te has replanteado alguna vez que nada de esto habría pasado si te hubiera importado mi opinión?

—Eso no es justo. Sí me importa —insistió su madre—. Sabes cuáles fueron los motivos. Lo hemos hablado una y otra vez. Los políticos no eligen cuándo se convierten en primer ministro. Es una oportunidad que solo ocurre una vez en la vida. Cuando me la ofrecieron la acepté porque sentía que podía hacer algo bueno por mi país. No quería hacerte daño, pero tenía que aprovechar la oportunidad.

Tomó una bocanada de aire. Cuando habló de nuevo, sonaba más tranquila.

—He intentado que fuera más fácil para ti. Pero sé que es difícil. Eso no bastaba.

—Has hecho que fuera *más fácil* para mí dándome una lista de cosas que no puedo hacer. No puedo salir del instituto sola. No puedo ir a fiestas con mis amigos. No puedo cometer errores sin acabar en la portada de un periódico. —Dejó caer la cabeza entre las manos—. Echo de menos mi vida antigua. —Su voz sonaba amortiguada a través de los dedos—. Echo de menos nuestra casa. —Tomó una bocanada de aire temblorosa—. Echo de menos a papá.

La cocina se volvió tan silenciosa que se podía oír el vago sonido de una puerta cerrándose en algún lugar del enorme edificio que rodeaba al diminuto apartamento.

Sus padres se habían divorciado hacía tres años. Su padre, que trabajaba para el Ministerio de Relaciones Exteriores, estaba a menudo fuera del país. Últimamente, a Gray le costaba más soportar sus largas ausencias. Nunca estaba aquí para ayudar.

—Gray. —La voz de su madre se suavizó—. Sé que esto ha sido difícil. Llevo meses preocupada por ti. —Hizo una pausa—. No quería decir nada porque sé cómo vas a reaccionar. Pero, para serte totalmente sincera, me pregunto si no serías más feliz en otra parte.

Gray alzó la cabeza, sospechando al momento.

—¿En otra parte? ¿Dónde?

—Hay un centro. Un internado. Fuera de Londres. Muchos miembros del Parlamento mandan a sus hijos. Es muy bueno. Allí estarás a salvo.

La traición le cortó el corazón a Gray como un cuchillo tan afilado que, por un momento, no fue capaz de respirar.

—¿Quieres *deshacerte de mí*?

—Pues claro que no. —El tono de voz de su madre era apaciguador—. No seas dramática. Solo pienso en lo que es mejor para ti. Este internado es bueno, Gray. Están acostumbrados a lidiar con situaciones difíciles como esta, a proteger a los hijos de gente con poder. Raj Patel trabajó allí y lo recomienda mucho. Es seguro. Estarás a salvo —añadió la última línea como si pensara que con eso cerraría el trato—. No hay *paparazzi*.

Gray empujó su silla con tanta brusquedad que las patas chirriaron contra el suelo de azulejos.

—Siento ser una «situación difícil» para ti —dijo con frialdad—. Me temo que no quiero ir a un internado para que puedas pasar más tiempo con tu carrera profesional y con tu nuevo marido. Si quieres deshacerte de mí, mándame con papá.

A su madre se le enrojeció el rostro.

—Ojalá tu padre estuviera más en el país…

Gray la cortó.

—Por supuesto. —No tenía sentido seguir con esta discusión. Siempre acababa igual—. Llego tarde a clase.

Cruzó desde la cocina abierta y con relucientes electrodomésticos hasta el salón y el pequeño pasillo que conducía a su cuarto.

—Gray. —El tono de voz de su madre se volvió afilado—. *Para.*

Con una reticencia hosca, aminoró el paso y miró hacia atrás.

—Esto no puede seguir así. —Su madre se colocó junto a la mesa; su expresión era severa—. Ahora mismo no confío en ti. Siempre estás mintiendo. Ignoras mis reglas y te limitas a hacer lo que quieres. Te pones en peligro. Necesito que estés donde pueda tenerte vigilada, tanto por tu propia seguridad como por todo lo demás. Estás castigada durante tres semanas.

Gray abrió la boca para protestar, pero su madre alzó la mano en un gesto que cortó toda discusión.

—No voy a debatir sobre esto. Voy a decirte cómo va a ser. Siempre que no estés en clase, te quiero en este edificio. Se ha mejorado el personal de seguridad. Ahora se te ha asignado un equipo permanente. Te están esperando abajo.

Gray la fulminó con la mirada.

—¿Eso es todo?

Su madre no parpadeó.

—Lo hago para mantenerte a salvo.

Gray le lanzó una mirada con la que le dijo que no le creía.

—Estupendo.

Salió disparada hacia su habitación y cerró de un portazo.

En la privacidad de su cuarto, Gray se quedó frente al espejo durante un buen rato. Estaba tan enfadada y dolida que apenas se reconocía. Vio a otra chica con un vestido corto azul y medias. El pelo oscuro de aquella chica le caía sobre los hombros con unas ondas marcadas. Sus cejas estaban dibujadas sobre unos furiosos ojos azules.

Hubo un tiempo en el que su madre y ella estuvieron unidas. Justo después del divorcio, cuando se mudaron a una casa más pequeña en el sur de Londres. Gray tenía doce años. Se tomó muy mal la ausencia de su padre, pero su madre estuvo a su lado y se aseguró de que tuviera amigos. Apareció en las actuaciones del coro y la animó como loca. Compró tartas cuando se suponía que tenían que hacerlas ellas para la clase, y luego trabajó con Gray para cambiarles el envoltorio y que así nadie se diese cuenta.

Aquella época fue mala, pero, en cierto modo, también fue buena. Durante un tiempo se unió tanto a su madre como a su padre.

Y entonces llegó Richard. Su madre se hizo primera ministra. Y todo se echó a perder.

Su móvil vibró con furia. Chloe le había mandado como veinte mensajes durante la mañana.

Están hablando sobre ti en Radio One. ¡Eres famosa!

Ese fue su último mensaje.

Gray comenzó a apartar el móvil, pero se detuvo. Dubitativa, deslizó el dedo por la pantalla a lo largo de los mensajes hasta que llegó a *Papá*.

La última vez que le escribió fue hace dos semanas.

«Pensando en ti, cielo», le había enviado aquel día. Para entonces ya llevaba meses fuera.

Los ojos le ardieron por las lágrimas que amenazaban con salir.

—Te echo de menos, papá —susurró. Luego tomó su mochila y se dirigió a la puerta.

Sus pasos sonaban huecos mientras recorría el apartamento despacio. La madre ya se había ido a su despacho. Gray había ignorado su adiós hacía cinco minutos.

Nunca se había sentido tan sola.

—*Hasta luego, Gray* —se dijo a sí misma con ironía cuando alcanzó la puerta—. *Que tengas un buen día en clase.*

SEIS

EN CUANTO SALIÓ AL RECIBIDOR, SU CASA DESAPARECIÓ Y LOS SONIDOS de un edificio de oficinas ajetreado se alzaron a su alrededor. En alguna parte sonó un teléfono de forma ininterrumpida al que nadie respondió. Podía oír voces que procedían de abajo.

Todo aquel que trabajaba en el número 10 hablaba con urgencia, con una alarmada catarata de palabras. Como si todos estuvieran convencidos de que iban a interrumpirlos justo antes de llegar a la parte buena.

A los pies de las escaleras tuvo que hacerse a un lado para que pasaran tres hombres trajeados, cada uno con una pila de carpetas.

—Buenos días, Gray —dijo uno de ellos.

Gray no tenía ni la más remota idea de quién era. Recorrió el pasillo deprisa, abriéndose paso entre una oleada constante de trabajadores que llegaban. Cuando llegó al vestíbulo de entrada giró con la cabeza gacha para ir hacia la salida principal.

Una voz la detuvo.

—Por ahí, no.

Se dio la vuelta y vio a Julia apoyada contra la pared, cerca de la puerta, y sosteniendo ligeramente el móvil.

Bajo la luz del día parecía incluyo más joven que la noche anterior. Demasiado joven para ser guardaespaldas. Aunque podría ser en parte por la ropa. Había reemplazado el uniforme por unos vaqueros, unas botas que le llegaban a las rodillas y un holgado jersey negro. El pelo rubio y liso le rozaba los hombros.

—¿Perdona?

—No salgas por esa puerta. —Se separó de la pared y se acercó a ella con pasos largos—. Hay un millón de fotógrafos esperando para hacerte una foto.

Gray se quedó helada.

—Claro —dijo—. ¿Por dónde debería ir entonces? Supuestamente tengo un nuevo equipo de seguridad o algo así. Pero no sé quiénes son.

Julia ladeó la cabeza.

—Ven conmigo.

Atravesaron un pasillo largo por el que tuvieron que abrirse paso entre una muchedumbre de trabajadores. No avanzaron mucho antes de que Julia abriera una puerta sin ningún tipo de distintivo que había a la izquierda, la cual reveló un tramo de escaleras que descendía.

—Por aquí.

Gray se detuvo. El aire que subía por los escalones era frío y olía a humedad. La luz titilaba de forma inestable.

Si había una cosa que había aprendido durante el breve tiempo que llevaba en ese lugar, era que el número 10 era un laberinto. Parecía pequeño desde fuera, como una casa adosada normal en una calle elegante. En realidad, era absolutamente enorme. Había muchas formas de entrar y de salir. Había usado bastantes, pero nunca se había percatado de esa puerta.

Bajó junto a la guardia de seguridad.

Las escaleras eran viejas. Las paredes estaban llenas de marcas y la pintura se veía desconchada en algunas zonas. Ya abajo, entraron en un pasillo largo y estrecho.

Gray examinó los alrededores con curiosidad.

No había señal alguna que indicara para qué se usaba el área o quién (si es que había alguien) trabajaba ahí abajo, pero Julia parecía saber por dónde ir. Se movía tan rápido que Gray tuvo que acelerar el paso para seguirle el ritmo.

—¿Dónde estamos? —preguntó Gray.

Julia la miró por el rabillo del ojo.

—Atajo.

Gray no se rindió.

—Eso lo veo. Pero ¿dónde?

La mujer aminoró el paso. Cuando habló, lo hizo en voz baja.

—Estos túneles conectan los edificios gubernamentales. Son absolutamente secretos. La mayoría de la gente que trabaja en esos edificios ni siquiera sabe que existen. Pero son prácticos.

—¿Para qué sirven? —Gray se dio cuenta de que había bajado la voz de forma inconsciente hasta convertirla en un susurro.

—Se han usado para distintas cosas —explicó Julia—. Fueron un refugio antiaéreo durante el Blitz. En ellos se guardaron documentos y objetos de valor cuando la ciudad estaba bajo amenaza. Pero sobre todo sirven para que las personas importantes se desplacen rápido. —Le lanzó una mirada significativa a Gray—. Y sin que las vean.

Allí abajo había un olor rancio, como si nunca hubiera llegado el aire fresco. De vez en cuando, el pasadizo subterráneo se cruzaba con otros pasillos. Algunos tenían unos letreros escritos con una tipografía anticuada, como los antiguos carteles que indicaban los nombres de las calles. Uno decía MINISTERIO DE RELACIONES EXTERIORES junto a una flecha que señalaba hacia un pasillo sombrío.

Pasaron por una sucesión de puertas con ventanas anticuadas de cristal esmerilado y con pomos de latón ennegrecido. Cada una estaba decorada con un número: B09, en una; B11, en la siguiente. No se veía ni una luz a través del cristal empañado.

Caminaron un rato en silencio antes de que Julia volviera a hablar.

—¿Tu madre te ha explicado el nuevo plan?

Gray frunció el ceño.

—¿Qué plan?

—Tu nuevo personal de seguridad.

—Sí, eso. Solo dijo que iba a pasar. —Gray miró la pared desgastada—. Mi madre no suele explicar las cosas.

Hubo una pausa y luego Julia habló de nuevo.

—Yo soy tu nueva guardaespaldas.

Gray no escondió su sorpresa. Normalmente sus guardaespaldas eran hombres cuyo silencio era de reproche, que iban en traje, que les hablaban mucho a sus micrófonos ocultos y que suspiraban cuando Gray llegaba cinco segundos tarde.

—Eres mejor que los tíos de siempre.

Una sonrisa de sorpresa se abrió paso en el rostro de Julia. No obstante, en lugar de comentar algo, señaló hacia delante.

—Ya estamos aquí.

«Aquí» resultó ser una habitación pequeña y encalada en la que había un guardia armado vestido con un chaleco antibalas, parado delante de un simple escritorio.

Julia alzó su tarjeta de identificación. El agente la colocó sobre un aparato electrónico que tenía en el codo.

Tras leer lo que aparecía en la pantalla, abrió la puerta a su espalda, la cual reveló una escalera de piedra inundada por la luz del día.

—Tened cuidado —dijo.

Gray siguió a Julia hacia el exterior. Al llegar a lo alto de las escaleras, respiró el aire frío de la ciudad e intentó orientarse. No tenía ni idea de cuánto habían caminado. Habían salido a una pequeña zona de aparcamiento sin señalizar, protegida por vallas y setos altos por todos los lados. Tras estos había un anodino edificio de piedra que no se parecía al número 10.

La puerta de un coche oscuro de cuatro puertas se abrió y Ryan salió.

Al igual que Julia, hoy iba vestido diferente, con unos vaqueros y un jersey gris oscuro, pero el efecto no era el mismo. Era mayor que ella y, de una forma u otra, menos accesible.

—¿Vosotros dos sois mis escoltas? —preguntó Gray mientras subía al asiento trasero.

—Vete acostumbrando a nosotros —dijo Julia—. Somos tus nuevos mejores amigos.

Durante el trayecto le explicaron la situación.

—Vamos a estar contigo cada vez que salgas del número 10. —En el asiento del copiloto, Julia se giró para mirar a Gray—. No vamos a entrar a clase contigo, pero estaremos en el instituto cada vez que tú estés en el instituto. Si vas a una fiesta, bueno... —Le lanzó una mirada a Ryan, quien hizo una mueca—. Ya hablaremos sobre ello.

—Las fiestas no van a ser un problema. —Gray se giró para mirar cómo la ciudad pasaba de largo al otro lado de la ventana. Los afilados chapiteles del Parlamento iban desapareciendo a medida que avanzaban—. Estoy castigada.

—¿A tu madre no le entusiasman los titulares? —supuso Julia.

—Podríamos decirlo así. —El tono de Gray era malhumorado—. Vosotros sois mi castigo. Quiere que me vigilen constantemente para que no disfrute sin querer.

Julia y Ryan intercambiaron otra mirada. No estaban sonriendo.

Había algo en el ambiente. Algo que no le estaban contando. Gray lo notó la noche anterior cuando llamó a su madre y el alivio precedió a la ira. Lo notó en los túneles con Julia y podía notarlo ahora también. Algo había cambiado de la noche a la mañana.

—¿Qué ocurre? —inquirió—. Hay algo más, ¿verdad?

Ninguno de los guardaespaldas respondió.

—En serio. —Gray se inclinó hacia delante—. Necesito saber qué está pasando. ¿Hay algún tipo de peligro?

Julia se giró para estar cara a cara con ella.

—¿En serio no te lo ha contado tu madre?

Gray alzó las manos.

—Nunca me cuenta nada. ¿Qué ha pasado?

—Nada de lo que tengas que preocuparte —intervino Ryan con brusquedad, pero Gray no iba a aceptarlo. Se le había contraído el estómago y no sabía por qué, pero podía sentir que había algo malo en el aire.

—¿Es mi padre? —Alzó la voz—. ¿Le ha pasado algo a mi padre?

Se hizo un breve silencio mientras se arrastraban por el tráfico del sur de Londres. Ryan atravesó a Julia con una mirada de advertencia.

No obstante, era obvio que ella no iba a permitir que le dijeran qué hacer, ya que se dio la vuelta de forma repentina.

—No tiene nada que ver con tu padre. Ha habido amenazas.

—Julia. —El tono de voz de Ryan era afilado.

—Tiene derecho a saberlo —insistió Julia—. Es su vida.

Gray estaba confundida.

—Siempre hay amenazas.

—No como estas —dijo Julia en un tono que resultaba inquietante—. Estas son distintas.

A Gray le habían dado una charla sobre seguridad junto con su madre, Richard y un tipo del Servicio Secreto cuando se mudó al número 10. Le hablaron sobre los grupos de odio, los grupos racistas, los grupos religiosos, los grupos nazis… toda clase de grupos que podían intentar que volaran por los aires. No obstante, al final el tipo del Servicio Secreto dejó claro que no debía preocuparse demasiado.

«Sigue con tu vida», le dijo. «Tu seguridad es nuestro trabajo. Nosotros cuidaremos de ti».

Después de aquello, estuvo inquieta durante algún tiempo ante la posibilidad de que tuviera lugar algún tipo de ataque. Sin embargo, no ocurrió nada y los meses pasaron. Con el tiempo, la seguridad se volvió un incordio rutinario.

El pecho se le inundó de nerviosismo.

—No lo entiendo. ¿Cómo pueden ser distintas estas amenazas?

—El gobierno ha recibido amenazas creíbles de una nueva organización —explicó Julia, ignorando las miradas mordaces que Ryan le lanzaba desde detrás del volante—. Son inusualmente específicas.

Gray tragó saliva. Casi que no quería saber más. Pero tenía que saberlo.

—¿Qué tienen de específicas?

Julia la miró a los ojos.

—Dicen que te quieren a ti, Gray. A ti y a tu madre. Ambas sois el objetivo. —Dudó antes de añadir—: Y parece que saben mucho sobre ti.

De repente entendió la reacción que había tenido su madre anoche, su evidente alivio al ver que estaba bien cuando normalmente la ira hubiera sido su primera respuesta.

Sabía lo de la amenaza. Llevaba sabiéndolo algún tiempo. Y no se lo había contado a Gray. Lo mismo de siempre.

Si hubiera sabido que las cosas estaban tan mal, nunca habría ido a aquella fiesta. No habría imágenes incriminatorias ni asquerosos *paparazzi* fotografiándola mientras vomitaba. No estaría castigada.

No obstante, no se lo dijo. No confiaba en ella lo suficiente.

—La verdad —dijo mientras el coche volvía a moverse—, me has dicho más en cinco minutos de lo que me ha dicho mi madre en cinco meses.

Julia la miró con extrañeza.

—No seas tan dura con ella. Intenta protegerte.

Gray se deslizó en su asiento.

—Por supuesto.

Después de eso, la conversación se apagó. Ryan condujo lo que quedaba de camino con el semblante impasible, en señal de desaprobación.

Cuando se detuvieron frente al instituto, Julia salió mientras el coche todavía estaba parando.

De manera automática, Gray estiró la mano hacia la manilla de su puerta, pero Ryan le hizo un gesto para que se quedara donde estaba.

—Dale un segundo —dijo, con la mirada puesta en su compañera.

Pasado un momento, Julia le abrió la puerta.

—Todo despejado —indicó alegremente, como si la charla de antes no hubiera ocurrido—. Hora de absorber conocimientos.

Entraron en el instituto en fila con Ryan a la cabeza, Gray en medio y Julia detrás. Gray estaba empezando a reconocer que se trataba de una formación de seguridad. Podía ver cómo Ryan escaneaba el área constantemente en busca de indicios de cualquier cosa que estuviera fuera de lugar. Veía la forma en la que Julia se mantenía suficientemente cerca como para poder agarrarla, pero suficientemente lejos como para tener una buena panorámica de la multitud de estudiantes que los rodeaban.

Ahora podía ver más. Ambos se movían con una facilidad propia de un atleta y llevaban el tipo de calzado con el que se podía correr. E iban vestidos como para no llamar la atención, sin importar dónde estuvieran. Hoy habían optado por ropa informal porque sabían que iban a acompañarla al instituto. Necesitaban pasar inadvertidos.

Cuando llegaron a las oficinas de administración, Julia y Gray se detuvieron en la puerta, mientras que Ryan se acercó al escritorio. Gray observó con desolación el ajetreado pasillo del instituto, el cual podía ver a través de las puertas de cristal que había al otro lado de la pequeña sala.

—No tengas miedo —le dijo Julia con una comprensión inesperada—. Lo que te he contado antes… No te va a pasar nada. Nosotros estamos aquí para cubrirte las espaldas.

Gray no sabía qué pensar de esta nueva guardaespaldas. Era feroz y profesional, pero también parecía preocuparse de verdad como no lo habían hecho otros escoltas. No mantenía la distancia.

—No tengo miedo —afirmó Gray—, y quería decirte… Gracias por ser honesta. Nadie más lo es.

—Bueno. —Julia alzó una ceja y miró a Ryan, quien estaba hablando con la recepcionista—. No todo el mundo estaría de acuerdo, pero necesitas saber este tipo de cosas. —Se volvió a girar hacia Gray—. Ahora voy a pedirte un favor a ti. La información que te he transmitido es secreta. No deberías contársela a nadie. —Hizo una pausa y una sonrisa burlona le recorrió el rostro—. Tu madre no me daría las gracias por habértelo dicho.

—Sé mantener un secreto.

Julia le miró la cara con detenimiento y asintió como si estuviera satisfecha con lo que se había encontrado.

—Confío en ti.

Aquellas tres palabras hicieron que una sensación cálida atravesara el corazón de Gray. ¿Hacía cuánto que nadie le decía eso?

—Casi se me olvida. ¿Me dejas tu móvil un segundo? —Julia extendió la mano.

57

Cuando Gray se lo dio, la guardaespaldas escribió algo con rapidez.

—He añadido mi número a tus contactos. Si pasa algo raro, cualquier cosa, llámame. De día o de noche.

—Lo haré —prometió Gray justo cuando Ryan se unía a ellas.

—Todo arreglado. Nos veremos aquí cuando salgas de la última clase —dijo—. No te vayas del edificio sin nosotros, nunca. ¿Entendido?

La diferencia entre su tono autoritario y el estilo abordable de Julia era notable. Por dentro Gray estaba enfurecida, pero no discutió.

—Entendido.

Julia pareció oír el trasfondo de su voz, ya que le dio un codazo.

—No dejes que te molesten hoy. —Inclinó la cabeza en dirección al pasillo atestado de estudiantes al otro lado de la puerta de cristal—. Todos han visto los periódicos. Pero mantén la calma. Que no te afecte.

A Gray nunca se le había dado bien mantener la calma, pero, de repente, quiso hacerlo. Aunque solo fuera para impresionar a esta guardaespaldas fuerte y rebelde.

—Lo haré —prometió.

El sonido del timbre recorrió los pasillos y la sobresaltó. Era la hora.

Respiró hondo, se giró y se adentró en el torbellino.

SIETE

En cuanto Gray se alejó, Ryan giró sobre sus talones para quedar cara a cara con Julia.

—¿En qué narices estabas pensando? —Parecía furioso—. No tenías derecho a decírselo.

—Necesitaba saberlo. —La voz de Julia era mesurada.

—Tú no tenías que tomar esa decisión —espetó—. Como se lo cuente a su madre…

Julia le hizo una seña para que se callara. La recepcionista estaba volviendo al escritorio junto con un hombre trajeado y con aspecto de estar preocupado. Debía de ser el director.

—Esto no ha acabado —siseó Ryan.

Julia adquirió una expresión oficial y neutral, se acercó al director y mostró su identificación emitida por el gobierno.

—Soy Julia Matheson. Él es Ryan Collins. Necesitamos hablar con usted sobre Gray Langtry.

La conversación fue breve, pues Raj ya había contactado con el director para informarle las cuestiones básicas. Lo aterrorizaba que tuviera lugar un ataque en su centro, por lo que ofreció toda la ayuda que necesitaran. Ya había reservado un despacho que normalmente estaba ocupado por voluntarios para que los dos lo usasen como base. Les dio las contraseñas de todas las puertas que la tenían.

Trabajaron con rapidez y colocaron diminutas cámaras inalámbricas en los principales puntos de acceso. El centro educativo estaba formado por varios edificios y por casi un cuarto de hectárea de campos deportivos, y a él asistían más de trescientos estudiantes. Era imposible vigilarlo todo al mismo tiempo, pero podían aproximarse. Montaron cámaras inalámbricas que apuntaran a la puerta principal y a las puertas de salida, así como algunas en los pasillos más concurridos.

Para las once la pequeña oficina sin ventanas era un bullicioso centro de portátiles, móviles y radios conectados directamente a la central.

Durante todo el proceso, Julia podía ver la desaprobación de Ryan en la tensa línea que formaban sus anchos hombros y en sus respuestas bruscas. Ninguno de los dos conocía bien al otro, pero Julia ya sabía que su compañero no era el tipo de persona a la que le gustaran las improvisaciones en las que ella se había especializado. Además, sospechaba que, ahora mismo, estaba decidiendo si presentar o no una queja sobre sus acciones ante Raj.

Sabía que su conversación con Gray había sido algo imprudente. Violaba las normas de confidencialidad bajo las que operaban. Sin embargo, era absurdo que la primera ministra no le hubiera informado del peligro a su hija. Hacía que su trabajo de proteger a la chica fuese mucho más difícil. Si estaba al tanto de que la estaban persiguiendo, tendría más cuidado.

Trabajar en equipo era su punto débil, y Julia era consciente de ello. En el ejército a menudo se desempeñaba sola o como la líder de un pequeño equipo que dependía de ella para tomar estas decisiones. Hacer las cosas a su manera era algo que estaba profundamente integrado en su forma de ser. Pero sabía que Raj quería que aprendiera a cooperar más. Quería que su personal trabajara en parejas. Y ella quería hacer las cosas bien, por él.

A pesar de sus diferencias, tenía que ganarse a Ryan.

Echó un vistazo a donde estaba sentado, con la barbilla posada sobre la mano y en una actitud rígida, observando las puertas del instituto y los pasillos en la pantalla del ordenador.

—Oye —dijo Julia al tiempo que se ponía de lado en la silla—. Sobre lo de antes. Lo siento. Debería haberlo hablado contigo primero.

Su compañero le dirigió una mirada implacable.

—Pues claro que tenías que haberlo hecho. Nuestro papel no es cuestionar las decisiones de la primera ministra. Ella es la encargada de la seguridad de todo el país, además de la de su propia hija.

—Ha sido un juicio personal.

Se le endureció el rostro.

—Bueno, pues yo cuestiono tu juicio. —Se giró hacia ella—. No entiendo por qué has hecho algo así.

—Lo he hecho porque quería que cooperara. Necesito que confíe en nosotros. Que trabaje con nosotros. Ahora lo hará.

Ryan entrecerró los ojos.

—¿Y cómo sabes si va a trabajar con nosotros o no?

Porque sé lo que es que te mientan tus padres. Sé lo que es que te traten como si fueras un problema. Que te engañen. Que te subestimen.

Sin embargo, no dijo nada de eso.

—Porque la conozco, ¿vale? —Julia le sostuvo la mirada—. Sé cómo piensa.

Ryan no escondió su confusión.

—No entiendo. ¿Cómo vas a saber cómo es? Acabas de conocerla. Sé cómo es tanto como tú.

A Julia no le gustaba hablar sobre su pasado. Odiaba compartir su historia. Pero Ryan no iba a dejarlo estar.

—Me quedé media noche despierta leyendo su expediente. Sus padres están divorciados. Su padre no está mucho por aquí. Su madre se volvió a casar hace dos años. Gray comenzó a comportarse mal después de las elecciones. —Julia se detuvo en busca de las palabras correctas—. Creo que sé cómo acercarme a ella y quiero intentarlo.

Ryan le dirigió una mirada dudosa, pero continuó.

—Mira, todo el mundo les miente a los niños, ni siquiera pensamos en ello. Nos decimos a nosotros mismos que les mentimos para protegerlos, porque es lo mejor para ellos. A mí me mintieron tanto cuando iba al instituto que, si un adulto me decía la verdad, lo apreciaba. Y escuchaba. Necesitamos que escuche o va a acabar saliendo herida. —Señaló la pared que había a sus espaldas—. No sé por qué su madre no quiere que se entere de lo que está pasando. Esta gente que la está amenazando… sabe lo que hace. Ya oíste a Raj. No son un puñado de aficionados. Si esa chica sigue escabulléndose, va a morir.

Miró la pantalla del portátil, que mostraba a los estudiantes circulando por un ancho pasillo. Gray caminaba en medio de la multitud con su amiga Chloe al lado. Juntas eran inconfundibles; el pelo oscuro y castaño de Gray y la melena del color de la miel de Chloe.

Fácil de distinguir entre la multitud. Vulnerable.

—La única forma de mantenerla a salvo es convenciéndola de que nos deje ayudarla —dijo Julia mientras señalaba la pantalla.

Ryan la miró detenidamente durante un largo segundo, y su rostro era difícil de leer. Al final, suspiró.

—Mira, si vas a volver a hacer algo por el estilo, al menos discútelo conmigo primero, ¿vale? Se supone que somos compañeros.

—De acuerdo —respondió, aliviada.

—Y no le cuentes más sobre esto —insistió—. No podemos desafiar a su madre. No pienso ser parte de este equipo si te niegas a seguir las normas.

Julia se mordió la lengua.

Si había aprendido algo en el ejército, era que las normas no siempre eran correctas. Pero Ryan era un policía nato. Y los policías seguían las normas.

Esto no iba a ser fácil.

Como si supiera lo que estaba pensando, los ojos marrones intensos de su compañero se encontraron con los de ella.

—Sé que tienes instintos, pero llevo en este juego más tiempo que tú. Puedo ayudar si trabajamos juntos. No soy tu enemigo.

—Lo sé.

—¿De verdad? —La miró con los ojos entrecerrados—. Eso espero. Porque Gray necesita que trabajemos juntos. De hecho, su vida depende de ello.

OCHO

GRAY RECORRIÓ EL PASILLO LLENO DE GENTE DE HARTFORD SCHOOL mientras trataba de no pensar en si todos la estaban mirando. Sentía que las miradas le cortaban la piel como agua caliente. El siseo de los susurros la perseguía mientras se apresuraba a girar en una esquina para dirigirse a su taquilla.

—¡Gray! —Chloe apareció de la nada; su largo cabello ondeaba mientras corría hacia ella—. Tenemos que hablar.

La emoción bullía en su voz y, tomándola del codo, condujo a Gray a través del pasillo en dirección al baño de chicas.

—¿Qué pasa? —preguntó Gray.

—Aquí no —respondió en voz baja.

El baño estaba lleno de chicas maquillándose y cepillándose el pelo. Olía a colonia y al dulzor del coco del champú en seco.

—Aquí no hay nada que ver. Seguid con lo vuestro —anunció Chloe en un volumen que solo sirvió para llamar más la atención, y empujó a Gray al interior de un cubículo.

—Chloe, ¿qué coño? —refunfuñó, apretujada en un rincón junto al retrete.

Ignorando sus quejas, Chloe cerró la puerta con pestillo antes de encarar a Gray con los brazos cruzados.

—¿Qué te ha dicho tu madre? —Sonaba ofendida—. ¿Por qué no me has contestado los mensajes?

—He estado ocupada dando esquinazos a los estúpidos periodistas —contestó—. Estoy tres semanas castigada y tengo guardaespaldas permanentes que van a todas partes conmigo. Ahora mismo están en el instituto.

Chloe parecía impresionada.

—¿Guardaespaldas de verdad? Increíble. —Le sonrió—. Ahora sí que eres famosa.

—Yupi. —El tono de Gray era triste. Gesticuló hacia el cubículo—. Chloe, ¿por qué estamos aquí?

—Eso, a ver. —La sonrisa de su amiga desapareció—. Hay algo que necesitas saber. Y quiero que lo oigas de mí antes de que te lo diga otra persona.

—¿Qué pasa? —Gray buscó alguna pista en su rostro.

Chloe se inclinó lo suficiente como para que Gray oliera la menta de su goma de mascar y bajó la voz hasta convertirla en un susurro.

—Se rumorea por ahí que la persona que le dijo a los *paparazzi* que ibas a estar en la fiesta de Aidan fue Jake McIntyre.

Gray la miró fijamente.

—¿En serio?

—Tan serio como el alzhéimer —le aseguró—. Todo el mundo dice que Jake te la jugó para ayudar a su padre. Por eso se fue cuando se fue. Les dio algún tipo de señal.

Gray sintió como si le hubieran dado un golpe bajo. Jake era la única persona en todo el instituto que entendía lo que podía pasar si unos fotógrafos hacían esa clase de fotos. Su padre era el líder del otro partido político. La madre de Gray había derrotado a Tom McIntyre en las elecciones hacía ocho meses. Jake había pasado por todo por lo que Gray había pasado, excepto por convertirse en el hijo del primer ministro.

No eran amigos ni de cerca. Sin embargo, el dolor y los problemas de tener unos padres políticos siempre habían sido una especie de conexión entre ambos. Parecía imposible que hubiera sido tan cruel como para decirles a los *paparazzi* dónde podían encontrarla.

—No me lo creo —dijo, pero pudo oír la duda en su propia voz.

—Bueno, lo he oído de tres chicos que estuvieron en la fiesta —le contó Chloe—. Uno de ellos dijo que se estaba riendo de ello.

En el pasillo, otro timbre sonó con estridencia. Las chicas que estaban junto a los lavabos refunfuñaron y se marcharon en tropel. Gray podía oír cómo se desvanecían sus voces al cerrarse la puerta.

—¿Está aquí? —inquirió—. ¿Lo ha visto alguien?

—¿Jake? Sí, está aquí, pero ten cuidado —contestó Chloe—. Todo el mundo dice que unos chicos que estaban en la fiesta están pensando en darle una paliza si lo ven. —Le dirigió una mirada irónica—. Míralo de esta forma, al menos todos están hablando de eso en vez de ocuparse de ti y de cómo vomitaste enfrente del Bijou.

El timbre volvió a sonar y Chloe hizo una mueca de dolor.

—Será mejor que nos vayamos.

Extendió la mano hacia el pomo de la puerta.

—Espera. —Gray la siguió—. ¿Qué chicos van a darle una paliza a Jake?

—Tyler Bolino y su hermano —respondió Chloe mientras se movía con agilidad a través del pasillo, el cual se estaba vaciando con rapidez ya que los estudiantes iban ingresando a las aulas.

Gray hizo una mueca.

—Tyler es un matón. ¿Es él el que está diciendo que Jake lo hizo? Porque yo no le creería.

Chloe se detuvo frente al laboratorio de Biología.

—Hazte esta pregunta. ¿Cómo supieron los fotógrafos que estabas en el Bijou? Alguien debió decírselo. —Tenía el rostro serio—. ¿Quién, si no, sabría a quién llamar?

...

Durante toda la mañana, los rumores sobre Jake deambularon por los pasillos del instituto y siguieron a Gray en cada clase, envolviendo su día como la niebla.

Las chicas que habitualmente nunca le hablaban la pararon en el pasillo para decirle que sentían lo ocurrido. Nadie mencionó a Jake de forma específica, pero podía notar que el ambiente se había vuelto en su contra.

Iba de camino a la clase de Política cuando Tyler Bolino la interceptó, tan alto y con unos hombros tan anchos que bloqueaba la luz.

—No te preocupes por McIntyre. —Su voz era inusualmente grave para alguien de su edad—. Lo tenemos controlado.

Gray lo fulminó con la mirada.

—No necesito tu ayuda, Tyler. Puedo librar mis propias batallas.

La sonrisa que esbozó fue reservada.

—Sí, claro.

Mientras se alejaba, Gray lo llamó.

—No lo hagas, Tyler. No fue él.

El chico no miró atrás.

Por su parte, Jake no estaba por ningún lado. No se lo cruzó por el pasillo ni una vez, y no apareció en la única clase a la que iban juntos.

Todo el mundo comentaba su ausencia. Y la mayoría creía que eso probaba su culpabilidad. Según el razonamiento, si él no fue el que llamó a los fotógrafos, estaría aquí para defenderse.

Gray no estaba segura de a quién creer. No parecía probable, y, aun así…

Al mediodía, cuando divisó a Aidan a la distancia, estaba decidida a saber la verdad.

Aidan era alto, esa clase de chico alto que crecía de repente y no sabía qué hacer consigo mismo. Sus manos siempre parecían estar en medio. Cuando Gray corrió hacia el chico, este caminaba encorvado hacia una de las salas de ordenadores con un pesado archivador en los brazos y una mochila colgándole de un hombro.

—Hola, Aidan —saludó—. Necesito hablar contigo.

—¿Qué pasa? —Su tono de voz era casual, pero no la miraba mucho a los ojos.

Ambos tenían una historia compleja. Llevaban siendo amigos desde que Gray llegó a Hartford School hacía ya tres años. El año pasado Aidan había empezado a interesarse por ella, quien fingió no darse cuenta con la esperanza de que se le pasara. Y entonces él intentó besarla en una fiesta. Cuando ella le dijo que lo veía como a un amigo, quedó destrozado. Habían pasado meses desde aquello y, aun así, apenas le hablaba.

Gray deseaba más que nada que todo volviera a ser como cuando eran más chicos. Pero no se puede deshacer la historia.

—Lo de anoche fue increíble —le dijo—. Una completa locura. Tu padre fue muy amable al organizarlo.

—Sí. —Se encogió de hombros con un gesto evasivo—. Desde que mis padres se divorciaron, le gusta hacer de buen padre de vez en cuando. Sí que fue una buena fiesta. —Le lanzó una mirada—. He oído lo del vómito. ¿Cómo estás?

Gray hizo muecas y gesticuló.

—Sintiéndome como una idiota.

Se sonrieron y, durante un segundo, el último año se dispersó.

—Ya, malditos fotógrafos. —Aidan se quitó el pelo castaño rojizo de la cara con una mano—. Siempre están causando problemas en el Bijou.

Gray dio un paso hacia él y bajó la voz.

—Aidan, ¿has oído lo que dicen todos? Tú no crees que Jake les haya dado el chivatazo a los fotógrafos, ¿no? ¿Haría algo así?

Negó con la cabeza con fuerza.

—No puede ser él —afirmó el chico—. Jake no es así. Tyler Bolino es un mentiroso al que le gusta llamar la atención. No le creas.

Gray se sorprendió por lo aliviada que se sentía.

—Pero si no fue él, ¿cómo se enteraron de que yo estaba allí? —insistió—. Alguien debió de decírselo.

Aidan alzó las manos.

—Ojalá lo supiera. Me molestó bastante cuando me enteré. Había mucha gente en la discoteca. A lo mejor uno de ellos te reconoció y le dio aviso a la prensa. —Le dirigió una mirada de disculpa—. Me siento fatal por lo que ocurrió en mi fiesta. Tu madre debe de haberse cabreado mucho.

—Sí, podría decirse así —contestó ella con un tono irónico—. Pero no fue culpa tuya. A lo mejor solo fue mala suerte.

—Sea como fuere, espero que las cosas no vayan tan mal. —Sus ojos buscaron su rostro.

De repente, Gray fue consciente de que estaba cerca de él. Dio un paso torpe hacia atrás.

—Bueno, me voy a ir yendo.

Su expresión se volvió fría.

—Sí —dijo él, distante—. Yo también. Nos vemos.

Giró sobre sus talones y se dirigió al pasillo, con los hombros alzados a la altura de las orejas. Gray giró en la dirección contraria y volvió a recorrer los pasillos laberínticos, queriendo morirse. Ya no sabía cómo hablar con él. Ojalá pudiera obligarlo a ser su amigo. Que esos fueran sus únicos sentimientos hacia ella. Pero no podía.

El olor a comida que emanaba del comedor hizo que le rugiera el estómago, pero no era capaz de enfrentarse a una sala abarrotada de gente y a todos los cotilleos. En lugar de eso, se detuvo frente al pequeño quiosco que había fuera de la cafetería, compró un sándwich y una bebida y fue a buscar un lugar tranquilo.

Tras doblar una esquina, vio la biblioteca y decidió entrar.

Cuando abrió la puerta, la sala alargada y moderna parecía estar completamente desierta. Incluso la mesa de la bibliotecaria estaba vacía. Se dirigió a la parte trasera, allí donde sabía que había una mesa escondida en la sección de Historia. No estaba permitido ingresar con comida, pero no iba a haber nadie que pudiera darse cuenta.

Sin embargo, cuando llegó a la sombría esquina, resultó que la mesa no estaba vacía.

Jake McIntyre estaba inclinado hacia atrás en una silla, con los pies apoyados en otra.

Gray se quedó de piedra y se le encogió el estómago.

El chico no la vio, ya que la alfombra había ocultado el sonido de sus pasos. Miraba fijamente un libro abierto frente a él. La luz lanzaba destellos sobre su pelo castaño liso.

Gray se quedó ahí, con el pie suspendido en mitad de un paso, vacilante.

¿Debería correr antes de que la viera? ¿O debería quedarse y plantarle cara en cuanto al tema de los rumores?

Al notar que alguien lo observaba, alzó la vista.

Se había colocado de manera que tuviera la mayoría del rostro cubierto por las sombras, por lo que Gray no pudo identificar la expresión que puso, pero estaba segura de que tenía ese aspecto sardónico que siempre exhibía cuando la miraba.

Se puso derecha y se olvidó de huir.

—Conque aquí es donde te escondes —dijo, y dejó caer su mochila sobre el suelo con un golpe seco.

Jake la miró detenidamente por encima del libro.

—No me estoy escondiendo.

Su acento plano del norte le otorgó un toque fulminante a su afirmación casual.

—Pues claro que no. —Se dejó caer en una silla enfrente de él—. En la parte trasera de la biblioteca. A oscuras.

Hizo un gesto con la mano en su dirección.

—Bueno, si yo me estoy escondiendo, ¿qué estás haciendo *tú*? Tú también estás en la parte trasera de la biblioteca a oscuras.

El dejo de diversión que había en su voz la enfureció.

—Voy a almorzar.

Desafiante, abrió su mochila, sacó el sándwich y la botella de agua y los colocó sobre la mesa.

—Aquí no está permitido comer —le recordó.

—Aquí no está permitido poner los pies sobre la silla —replicó.

—*Touché.*

Siempre estaba diciendo cosas de ese estilo. Cosas que un adolescente nunca le diría a otro. Como si fuera un hombre de treinta años atrapado en el cuerpo de un chaval de diecisiete.

Ella abrió el sándwich con el ceño fruncido, pero, aunque estaba famélica, no fue capaz de darle un mordisco.

Lo apartó y se inclinó hacia delante, deslizando las manos sobre la madera suave de la mesa.

—¿Fuiste tú? ¿Les chivaste a esos fotógrafos que yo estaba en la fiesta de Aidan anoche? Todo el mundo dice que fuiste tú. Pero no... —Se le apagó la voz.

Al principio él la miró sin ningún tipo de expresión en el rostro, como si fuera a negarse a decir nada en absoluto. Pero, entonces, cerró el libro y lo dejó sobre la mesa.

—No, no fui yo —contestó con firmeza—. Y me encantaría saber quién fue.

Tras quitar los pies de la silla y dejarlos caer sobre el suelo, se sentó derecho y se colocó bajo la luz. Fue entonces cuando Gray vio el daño. Una venda le cubría el puente de la nariz, y tenía el ojo izquierdo hinchado. Un cardenal le teñía la mejilla de azul.

Gray se cubrió los labios con los dedos.

—Por Dios. ¿Qué ha pasado?

—Los hermanos Bolino, eso es lo que ha pasado. —Se tocó la mejilla con cuidado—. Estaban muy entusiasmados por defender tu honor.

Las heridas parecían doler y estar en carne viva. Gray se encontraba mal. Maldito Tyler.

—Lo siento mucho —dijo—. No lo sabía. No le pedí a nadie que hiciera eso. Jamás lo haría.

—Lo sé. No creo que sean amigos tuyos. Simplemente les gusta golpear cosas. Y yo estaba a mano. —Le sostuvo la mirada. Tenía los ojos tan oscuros que casi parecían negros—. De verdad que no fui yo, Gray. Nunca te haría algo tan cruel.

Le creyó. No obstante, seguía teniendo una pregunta sin responder que llevaba molestándola toda la mañana.

—Es que no lo entiendo. Tú te fuiste antes que yo. ¿No los viste fuera? ¿Por qué no me avisaste?

—No vi a nadie. —Hizo una pausa—. Bueno, en realidad eso no es del todo cierto. Al otro lado de la calle había unos tíos alrededor de una furgoneta. Pero estaba oscuro, y yo estaba enfadado por la conversación que había tenido con Chloe y lo único que quería era irme a casa.

Gray estaba sorprendida. Nunca había dado la impresión de que le importara lo que ella pensaba.

—¿De verdad estabas molesto?

—Molesto conmigo mismo —respondió—. Pensaba que me había portado como un gilipollas.

Señaló su sándwich.

—Por cierto, ¿vas a comerte eso? No he comido nada en todo el día. Me muero de hambre.

El repentino cambio de tema pilló con la guardia baja a Gray, quien casi se había olvidado de la comida, y parpadeó. Sin embargo, ella tampoco había comido nada en todo el día, y sentía el estómago vacío.

—Lo compartiré contigo. —Tomó una mitad y le dio la otra a Jake, que la aceptó sin vacilar.

—Gracias. —Le dio un enorme mordisco y suspiró de felicidad—. Estaba demasiado asustado como para ir al comedor —explicó con la boca llena—. Esos dos puede que me den otra paliza.

Esta confesión de debilidad fue tan inesperada que Gray no supo qué responder. Todo lo que se le ocurrió fue:

—No puedo culparte. Son imbéciles.

—Son imbéciles *fuertes* —la corrigió él con una sonrisa burlona.

Durante un rato comieron en medio de un silencio amigable. Una vez que terminó, Gray quitó las migas de la mesa mientras miraba a Jake.

—¿Ha sido Tyler el único que te ha pegado?

—Ojalá. Traía a su hermano. Menuda panda de capullos. —Se frotó la mandíbula con pesar—. Tengo que empezar a hacer deporte.

—No son amigos míos —le aseguró Gray.

Jake estrujó el envoltorio del sándwich hasta convertirlo en una bola.

—Sí, imaginé que lo único que quieren es llamar tu atención.

Gray emitió un sonido despectivo.

—Lo dudo. Son más del tipo Chloe.

La mirada del chico salió disparada para encontrarse con la de ella.

—Venga ya. Todo el mundo quiere salir con la hija de la primera ministra. Conseguir que su cara salga en el periódico. Ojalá se limitaran a comprarte flores. A hacer algo un poco menos violento. Mi padre me crio para que fuera un pacifista, ¿sabes?

La tensión entre ellos se había reducido.

Jake se inclinó hacia atrás y volvió a poner los pies sobre la silla.

—¿Tienes más comida? —Cuando negó con la cabeza, suspiró—. Podría comerme dos sándwiches más de esos.

Mientras lo observaba, Gray rascó la etiqueta de la botella de agua.

—¿Recuerdas lo que has dicho sobre sentirte como si la hubieras cagado en la fiesta?

Él le lanzó una mirada con la cautela escrita en el rostro.

—¿Sí?

—Yo soy la que la cagó. Yo me bebí ese chupito y dije algunas estupideces. Solo… quería pedir perdón. No solo por mí, sino también por Chloe. Puede volverse demasiado violenta cuando se trata de defenderme. —Al sentirse desleal, añadió con rapidez—: No lo hace con maldad.

Jake recogió el envoltorio del sándwich y lo lanzó a la papelera.

—Yo también lo siento —dijo tras un segundo—. Si no hubiera estado tan metido en mis problemas, me habría dado cuenta de que los fotógrafos estaban fuera y habría llamado a la policía.

—La próxima vez.

Con la mesa de por medio, sus miradas se encontraron.

—La próxima vez —aceptó.

Se le curvaron los labios.

—Es raro, ¿verdad? El hijo de Tom McIntyre hablando con la hija de Jessica Langtry. Y no quieren matarse uno al otro.

—No se lo diré a nadie si tú no se lo dices a nadie —prometió Gray.

—Trato hecho.

Intercambiaron una sonrisa.

—Me dan escalofríos de solo pensar en que unos fotógrafos me persiguieran de esa forma —comentó Jake—. ¿Lo odias? ¿Todo ese rollo de la fama?

Gray hizo una pausa para pensárselo.

—Tiene sus cosas buenas, supongo —contestó—. A veces hay gente interesante. Puedo hacer cosas que, de otra forma, no haría nunca. Pero no es normal, ¿sabes? No es así como quería pasar el instituto. Con guardaespaldas acompañándome a todas partes y con los periódicos riéndose de mí. O sea, prácticamente vivo en el despacho de mi madre. ¿Quién hace eso?

Le lanzó una mirada por debajo de las pestañas, lista para sentir el dolor en el caso de que la criticara o se riera de ella. En vez de eso, Jake se quedó pensativo.

—Cuando mi padre estaba haciendo campaña, intenté imaginarme a mí mismo viviendo en el número 10 y parecía... no sé. Duro. No horrible. Pero duro. Como has dicho. —Hizo una señal en su dirección—. No es algo normal. No sé si sería capaz de hacerlo.

—Ya. Yo aún no sé si soy capaz. —Tomó una bocanada de aire—. Hoy mi madre ha empezado a hablar sobre mandarme a un internado, así que tampoco sé si ella me ve capaz.

—¿Un internado? —Alzó las cejas—. ¿Quieres ir?

Negó con la cabeza.

—Hemos tenido una bronca increíble. Su jefa de prensa seguro que se está encargando de todo ahora. Si mañana no coopero, me mandarán allí a rastras.

—Menuda mierda —dijo—. Padres, ¿eh?

—¿Y tu padre, qué? —preguntó—. ¿Te has visto envuelto en su mundo?

—Qué va. Estamos bien —respondió con amargura—. Siempre y cuando no me importe ser su asistente no remunerado y estar de acuerdo con él en todo.

Le sostuvo la mirada con cierto desafío. Como si la estuviera retando a hacerle más preguntas.

—¿Tan malo es? —inquirió, dubitativa.

Jake hizo una mueca con los labios.

—Es lo que hay. Su trabajo equivale a su matrimonio y a sus hijos. No estoy seguro de dónde me deja eso.

Sonaba tan triste que Gray no sabía cómo responder.

Fuera, en el pasillo, el volumen estaba subiendo. Gray miró el reloj que había en la pared. La hora del almuerzo estaba a punto de terminar.

—Y así fue como se pasó el momento —dijo Jake, que sonreía con pesimismo al adivinar lo que estaba pensando.

Para su propia sorpresa, Gray no quería que acabara. Era extraño, pero hablar con él había sido terapéutico. Lo cual no era lo que se esperaba viniendo de Jake McIntyre.

Se puso de pie a regañadientes y levantó su mochila del suelo. Jake se quedó donde estaba, pasando las páginas del libro sin mirarlas.

—¿No vas a clase? —inquirió Gray con el ceño fruncido.

—Vaya, es una decisión difícil. —Se pasó los dedos por la venda de la nariz—. Si salgo, puede que me den una paliza de cojones otra vez. Si me quedo aquí, tengo una biblioteca entera llena de pacíficos libros de los que aprender.

Gray le lanzó una mirada perpleja.

—No puedes quedarte aquí todo el día.

—No te preocupes. Se supone que estoy ayudando a la bibliotecaria. El director está al tanto. No voy a ir a la cárcel.

Gray tenía que irse o llegaría tarde a la siguiente clase.

—Bueno, espero que nadie te pegue hoy.

—Ya somos dos.

El fervor de su voz hizo que se riera. Se giró hacia la puerta.

—Ha estado bien hablar contigo, Gray —gritó a su espalda.

Por alguna razón, eso logró que se sintiera mejor acerca de cómo estaban las cosas.

—Lo mismo digo.

Se apresuró a salir de la biblioteca y dejó a Jake en las sombras.

NUEVE

No fue hasta el sábado que Gray asumió su nueva realidad.
Su madre le dejó claro que no bromeaba en cuanto a lo de estar castigada. No tenía permitido salir del número 10 para nada. Le hizo cancelar sus planes de ir a casa de Chloe y la mandó a trabajar en su ensayo de Historia en la mesa de la cocina, «donde pudiera vigilarla».

Chloe le escribía con regularidad prometiéndole que el mundo entero era aburrido ese fin de semana y que no se estaba perdiendo nada, pero Gray sabía la verdad. Y esto solo era el principio. Todavía le quedaban tres semanas.

Lo peor era que su madre se negaba a hablar sobre la situación de seguridad que le había contado Julia, no importaba cómo sacara Gray el tema, le cortaba y ya está. No sabía nada más. Pero estaba segura de que tenía algo que ver con el tiempo con que la había castigado y con lo implacable que estaba siendo su madre al respecto.

Por supuesto, Richard, que se pasaba la mayoría del día trabajando en el salón, empeoró las cosas. Se regodeaba diciéndole que trabajar más los fines de semana la ayudaría a mejorar sus notas.

—No lo hago por diversión —dijo, y golpeó con el dedo la pantalla del portátil—. Lo hago para mejorar yo. Ojalá puedas ver el beneficio de desarrollar tu mente.

—Claro, Richard —contestó Gray con un dejo sardónico—. Me encanta aprender.

A su padrastro se le amargó la voz.

—Cambiar tu actitud podría cambiarte la vida.

Era una de sus frases favoritas. Apostaría a que tenía un póster con ella en su elegante despacho situado en el rascacielos de la oficina central de la aseguradora en la que trabajaba.

—Genial. —Alzó el libro—. Bueno, será mejor que siga con esto. Necesito algo más de cambio.

Mordaz, Richard cerró el portátil y salió de la habitación. Pasados unos minutos, la ministra y él intercambiaron susurros en el pasillo. El apartamento era pequeño y, aunque hablaban en voz baja, no era suficiente como para que Gray no lo oyera decir: «Sigo intentándolo, pero no quiere implicarse conmigo».

—Lo sé, cielo —dijo la madre—. Dale tiempo. Acabará cediendo.

La simpatía en la voz de su madre puso de los nervios a Gray. ¿Por qué estaba siempre de parte de Richard? Gray estuvo aquí mucho antes de que él apareciera en escena con sus consejos y sus aburridos tópicos.

Refunfuñando en voz baja, se puso los auriculares y subió el volumen de la música para ahogarlo todo.

Fue un alivio cuando, más avanzada la tarde, ambos se prepararon para ir a un acto benéfico.

Durante media hora parte de la tensión que había entre ellos se disipó. El piso estaba inundado de urgencia mientras su madre buscaba los zapatos y los pendientes adecuados, y Richard necesitaba ayuda con la corbata y los gemelos.

Cuando por fin estuvieron en la puerta, listos para irse, Gray tuvo que admitir que hacían buena pareja. Richard había nacido para llevar un esmoquin. Por su parte, su madre parecía más joven e increíblemente elegante con ese vestido de diseño que le resaltaba el azul de los ojos.

Richard dijo algo que Gray no oyó, y su madre le posó una mano sobre el brazo y se inclinó. Se contemplaron con una mirada tan íntima que Gray se sintió incómoda. Se aclaró la garganta para recordarles que seguía allí.

—Estáis guapísimos —les dijo desde el sofá.

Su madre le dirigió una mirada de agradecimiento.

Richard no escondió su sorpresa.

—Gracias, Gray.

Alguien llamó a la puerta. Cuando Richard la abrió, en el pasillo había un hombre joven vestido con un traje oscuro.

—Su coche está listo —les informó.

Richard salió para colocarse junto a él, pero la madre de Gray se quedó bajo el marco de la puerta. Llevaba el pelo recogido y unos sofisticados pendientes le enmarcaban el rostro. Lucía elegante y feliz.

—Que tengas una buena tarde, cariño. —Hizo una pausa antes de añadir—: Gray, se les ha dicho a los guardias de seguridad que esta noche no sales. Puedo confiar en ti y en que no saldrás del edificio, ¿no?

Toda la calidez que Gray había sentido hacía un momento se evaporó y dejó un residuo frío y resentido.

—No me queda más remedio, ¿verdad? —respondió con amargura.

Con un suspiro, su madre se alejó un poco.

—No arruinemos todo ahora. Llegaremos tarde. No nos esperes despierta.

Entonces, la puerta se cerró y su madre se había ido.

—No iba a hacerlo —murmuró.

Sin ellos, el lugar parecía vacío de una manera extraña. Gray estaba decidida a pasarlo bien de alguna manera. Después de todo, era sábado por la noche. Si no podía salir, tal vez alguien pudiera venir.

Le envió un mensaje a Chloe.

¿Haces algo? ¿Quieres venir a casa?

La respuesta llegó al instante.

Lo siento. Voy al cine con Will.

Will era el novio intermitente de Chloe. No tenía sentido tratar de competir contra él.

Gray se sentía como si la estuvieran asfixiando. Atrapada en el apartamento, totalmente sola. Y era el primer día completo que estaba castigada. Le quedaban veinte días más entre esas cuatro paredes.

¿Y de verdad era porque había ido a la fiesta de Aidan y vomitado en una planta? ¿O el auténtico motivo era la amenaza de la que Julia le había hablado? Esa que nadie quería contarle.

¿Cómo podría saberlo siquiera?

Se puso de pie de un salto, caminó hacia la ventana y miró al patio que había abajo. Durante el día estaba atestado del personal del número 10 que iba y venía de un lado para otro y que almorzaba al sol.

Por la noche estaba vacío y proyectado por las sombras. Justo al otro lado del patio había otro edificio del gobierno. Incluso un sábado por la noche se veían algunas luces encendidas que iluminaban los largos pasillos y las filas fantasmales de escritorios vacíos y alineados con cuidado.

Gray presionó la frente contra el frío cristal y observó el edificio a través de las nubes cálidas que creaba su aliento.

Estaba segura de que había algo más en la amenaza de lo que Julia le había dicho. Ryan estaba furioso por lo poco que le había contado. Y, cuando pensó en la noche del jueves y en las motos de los policías, la operación militar para traerla de vuelta a casa… Fuera lo que fuere lo que estuviera ocurriendo, asustó a gente que normalmente no se asusta.

Los asustó lo suficiente como para que la encerraran. Como para que le mintieran.

Pero ¿cómo iba a enterarse de toda la historia? No había una sola persona que tuviera intención de explicársela.

De la nada, apareció en su mente una idea completamente formada. *Podría descubrirlo por mí misma.*

La descartó al instante. No podía recorrer las oficinas del gobierno en busca de información. Los edificios eran enormes; ni siquiera sabría por dónde empezar.

Sin embargo, aquel pensamiento se negaba a irse.

Era imposible acceder al despacho de su madre, ya que estaba cerrado con llave y bajo vigilancia constante. Pero el edificio al otro lado del patio tenía puertas interiores. Podían estar abiertas.

Y así, sin más, supo que iba a hacerlo.

Se quedó de pie durante un largo rato, observando el edificio al otro lado del patio. Luego, sin darse tiempo para pensar en la posibilidad de que fuera un plan terrible, cruzó el salón en dirección a la puerta delantera de su casa y salió al pasillo.

Había un silencio inusual. No oyó voces que procedieran de abajo a medida que descendía las escaleras de puntillas.

Todas las puertas principales estaban vigiladas, pero las que conducían a otros edificios gubernamentales no solían estarlo. Estos ya eran sitios seguros, y no había razón para poner a policías en las entradas que llevaban de un edificio seguro a otro. Había caminado por el número 10 lo suficiente durante los últimos ocho meses como para tener certeza de ello.

El principal problema era los guardias de seguridad. Pero podría evitarlos si tenía cuidado. Tal vez.

Cuando estuvo a los pies de las escaleras, dudó. Si giraba a la izquierda llegaría al vestíbulo principal, donde siempre había guardias en la puerta. Giró a la derecha.

Moviéndose con rapidez, recorrió el silencioso corredor y pasó un par de despachos pequeños hasta que llegó a un pasillo corto que terminaba en unas puertas dobles de cristal.

Se detuvo. A través del cristal podía ver el patio que había observado desde su habitación. Desde aquí parecía más grande. Había varios bancos y macetas con unos árboles enormes cuyas ramas, las pocas que les quedaban, se estremecían con la brisa.

Miró por encima del hombro. El pasillo que había a sus espaldas seguía vacío. Su madre iba a matarla si se enteraba de lo que estaba haciendo.

Bueno, pues será mejor que no se entere.

Abrió la puerta. El viento frío y húmedo del otoño se coló en el interior. Para Gray olía a libertad. La emoción le recorrió las venas como una droga. Estaba explorando. Estaba yendo adonde se suponía que no tenía que ir.

¿Hay algo en el mundo que te haga sentir mejor que eso?

Se adentró en la oscuridad y dejó que la puerta se cerrara tras ella.

DIEZ

HABÍA LLOVIDO. BAJO LA PÁLIDA LUZ DE LAS FAROLAS, LOS ADOQUINES húmedos brillaban como el aceite. Gray tembló por el frío. Ligeramente sorprendida por su audacia, se quedó en el extremo del patio y contempló la imagen que solo había visto a través de un cristal, desde una planta más arriba.

No había mucho. Unos cuantos árboles larguiruchos y medio despojados de sus hojas. Algunos bancos debajo. El espacio estaba delimitado por edificios que se alzaban cinco pisos o más.

No veía a nadie al otro lado de las ventanas de arriba. Ni había ninguna cámara de vigilancia que fuera evidente. Sin embargo, sabía que la policía de la recepción del número 10 observaba las imágenes proporcionadas por cámaras situadas en localizaciones ocultas. Podrían estar viéndola ahora.

Por si acaso, mantuvo la cabeza baja mientras cruzaba los adoquines mojados y se dirigía a la puerta que había enfrente. Al otro lado del cristal solo veía oscuridad.

Dubitativa, estiró la mano hacia el pomo frío de metal. La puerta hizo un levísimo silbido cuando la abrió, un soplo provocado por el movimiento.

Adentro hacía calor. En la oscuridad tenue de aquel edificio de oficinas desconocido Gray se quedó muy quieta, para ver si detectaba algún indicio de vida. No oía nada más allá de su propia respiración.

Dio un paso adelante. Al instante un despliegue de luces parpadeó en el techo y se encendieron.

A Gray se le paró el corazón. Pero el pasillo seguía estando vacío.

Luces con sensor de movimiento. Algunos pasillos del número 10 también las tenían.

Con las luces encendidas, pudo ver que el pasillo se prolongaba solo un poco y que terminaba allí donde se cruzaba con otro pasillo, más allá del cual se extendía la oscuridad.

Incentivada por el hecho de que, al menos por ahora, no había una sola persona, Gray avanzó con confianza hasta el final. Cuando puso un pie en el oscuro pasillo, las luces se encendieron también.

Este era mucho más largo, pero igualmente insulso. No había ningún letrero en las paredes blancas y limpias que indicara qué eran estas oficinas. Tenían el típico aspecto sin rostro que había llegado a reconocer en los edificios del gobierno; es decir, soso de una forma premeditada.

A la derecha, el pasillo se ensanchaba. Parecía prometedor, así que se encaminó en esa dirección.

Se encontró con algunas puertas cerradas por el camino, y algunas estaban cerradas con llave. La que sí se abrió resultó ser un aseo de hombres, por lo que se apresuró a cerrarla de nuevo.

Cuando llegó a los ascensores, se detuvo. Debía de estar acercándose a las puertas principales, donde habría guardias. Si no podía seguir avanzando y ya había visto lo que había dejado atrás, solo le quedaba ir hacia arriba.

Llamó al ascensor y esperó mientras miraba por encima del hombro repetidas veces por si aparecía alguien. Pero el pasillo seguía vacío.

El ascensor llegó con un chirrido alegre que, como una alarma, pareció hacer eco en medio del silencio. Gray subió y pulsó el botón para que se cerraran las puertas.

Al azar eligió el número seis, el último piso.

Pero en cuanto el ascensor se puso en movimiento se le ocurrió que, si bien la planta inferior estaba vacía, en el último piso podía estar el gabinete de su madre en pleno celebrando alguna especie de reunión secreta.

Presa del pánico, estiró el brazo hacia la fila de botones para elegir otro piso, pero, en ese momento, se detuvo, y su mano quedó sobrevolando los números. No había garantía de que alguno de los pisos fuera seguro. Ahora que se estaba moviendo, no le quedaba más remedio que aferrarse a la esperanza.

Examinó su reflejo en la puerta de metal pulido mientras se mordía la punta del pulgar con nerviosismo. La superficie brillante le suavizaba y distorsionaba el rostro, lo que hacía que sus ojos fueran enormes y oscuros.

¿Qué estoy haciendo?, se preguntó. Su madre iba a matarla como la atraparan. Literalmente, era lo más probable.

Sin embargo, no sintió deseo alguno de volver. De detenerse. El zumbido que causaba la excitación de hacer algo rebelde era una sensación demasiado agradable. No era una niña pequeña. Y ya era hora de que su madre se enterase.

El ascensor se paró con un estremecimiento y rebotó con suavidad, como si colgara de unas bandas elásticas. Una voz femenina y mecánica habló.

«Planta seis».

Cuando Gray salió, las luces estaban apagadas. El débil resplandor que emanaban los ascensores abiertos dejaba claro que se encontraba en una especie de vestíbulo central. Podía oír el ruido lejano de una aspiradora. Por lo demás, el edificio estaba sumido en un profundo silencio. Nada de seguridad. Nada de voces de funcionarios.

A sus espaldas, las puertas del ascensor comenzaron a cerrarse. Y con él se fue la luz. Dio un paso a la izquierda y las luces del techo se encendieron. Más adelante vio varias puertas abiertas. Tras lanzar una rápida mirada por encima del hombro, se apresuró hacia ellas.

Se detuvo frente a la primera puerta. Era una habitación grande con filas de escritorios de madera clara. En cada uno había una silla negra de oficina y un monitor de ordenador con un marco plateado.

Todo era uniforme de una manera tan monótona que a Gray no le habría sorprendido averiguar que durante el día la sala estuviera habitada por gemelos idénticos que vistieran idéntico.

Por primera vez se permitió preguntarse qué era lo que buscaba exactamente. Se estaba arriesgando a sufrir la ira de su madre, ¿y por qué? Las probabilidades de que encontrara algo sobre la amenaza que Julia le había descrito eran muy escasas. Aun así, merecía la pena intentarlo.

Caminó entre las filas de escritorios en busca de cualquier documento que pudiera ser útil, pero la mayoría estaban vacíos. Lo único que había eran fotos familiares. Prácticamente todas las imágenes eran de bebés o de niños pequeños.

Mientras Gray exploraba las mesas y veía una cara angelical tras otra, cayó en la cuenta de que en ningún escritorio había imágenes de adolescentes. De hecho, ninguno de los niños de las fotos parecía tener más de once años.

Supongo que después de esa edad ya no les resultamos tan divertidos, pensó.

Se preguntó si su madre tendría una foto de ella en su escritorio. Lo dudaba.

Al darse cuenta se sintió vacía. Hubo un momento en el que habían estado muy unidas. ¿Cuándo se había echado todo a perder?

No podía endilgarle toda la culpa a Richard, aunque algo sí le correspondía, ya que parte de la distancia había surgido sola. Cuando Gray empezó a crecer.

Cuando eres pequeño, los padres no soportan pasar un día en el trabajo sabiendo que estás en clase sin ellos. ¿Quién sabe si podrías estar haciendo algo adorable? Una vez que te haces suficientemente mayor como para decir lo que piensas y tomar tus propias decisiones, dejan de verte como un encanto. No eres lo que crearon. Eres tú mismo. Ahí es cuando empiezan a considerarte un problema.

Ocurre de forma gradual. Lo más probable era que nadie en esta habitación se hubiera dado cuenta de que había dejado de exhibir fotos de sus hijos cuando cumplieron los trece años. Pero todos lo habían hecho.

Con el ceño fruncido, Gray se obligó a parar de pensar e intentó centrarse. Después de todo estaba aquí por un motivo. Fisgonear.

Encontró un escritorio con una pila de papeles junto al teléfono y les echó un ojo. El encabezado decía: UNIDAD DEPARTAMENTAL DE SEGURIDAD, OFICINA DEL GABINETE. En la esquina había un escudo negro del gobierno en el que aparecían un león y un unicornio.

Hojeó los papeles, pero todos eran informes de reuniones y directivas.

Decepcionada, siguió revisando el resto de los escritorios, pero no encontró nada sobre amenazas de seguridad, ningún informe que llevara su nombre. No obstante, tenía la sensación de que estaba en el lugar correcto. Al fin y al cabo, estaba buscando algo sobre la seguridad. Alguien en este edificio sabía lo que estaba ocurriendo.

Tras asomarse al pasillo para asegurarse de que seguía estando vacío, entró en la siguiente oficina. Allí halló más documentos, pero, de nuevo, no eran los correctos. Nada que pudiera ser de ayuda.

La última oficina era una habitación larga con unos quince escritorios alineados a la perfección. Vio uno con una pila de papeles junto al teclado del ordenador y fue directa hacia él. El encabezado decía ELEANOR JOHNSON, DIVISIÓN DE SEGURIDAD E INTELIGENCIA. En la parte superior había un sello con la palabra *CONFIDENCIAL*.

Eran unos pocos párrafos. Al principio Gray los hojeó rápido, pero fue más despacio al darse cuenta de lo que estaba leyendo. Era una nota que les habían mandado a los miembros de algo llamado COBR.

«El protocolo 13 se aplica con efecto inmediato para proteger el número 10 de Downing Street. Talos Inc. ha sido contratada para llevar a cabo tareas de seguridad personal. La organización que profirió la amenaza es desconocida, pero sus métodos la conectan con el servicio de inteligencia ruso. MI6 identifica la amenaza como CREÍBLE».

Gray no siempre prestaba atención cuando su madre hablaba del trabajo, pero sabía lo suficiente como para entender que esto era importante. COBR, al cual todo el mundo llamaba *Cobra*, era el grupo secreto a cargo de las emergencias. Y MI6 era uno de los departamentos de espionaje más famosos del mundo.

La carta le confirmó que todo lo que Julia le había dicho era verdad. Alguien peligroso había amenazado con matarlas a ella y a su madre. Pero ¿por qué? Esto solo había aportado algo a lo que ya sabía. Tenía que haber más.

Sacó el móvil del bolsillo, le hizo una foto a la carta antes de devolverla a toda prisa a la pila correspondiente y rebuscó entre los demás documentos. Estaba totalmente concentrada en averiguar todo lo que su madre no le había contado.

Tal vez esa fue la razón por la que no oyó a los guardias hasta que fue demasiado tarde como para correr.

—Aquí hay otra luz encendida —dijo una voz masculina de repente—. ¿Hay alguien trabajando en esta planta?

Gray ahogó un grito. La voz era tan clara y estaba tan cerca que debía venir justo del otro lado de la pared divisoria.

Se levantó de un salto y buscó con desesperación un sitio donde esconderse. Pero no había armarios de ningún tipo. Todo estaba abierto. Estaba atrapada. Y se estaban acercando.

—No que yo sepa. —La persona que respondió apenas parecía estar interesada—. A veces el aire del sistema de calefacción activa las luces.

—Puede que sea eso —contestó el primer hombre—. Voy a echar un vistazo.

Sin otra alternativa, Gray corrió hacia el extremo de la habitación más alejado de la puerta haciendo el menor ruido posible. Se agachó entre dos sillas en un intento por perderse entre las sombras.

Al otro lado de la larga oficina, oyó el suave roce de los pasos sobre la alfombra.

Gray no podía verlo. Estaba acurrucada en forma de bola protectora. Mantuvo la mirada fija sobre las sillas negras de plástico que había junto a ella.

No puede verme, se aseguró a sí misma. *No puede verme.*

Se quedó allí, esperando a que la encontraran. Seguro que el guardia aparecería detrás de ella en cualquier momento, la tomaría del brazo y la pondría de pie.

No podía respirar. Se estaba ahogando con su propio miedo.

Entonces, un hombre dijo:

—Parece que todo está en orden.

Su voz, amortiguada por la pared, procedía del pasillo.

—Debe ser el aire. ¿Por qué lo dejan encendido cuando no hay nadie?

—No me pagan lo suficiente como para saber la respuesta a esa pregunta —respondió el segundo hombre. Sus voces fueron desvaneciéndose a medida que se alejaban por el pasillo.

Todavía agachada en el suelo, Gray dejó escapar un largo y tembloroso suspiro. Por los pelos. Ya iba siendo hora de salir de allí.

ONCE

GRAY ESPERÓ CINCO MINUTOS COMPLETOS, TAN INMÓVIL QUE LAS LUCES se apagaron. Solo cuando estuvo segura de que se habían ido hacía rato, se puso de pie y volvió a escabullirse por el pasillo, corriendo de puerta en puerta. Demasiado asustada como para utilizar los ascensores, fue hacia las escaleras y, con los pies golpeando tan rápido como los latidos de su corazón, prácticamente voló de un tramo a otro.

Cuando alcanzó la planta baja, esta estaba tan oscura y silenciosa como cuando había llegado. Dondequiera que hubieran ido los guardias, no era allí.

Sin aliento, corrió la pequeña distancia que había hasta las puertas dobles, salió a toda velocidad al patio manchado por la lluvia, y se precipitó sobre los adoquines hacia el silencio cálido y vacío del número 10. Tres minutos más tarde, estaba a salvo en el apartamento de su familia.

Solo entonces tuvo tiempo para pensar. Sacó el móvil y volvió a leer el documento que había encontrado. «MI6 identifica la amenaza como CREÍBLE».

No era de extrañar que su madre se hubiera asustado tanto cuando la llamó aquella noche con voz temblorosa. No era de extrañar que se hubiera olvidado del enfado hasta un tiempo después.

No obstante, ella no era la única que estaba furiosa. A Gray no le habían contado que su propia vida estaba en juego.

Bueno, su madre no era la única que sabía guardar secretos.

Cuando ella y Richard volvieron pasada la medianoche, Gray estaba estirada en el sofá con el pijama puesto y un libro abierto frente a ella, trabajando con diligencia en su redacción de Literatura.

—¿Sigues despierta? —preguntó su madre.

Gray parpadeó.

—No tenía ni idea de que era tan tarde. —Bostezó ampliamente—. Debo de haber perdido la noción del tiempo.

La madre se paseó por el salón hasta la cocina, enderezando una taza por aquí, un tarro por allí. Sus movimientos eran casuales, pero Gray sabía que estaba buscando indicios de lo que había estado haciendo en su ausencia. También sabía que no encontraría nada más allá de unos platos limpios junto al fregadero, que se estaban secando.

Con una expresión angelical, cerró el libro y empezó a amontonar sus cosas en una pila ordenada.

—Pensé en aprovechar la tranquilidad para terminar esta redacción. ¿Os lo habéis pasado bien?

Ambos intercambiaron una mirada. Fue Richard el que respondió.

—La noche ha estado bien. Tu madre ha dado otro discurso magnífico. Todos la han adorado.

—Anda ya, no ha sido nada —objetó la madre de Gray mientras colgaba el abrigo y la bufanda en un armario cerca de la puerta—. Lo de siempre.

—Qué bien —dijo Gray—. Ojalá lo hubiera visto.

Su madre le sonrió con los ojos brillantes.

—Bueno, es tarde y estoy muerta de cansancio. —Se dirigió a la habitación principal con los tacones repiqueteando sobre el suelo—. No te quedes despierta hasta muy tarde, Gray.

Al principio Richard se movió para seguirla, pero se detuvo justo en la puerta del dormitorio y miró a Gray.

—¿De verdad has estado trabajando todo el tiempo?

Gray forzó una sonrisa maliciosa.

—Qué va. He visto bastante la tele antes. Si te soy sincera, me aburrí y pensé que también podría ponerme a hacer algo de deberes.

Eso pareció satisfacerlo.

—Prometo que no se lo diré a tu madre —dijo, como si fueran amigos.

Después de que él también se hubiera ido al dormitorio Gray se quedó un rato en el sofá, escuchando los sonidos que hacían mientras se preparaban para irse a la cama. Oyó el retumbo de la voz de Richard. El sonido bajo y musical de la risa de su madre.

Si alguien le preguntara, no sabría decir por qué no le gustaba Richard. Era un buen tipo. No le daba órdenes ni se comportaba de forma extraña con ella. En cierto modo, era bastante paciente.

Simplemente no era su padre. Y no había nada que pudiera hacer al respecto.

Gray tenía trece años cuando sus padres se separaron. Y, a pesar de todo, de todas las pistas y de las advertencias que podía ver fácilmente en retrospectiva, el divorcio la había pillado por sorpresa.

Aquel año su padre estuvo muchas veces fuera. El Ministerio de Relaciones Exteriores no dejaba de mandarlo a sitios: Pakistán, Kazajistán, Ucrania. Los viajes no tenían fecha de regreso. Solía decir que se quedaba hasta que hubiera terminado de trabajar.

De vez en cuando, sin previo aviso, Gray volvía a casa de clase y se topaba con la bolsa maltrecha de cuero de su padre en el pasillo. Entonces corría hacia el cuarto de sus padres en busca de un abrazo y de cualquier pequeño regalo que él le hubiera traído. Una caja con forma de corazón hecha de madera de canelo, la cual desprendía un olor intenso a especias cada vez que la abría. Un diminuto elefante de alabastro tallado a mano.

Por aquel entonces, su madre había presentado su candidatura al Parlamento y, al estar él tan lejos, tuvo que encargarse sola de la campaña, de su trabajo y de su hija. La presión pasó factura a su matrimonio. Cada vez que el padre de Gray estaba en el país, ambos discutían y se gritaban.

La noche en la que su madre ganó las primeras elecciones, el padre de Gray estaba en Pakistán. Ella lo celebró con su hija y con el personal encargado de la campaña.

Más tarde, Gray pensó que probablemente ese fue el momento en el que el matrimonio terminó de verdad.

Después de un tiempo se hizo evidente que su madre era más feliz cuando él estaba lejos. Amaba formar parte del Parlamento, y no tardó en hacerse un nombre. Subió la escalera política con mucha rapidez.

Para cuando llegó la Navidad de aquel año, ambos se sentían demasiado infelices como para seguir fingiendo. Fue una época fría y difícil en la que había escarcha tanto dentro como fuera de la casa. A pesar de ello, se mantuvieron juntos hasta que desmontaron el árbol y quitaron los adornos. En ese momento le dijeron a Gray que se iban a separar.

El dolor de aquel día seguía presente en ella. Se había sentido mareada. Completamente perdida.

Sin embargo, durante las semanas siguientes la vida adquirió una especie de nueva normalidad. El padre se quedó en el país unos meses mientras todos se adaptaban. Alquiló un piso en Battersea, no muy lejos de donde vivían su madre y ella, y Gray lo visitaba los fines de semana. Caminaban junto al Támesis y hablaban sobre las clases y sobre la vida.

Al mismo tiempo, Gray y su madre desarrollaron cierta cercanía fruto de la necesidad mutua. Gray asumió más responsabilidades y empezó a ayudar en la cocina y a limpiar la casa. Su madre lo dio todo en el nuevo papel que desempeñaba en el Parlamento y también con su hija.

Eran un equipo y se apoyaban una a otra. Cuando la madre estaba demasiado cansada como para cocinar, pedían pizza, cenaban en el sofá frente a la televisión, y su madre bebía vino mientras Gray la ponía al corriente de su día. Los fines de semana, si el padre estaba fuera del país, las dos iban a hacer patinaje sobre hielo en Somerset House, exploraban el Museo Victoria and Albert u observaban a los patos que nadaban en los estanques plateados de St. James' Park.

Gray pasaba los fines de semana con su padre. Por aquel entonces él parecía vulnerable, como si la caída de su matrimonio le hubiera arrancado parte de su orgullo.

Fueron a ver partidos de fútbol, ya que el padre era fan del Chelsea («por mis pecados», le gustaba decir). Después comían hamburguesas en un restaurante barato que a él le gustaba.

Pasear por el puente de Chelsea en las cálidas noches de verano mientras veían pasar los barcos por el río Támesis. Esos eran los recuerdos de aquel año a los que Gray más cariño les tenía. Entonces, un día el padre le dijo que lo iban a mandar a Rusia.

«Es un destino nuevo», le explicó. «Para mí supone una oportunidad de verdad. Lo entiendes, ¿no?».

Podía ver la emoción en sus ojos. Estaba deseando ir.

Todo esto —salir por ahí con ella, ser un padre— no era suficiente para él. No lo hacía feliz. No como su trabajo. Darse cuenta de ello fue como recibir un puñetazo.

En ese momento entendió por qué sus padres se habían divorciado. Por qué su madre había acabado rindiéndose. Aun así, no fue capaz de quitarle esa felicidad.

«Claro, papá», respondió con una sonrisa forzada. «Sé que es importante».

Prometió que volvería cada mes.

«Y tú puedes venir a visitarme», le aseguró. «Ver Moscú. Es una ciudad fascinante».

Los viajes que le prometió tuvieron lugar al principio. Sin embargo, después del primer año, se fueron volviendo menos frecuentes. Estuvo meses sin verlo. Últimamente hasta las llamadas habían cesado.

Richard entró en escena en medio de todo esto. Recogía a su madre con un coche que costaba casi tanto como su apartamento en el sur de Londres y la llevaba a ver obras de teatro y a cenar a restaurantes caros con vistas glamurosas de la ciudad.

Tras un romance fugaz, se casaron en el jardín campestre del amigo que los presentó. Gray llevó un vestido azul que su madre la ayudó a elegir. Era de seda, tenía una falda que le llegaba hasta media pierna y la cintura ajustada, al igual que las mangas, que la hicieron sudar en aquel inesperadamente cálido atardecer de septiembre.

Era imposible no ver lo feliz que estaba su madre aquel día. Estaba radiante. Nunca había estado tan feliz con el padre de Gray. Desde aquel momento, Gray intentó aceptar a Richard como parte de su familia. Y fracasó.

Tras mudarse al número 10, las cosas se volvieron más difíciles. El pequeño apartamento, el constante escrutinio, el hecho de que la prensa siempre persiguiera a Gray, los frecuentes ataques a su madre por parte de Tom McIntyre, así como los que provenían de miembros de su propio partido, descontentos frente al hecho de que una mujer hubiera sido elegida primera ministra… todo ello aumentaba las tensiones.

A Gray le pareció que, en medio de todo eso, su vida —y aquello que quería— se había perdido. O, al menos, había perdido importancia. El trabajo de su madre era lo único que importaba de verdad.

Fue entonces cuando empezó a salir de fiesta y a romper todas las reglas que su madre le imponía. Si era necesario, mentía para tener cierta vida propia. De una forma u otra, quería que la pillaran. Quería que su madre se sintiera dolida.

Era como si hubiera nacido una versión alternativa de sí misma, que había tomado forma después de que su madre se convirtiera en primera ministra. Y a esta Gray tan enfadada nadie podía controlarla, ni siquiera ella misma.

Sin embargo, ahora que sabía que ahí fuera existía un peligro real que las tenía a ellas dos como objetivo, incluso sus insignificantes actos de rebeldía se esfumaron. Ya no podía seguir escapándose para ir a fiestas. Todo se había vuelto demasiado grave.

Ahora sí que estaba atrapada en el número 10.

DOCE

E<small>L LUNES POR LA MAÑANA</small> J<small>ULIA ESPERÓ A</small> G<small>RAY A LOS PIES DE LA</small> escalera.

Debió de ser un fin de semana tranquilo, ya que había pasado dos días enteros sin recibir ninguna llamada de pánico de la oficina. De hecho, consiguió dormir algo.

Estaba lista para empezar a trabajar con Gray. Y la chica estaba desesperada por encontrar un adulto en el que poder confiar. Si era capaz de convencerla de que ella era esa persona, sería mucho más fácil brindarle protección.

Justo a tiempo, Gray bajó las escaleras, tan fuera de lugar en ese sitio como un gato en una pecera. Llevaba unos vaqueros y unas botas que le llegaban hasta las rodillas, casi la misma ropa que Julia había escogido para el clima frío y lluvioso.

—Me gusta cómo vas vestida —señaló con amabilidad a medida que la chica se acercaba.

Gray casi sonrió.

—Lo mismo digo.

Recorrieron el pasillo y cruzaron el ajetreado vestíbulo principal, cuyo suelo parecía un tablero de ajedrez.

—¿Te has metido en algún follón este finde? —se burló Julia—. Intenté pillarte en la prensa rosa, pero tuve poco tiempo.

Esta vez Gray no sonrió.

—Estoy castigada —le recordó—. ¿Cómo iba a meterme en follones?

Julia la miró de reojo.

—Créeme cuando te digo que soy perfectamente consciente de que estar castigada no significa que te vayas a quedar en casa.

Gray parecía alarmada.

—No he hecho nada. —De repente se puso tensa.

Julia alzó las manos.

—No te asustes. Estaba de broma. No te estoy acusando de nada.

Sin embargo, Gray apartó la mirada. Julia nunca había visto a nadie con un aspecto tan culpable.

¿Qué has hecho?, se preguntó mientras observaba a su protegida.

La simple idea de que la chica se hubiera escabullido de alguna forma del número 10 hizo que le dieran escalofríos. Había comprobado las grabaciones. No habían detectado a Gray saliendo del edificio en todo el fin de semana.

Julia aminoró el paso y le tocó el brazo. Gray alzó la cabeza.

—Si ha pasado algo —dijo en voz baja—, siempre puedes decírmelo, ¿vale? No se lo voy a decir a tu madre.

Dejaron de caminar. Gray miró la cara de Julia como si estuviera buscando algo.

—Quiero confiar en ti —contestó en voz baja—. ¿Puedes contarme más sobre la amenaza que hay contra mi madre y contra mí? ¿Por qué quieren hacernos daño? ¿Qué quieren?

A Julia se le hundió el corazón. Lo único que no podía hacer era darle más información sobre aquella amenaza. Si lo hacía, Ryan iría a ver al jefe de cabeza. La había perdonado en una ocasión, pero no iba a dejar que se librara una segunda vez.

—No puedo —respondió a regañadientes—. Podría perder mi trabajo.

Al instante el rostro de Gray dejó de denotar expresión alguna.

—Vale. Lo entiendo. Deberíamos irnos.

Giró y se alejó, y Julia corrió detrás de ella.

—Espera, Gray. Puedes confiar en mí. Lo juro. Por favor, dime qué pasa.

La chica la miró de un modo extraño, con una expresión de melancolía. Sin embargo, cuando habló, su tono de voz era firme.

—Nada. Solo quiero saberlo y mi madre no me cuenta nada. Me siento excluida. No es nada.

Era mentira. Julia estaba casi segura de ello. Pero era creíble, así que no tuvo más remedio que aceptarlo por ahora. Si Gray se sentía atacada, se cerraría en banda.

A Julia se le cargaron los hombros de preocupación. ¿Qué estaba ocultando?

Cuando llegaron a la puerta que Raj les había asignado para ese día, dos oficiales de policía armados les lanzaron una mirada. Julia reconoció a uno de ellos del campo de instrucción.

—¿Cómo te va, Matheson? —inquirió mientras alzaba una máquina para que Julia pasara su identificación—. ¿Raj te mantiene alejada de los problemas?

—Por ahora, sí —respondió distraída, ya que tenía puesta toda su atención en la adolescente parada a su lado.

Gray mantenía la cara hacia abajo y parecía perdida en sus propios pensamientos cuando el guardia abrió la puerta y dejó ver una tranquila calle gris de Londres.

Ryan estaba aparcado a pocos pasos, en un lateral. Estaba de pie junto a la puerta abierta de un Jaguar oscuro. Sus ojos observaban la carretera en busca de cualquier señal de peligro mientras Gray subía al asiento trasero.

Parecía que había pasado mucho tiempo desde el descanso del fin de semana. Gray estaba ocultando algo, y Julia sabía que debía comunicarle su sospecha directamente a su jefe. Pero eso haría que la chica no confiara en ella. Y la confianza podía ser lo único que le salvase la vida.

Tenía que encontrar la manera de que Gray hablara.

TRECE

Después de su aventura del sábado por la noche, la semana de Gray no tardó en caer en una nueva rutina. Sabiendo lo que sabía, ya no podía luchar contra las condiciones de su confinamiento en el número 10. Aun así, seguía enfadada con su madre por no haberle contado la verdad. Y no tenía idea de qué hacer con la información que había conseguido gracias a Julia y a esa pila de documentos. Todo el mundo parecía estar diciéndole que tuviera miedo y que no hiciera nada, la cual era una petición bastante horrible.

De vez en cuando veía a Jake McIntyre en el pasillo del instituto. Sus moretones se habían desvanecido, aunque habían pasado del púrpura al amarillo. El alboroto por la fiesta en el Bijou se había disipado también. Esta semana todo el mundo hablaba de cómo Sally Lemington había perdido su virginidad el jueves por la noche en el asiento trasero del coche del padre de Jared Longacre.

Los cotilleos se esparcen rápido y no tienen piedad.

No había vuelto a hablar con Jake, pero se lanzaban miradas cada vez que se cruzaban en el pasillo lleno de gente. Rara vez, y de forma memorable, él le sonreía cuando nadie los veía. Era un destello de luz secreto, dedicado solo a ella, que la calentaba como el sol.

Gray no le había contado a nadie lo de su conversación en la biblioteca, ni siquiera a Chloe. A la fábrica de cotilleos le hubiera encantado que los dos se juntaran, en un claro desafío hacia sus padres.

Incluso hacerse amigos habría bastado para llamar la atención. Si eso ocurría, Gray sabía que el pequeño hilo de conexión que había entre ellos se quebraría. Ninguno de los dos quería verse arrastrado al centro de atención más de lo que ya lo estaban.

Después de que su madre ganara las elecciones, hubo un gran revuelo por el hecho de que los dos fueran al mismo instituto. Cada vez que se cruzaban por los pasillos, todo quedaba en silencio, y Gray podía notar cómo los miraban. Por eso lo había evitado por completo hasta ahora. Era la única manera de esquivar los susurros dañinos. Con el tiempo, los demás se fueron dando cuenta de que no les darían el gusto de pelearse públicamente. Y el foco de atención se desplazó.

No obstante, ahora tenía miedo de que regresara.

El instituto era una gran distracción frente al encarcelamiento que estaba atravesando. Era la primera vez que recordaba temerle al fin de semana. Mientras Chloe y ella caminaban por el pasillo hacia la salida después de su última clase de ese viernes, todos a su alrededor eran escandalosos y se movían de una forma que causaba vértigo. Ese fin de semana era Halloween. Algunos de los más pequeños iban disfrazados. Vio a una Katniss Everdeen con su arco y su flecha y varias versiones de Dr. Who.

Con aire sombrío, Gray observó cómo pasaban. Lo único que le esperaba era otro fin de semana en el número 10, sola.

A su lado, Chloe charlaba con entusiasmo sobre su disfraz y la fiesta de Halloween a la que iba a asistir. Al final se dio cuenta del silencio de Gray.

—Es imposible que tu madre dé el brazo a torcer, ¿verdad? —inquirió—. Esto empieza a ser ridículo. Ya has cumplido con tu condena.

Gray soltó una carcajada.

—¿Has conocido a mi madre? Ella no cambia de opinión.

—Bueno, creo que es injusto de narices —opinó Chloe con lealtad—. Este fin de semana es Halloween, por Dios. Solo se tienen dieciséis años en Halloween una vez. Además, la fiesta de Amy no será divertida sin ti.

Aunque sus intenciones eran buenas, la conversación hizo que Gray se sintiera peor. Hacía unas semanas que se había comprado un disfraz de bruja sexy con escote y una falda abombada. Llevaba colgado en su armario desde entonces junto con un sombrero puntiagudo a juego. No obstante, las indirectas que le lanzó a su madre para que la dejara salir solo una noche habían sido rechazadas esa misma mañana, durante el desayuno.

«Creo que ya has estado en suficientes fiestas. Deberías haberlo pensado antes de mentirme», dijo, y cerró el portátil para indicar que se había terminado la conversación. «Estás castigada durante dos semanas más».

Gray sabía que lo mejor era no seguir peleando con ella.

—No va a dar su brazo a torcer —le aseguró a Chloe—. Nunca lo hace.

En ese momento sonó el móvil de Chloe.

—Un momento. Es mi padre. —Se echó a un lado para atender la llamada.

Mientras Gray esperaba, miró hacia delante y vio a Jake con Aidan y algunos de los otros chicos del Club Friki, como Chloe y ella los habían llamado en la entrada del instituto. Aidan hablaba con entusiasmo. Jake miraba a un punto lejano con los labios ligeramente curvados en una media sonrisa, lo que hacía difícil saber si de verdad pensaba que lo que decía Aidan era divertido.

Gray lo observó a escondidas. Era demasiado delgado para que se lo considerara típicamente guapo, pero de alguna manera la delgadez le sentaba bien. Definía sus prominentes pómulos y le proporcionaba un borde afilado a la mandíbula. Su piel tostada hacía juego con el pelo y los ojos oscuros.

Estaba tan absorta en sus pensamientos que no se dio cuenta de que lo estaba mirando fijamente, hasta que, como si Jake hubiera sentido sus ojos puestos en él, se giró. Sus miradas se cruzaron. Gray sintió esa mirada como una descarga eléctrica. Como si algo tangible y real crepitara en el aire entre ellos. Esta vez Jake no sonrió. Parecía que había cosas que quería decir. Muchas cosas. Gray no podía apartar los ojos de él. Su mirada era como cuando el sol te da en la cara.

—¿Has oído algo de lo que he dicho? —Chloe la empujó con el hombro.

Nerviosa, Gray rompió la conexión y se giró hacia ella.

—Perdona —dijo—. ¿Qué has dicho?

—He dicho que ya he terminado con la llamada. —Chloe miró a Gray con desconcierto, frunciendo el ceño—. ¿Qué pasa?

—Nada —insistió Gray, que se puso de lado con la esperanza de que su amiga no advirtiera a Jake. De que no atara cabos.

Por suerte, Julia se acercó en ese momento.

—Hora de irse —le comunicó a Gray, animada—. Suficiente educación por un día. Deja los libros.

Gray siguió a su guardaespaldas hasta la puerta lateral. Pero justo antes de llegar miró hacia atrás, hacia donde Jake había estado momentos antes, esperando que aún la estuviera observando.

Se había ido.

Aquella mirada se quedó con ella como un sueño imposible de olvidar. Sin embargo, a medida que la tarde avanzaba y se acercaba al anochecer, se convenció de que lo que había sentido había sido fruto de su imaginación. Estaba avergonzada, incluso, por la forma en la que lo había mirado. Por lo que él podría haber pensado. Era imposible que a Jake McIntyre le gustara ella. ¿Y seguro —*seguro*— que él no le gustaba a ella?

Imposible. Llevaba años siendo una espina para ella. Decidió que se estaba volviendo loca de tanto pasarse noche tras noche encerrada y sola.

Sin embargo, esa noche, mientras estaba sentada con su madre y con Richard terminando de comer, se encontró diciendo en voz alta:

—El otro día tuve una charla con Jake McIntyre.

La sonrisa de su madre se tensó.

—Se me sigue olvidando que va a tu instituto. —Levantó el vaso y le dio un sorbo al vino—. ¿Se puede saber de qué hablaste con él?

De nuestros padres, pensó Gray, pero no lo dijo.

—Algunos pensaban que fue él quien les dijo a los paparazzi que yo estaba en la fiesta de Aidan. —Gray mantuvo el tono de voz tranquilo, aunque, ahora que se había metido en esta narrativa, no estaba segura de cómo salir—. Pero no fue él. Aun así, le dieron una paliza.

—¿Cómo sabes que no fue él? —Richard se inclinó hacia delante y miró a Gray a la cara—. ¿Estás segura?

—Estoy segura —respondió con rotundidad—. No fue él.

—No veo cómo puedes estar segura si no estuviste con él en la fiesta —señaló Richard—. Es bien sabido que tiene contactos. Su padre es maestro en llamar a la prensa y contarle mentiras sobre tu madre.

Gray se quedó perpleja. No sabía que el padre de Jake había hecho eso. No obstante, se recuperó rápido.

—Jake no es su padre. Son dos personas diferentes.

—Claro que sí —coincidió la madre—. Pero él podría tener acceso a esa información. He oído que su padre lo utiliza como asistente.

—Jake odia que haga eso —le informó Gray con rapidez a medida que sentía que la conversación se le estaba yendo de las manos—.

No quiere trabajar allí. El padre lo obliga. Es algo que lo cabrea mucho.

Un nuevo interés se encendió en los ojos de su madre.

—Vaya sorpresa. Siempre he oído que los dos estaban muy unidos. El divorcio de sus padres fue notorio. —Miró a Richard—. Un colapso total.

Gray frunció el ceño.

—¿Cómo que notorio?

Su madre la miró por encima del vaso.

—Bueno, supongo que es de conocimiento general. Su madre tuvo una aventura con otra mujer. Tom reaccionó muy mal. Presentó una demanda para conseguir la custodia y luchó a muerte para quedarse con Jake. —Le lanzó una mirada a Richard—. Cuando ganó, lo sacó en mitad del curso escolar del instituto al que iba en Leeds y lo metió en el mismo al que va Gray. Pobre chico. —Hizo una pausa para terminar el chardonnay que le quedaba en el vaso y añadió—: Siempre he sospechado que lo hizo porque sabía que mi hija iba allí. No me sorprendería en absoluto que utilizara a su hijo para espiarte.

Gray se quedó muda. De repente todo tenía sentido. La forma en la que Jake simplemente había aparecido. Su aversión hacia su padre. Cómo siempre se mantenía al margen de las cosas, con los hombros encorvados y las manos apretadas a los costados.

Puso el divorcio de sus propios padres en perspectiva y casi se avergonzó al haberle asignado un carácter tan dramático. No tenía ni idea de que podría haber sido mucho peor.

—Tom McIntyre es todo un personaje. —Richard, que se había levantado y acercado a la nevera mientras su madre hablaba, se llenó el vaso y le puso una mano en el hombro—. Siento lástima por su hijo.

—Y yo —coincidió la madre antes de volverse hacia Gray—. Pero, y sé que esto suena horrible, preferiría que no pasaras tiempo con él.

Gray se quedó boquiabierta.

—¿Qué? ¿*Por qué?*

—Sé que suena paranoico, pero trabaja en el despacho de su padre. Y a pesar de lo que diga, eso significa que trabaja para la oposición. Y su padre está decidido a destruir mi carrera profesional.

Se levantó y llevó los platos al fregadero mientras Gray le miraba la espalda, atónita. Fuera lo que fuere lo que había esperado, no había sido esto.

—Jake no es un adulto, mamá —señaló—. Es solo un chaval. No puedes tratarlo como… como… —Señaló a su madre y a Richard—. Uno de vosotros.

—Lo sé, amor. Y sé que es difícil entender por qué es importante. —Su madre alzó la voz por encima del agua del fregadero y del ruido de los platos—. Pero la verdad es que no me extrañaría que Tom McIntyre le pidiera a su hijo que se acercara a ti y averiguara todo lo que pudiera sobre mi trabajo y mi gabinete. No puedes confiar en él.

Gray abrió la boca para discutir, pero su madre continuó.

—Hablo con total libertad cuando estoy cerca de ti, y muchas veces llevo a cabo negocios aquí. Oyes cosas. Y no sabes lo que es secreto y lo que puedes compartir con tus amigos. —Alzó una mano para rechazar los argumentos que Gray aún no había expuesto—. Es obvio que ahora confío en que vas a hacer lo correcto, pero alguien que supiera más de política podría convencerte para que revelaras cosas perjudiciales para mí. No puedo arriesgarme a eso. Las cosas ya son bastante frágiles en este momento.

—No voy a decirle nada importante —aseguró Gray con frialdad—. Estuvimos hablando del instituto y de lo que la gente decía de él. Nada más.

No obstante, sabía que no era cierto. También habían hablado de su madre y de su relación. Y de su padre.

Se le formó un nudo de preocupación en el pecho. ¿Sería posible que su madre tuviera razón? ¿Intentaría Jake obtener información sobre ella? ¿Habría dicho demasiado? Si había traicionado a su madre sin darse cuenta, todo podría empeorar entre ellas.

Sin percatarse de su agitación interior, la madre tomó un paño de cocina.

—Ya ves por qué preferiría que no hablaras con él de ahora en adelante —dijo—. Y si tienes que volver a hacerlo, ten mucho cuidado con lo que dices. Recuerda quién es su padre. Y lo mucho que me odia.

CATORCE

LA MADRE DE GRAY TENÍA PREVISTO VIAJAR A BRUSELAS A LA MAÑANA siguiente. Iba a ir a una cena de gala y pasaría la noche en la ciudad. Richard también viajaba ese día, ya que se dirigía a Nueva York para asistir a unas reuniones de negocios. En tiempos mejores, Gray se habría quedado en casa de su padre o en la de Chloe, pero, al estar su padre fuera y ella castigada, no había más alternativa que dejarla sola en el número 10.

Cuando Gray entró en el salón aquella mañana, todavía en pijama y con los pelos de punta, su madre estaba junto al espejo de la puerta pintándose los labios y tenía una pequeña maleta a los pies. Llevaba una chaqueta oscura sobre un top de seda y un collar de plata. Gray sabía que usaba ese collar cuando preveía una pelea. Estaba claro que no se iba a divertir mucho en Bruselas.

—Estás increíble —le dijo mientras se dirigía a la cocina en busca de café.

—Qué bien, te has levantado. —Guardó el pintalabios y se volvió hacia ella—. ¿Estás segura de que no quieres que alguien se quede contigo? Sé que tu tía Laura dijo que estaba ocupada, pero lo haría si le digo que estoy preocupada por ti. Odio pensar que vas a estar aquí sola.

Gray apoyó la botella de zumo de naranja con fuerza.

—No necesito una niñera —sentenció, levantando la voz—. Por Dios, mamá. Tengo casi diecisiete años. Puedo hacerme mi propia *cena.*

—Sé exactamente cuántos años tienes, gracias. —La voz de su madre contenía una pizca de actitud defensiva—. Y no hace falta que te hagas la cena. Le he pedido a la cocinera del piso de abajo que te prepare el pollo con arroz que te gusta. Ya está en la nevera. Solo tienes que calentarlo.

Su repentina rendición pilló desprevenida a Gray. Se había preparado para discutir. Ahora tenía que calmarse de golpe.

—Genial. Entonces no hay problema.

La madre vaciló, mientras alisaba inconscientemente su bolso.

—Sé que puedes cuidar de ti misma, Gray. Es solo que… Bueno. Si necesitas algo, llamarás abajo, ¿no?

Gray hizo una mueca.

—Lo prometo.

No obstante, su madre siguió.

—Si algo te pone nerviosa, llama inmediatamente a la oficina de seguridad. O usa el botón de pánico.

Esto no era propio de ella. No era la primera vez que Gray pasaba la noche sola en el número 10. Sin embargo, lo comprendió de golpe. Se trataba de la amenaza. Y de todas las cosas que su madre conocía y que no le había dicho.

Reprimió el impulso de decirle lo que sabía y de mencionar que se sentiría mucho más segura si su madre fuese sincera, y se acercó a ella.

—Mamá, venga. —Le dio un rápido abrazo, y sintió el collar pesado y frío bajo su barbilla—. Sé cómo llamar a seguridad. También sé que hay un botón de pánico en la cocina, y prometo usarlo si tengo hambre o me aburro.

Gray intentaba hacerla sonreír, pero no lo consiguió. De cerca, las líneas finas que rodeaban los ojos de su madre eran más profundas de lo normal. Parecía cansada. Y estresada.

—Este es el edificio más seguro del país —le recordó Gray—. Estaré a salvo.

—Pues claro que sí. —Su madre suavizó su expresión—. Debo irme. Mi chófer estará esperando. Richard ya está abajo.

Se dirigió a la puerta haciendo repiquetear los tacones sobre el roble pulido, y con la maleta retumbando a su lado.

De repente, Gray la echó mucho de menos. Echó de menos cómo solían ser su madre y ella.

Cuando eligieron a su madre por primera vez para el Parlamento, a veces llevaba a Gray en sus viajes de trabajo, y el de las tardes que pasaban juntas explorando una ciudad nueva era uno de sus mejores recuerdos. Había sido toda una aventura tener una madre política. Echaba de menos esa sensación, ese vínculo entre ellas que, con cada día que pasaba, parecía más frágil. Más quebradizo.

—¿Mamá? —llamó de forma impulsiva.

Su madre se volvió para mirarla.

—Déjalos con la boca abierta, ¿vale?

Una sonrisa iluminó el rostro de la ministra.

—Sabes que lo haré. Hasta mañana, cariño.

Abrió la puerta. En el pasillo Gray vislumbró a un miembro del personal, con los hombros rígidos, que esperaba para hacerse cargo del equipaje. Luego la puerta se volvió a cerrar y se quedó sola.

• • •

Gray pasó la tarde haciendo videollamadas con Chloe, que se estaba preparando para la fiesta de Amy. Iba a representar el papel de una reina vampiro, luciendo un minivestido negro ajustado con un cuello alto terminado en pico.

—No puedo creer que no vengaz conmigo —ceceó Chloe a través de unos dientes de plástico puntiagudos—. Va a zer horrible.

—Va a ser genial —la corrigió Gray—. Y espero que te enteres de todos los cotilleos y que me llames mañana.

Chloe le sonrió a través de la pantalla del teléfono, con una perfecta gota de sangre falsa brillando bajo los labios.

No obstante, mientras hablaban, Gray estaba haciendo sus propios planes secretos. Planes que ni siquiera iba a contarle a su mejor amiga.

Después de colgar, trabajó en su idea e hizo un boceto de cómo debía llevarla a cabo. Tenía que tener una buena historia preparada, porque, para llegar adonde tenía que ir, no tenía más remedio que esquivar a la policía.

Aunque primero tenía que esperar. Tenía que hacerlo en el momento perfecto. Así pues, se obligó a comerse el pollo y el arroz que había dejado su madre, si bien no tenía nada de hambre. Se quedó mirando las publicaciones que Chloe y Amy habían colgado en Internet sobre la fiesta.

Cada imagen que veía de un amigo o una amiga con un disfraz divertidísimo sonriéndole a la cámara hacía que estuviera más decidida a salir de ese apartamento. Costara lo que costare.

A las once estaba llena de una mezcla tan eléctrica de adrenalina y soledad que, cuando abrió la puerta principal del apartamento familiar y se detuvo a escuchar, se olvidó de que estaba asustada.

No oyó voces ni pasos. El edificio parecía respirar a su alrededor, despacio y de forma regular. Como si estuviera dormido.

Salió sigilosamente. Los apliques del vestíbulo, que siempre permanecían encendidos, proyectaban un tenue resplandor dorado. Sus brillantes zapatos con suela de goma no hacían ruido alguno en las escaleras.

Para entonces se había convencido de que, técnicamente, no estaba violando las reglas de su castigo. Después de todo, no tenía intención de abandonar el mundo seguro que otorgaba el número 10. No del todo.

Aun así, su madre iba a matarla si se enteraba.

Pues mejor que no se entere nunca, pensó.

Por lo que sabía, la parte más difícil vendría justo al principio. El único camino para llegar a su destino la conducía a través del incansable grupo de policías que custodiaban la puerta principal del número 10 las veinticuatro horas del día.

En el silencio pudo oír el murmullo de una conversación, el sonido lejano de alguien escribiendo en un teclado, mucho antes de llegar adonde estaban.

Respiró hondo, se puso derecha y aceleró el paso para dirigirse con decisión hacia el vestíbulo principal, detrás de donde los guardias se sentaban frente a un montón de ordenadores.

Casi había cruzado cuando alguien con una voz oficial la llamó por detrás.

—Disculpe, señorita.

Gray se detuvo. Tragó saliva y se giró.

—¿Sí? —inquirió, intentando parecer inocente.

Tres guardias la miraron. Uno de ellos, obviamente, se levantó para seguirla y se colocó entre ella y los escritorios en los que trabajaban. Era alto y delgado y, según su parecer, de la misma edad que su padre. Llevaba la camisa blanca del uniforme de policía y un chaleco negro antibalas que hacía que su pecho pareciera más voluminoso.

—¿Podemos ayudarla en algo? —Su tono era cauteloso y educado, pero también autoritario, con un dejo subyacente que decía: *No te metas conmigo*.

Gray se había preparado para esto, pero ahora que lo estaba experimentando tuvo que hacer acopio de toda su fuerza para mantener la compostura.

Intentó parecer inocente.

—Solo voy a la cocina para ver si tienen chocolate. No nos queda nada arriba y es Halloween, ¿sabe?

—Si quiere, podemos hacer que alguien se lo suba —ofreció el agente—. El personal de cocina está de guardia.

Ahora todos la miraban con mayor interés. Si no lograba convencerlos, la mandarían de vuelta arriba sin dudarlo.

Forzó los músculos de la cara para esbozar una sonrisa.

—En realidad —dijo, tratando de transmitir confianza—, tengo muchas ganas de fisgonear en la cocina y ver qué tienen para comer. Me muero de hambre. Y no voy a saber lo que quiero hasta que no lo vea. ¿Le parece bien?

Hubo una pausa mientras el agente principal lo sopesaba. Estaba claro que era el jefe de los tres. Al final, le dirigió una mirada cómplice e inclinó la cabeza hacia la cocina.

—De acuerdo, venga. Tráenos un poco de chocolate si encuentras.

—O una caja de galletas —intervino uno de sus compañeros desde su escritorio.

—Se supone que estás a dieta —se burló el tercer policía.

—Es Halloween, tío —se defendió el policía a dieta—. Estoy en edad de crecer.

—¡Gracias! Veré qué puedo encontrar. —Con un gesto de la mano, Gray se dirigió a la cocina; la invadió una sensación de alivio tan grande que, sin darse cuenta, acabó sonriendo.

Podía oír a los policías discutiendo de buena manera a sus espaldas. Era evidente que habían aceptado su argumento. Ahora nadie le estaba prestando atención.

La cocina estaba todavía a cierta distancia cuando se detuvo frente a una puerta anodina. Era la puerta por la que Julia la había llevado el primer día para evitar a los fotógrafos. La que era secreta y conducía a los túneles; y, si los atravesabas, te llevaba a otros edificios del gobierno.

Si nadie iba a contarle lo que ocurría, lo averiguaría por su cuenta.

QUINCE

JULIA ESTABA FRENTE AL PALACIO DE WESTMINSTER TEMBLANDO DE frío cuando el Big Ben dio las once campanadas. Se hallaba tan cerca de la torre del reloj que sintió la vibración de las campanas en el pecho.

Por regla general ahora estaría en casa descansando, pero Raj la llamó justo antes de las seis para preguntarle si no le importaría hacer horas extras.

«Hay una cena en el Parlamento», explicó. «Un montón de políticos famosos en un mismo lugar puede ser atractivo para los malos. Muchos objetivos. Estaría bien tener toda la ayuda posible».

Algo le decía que su jefe no quería que se quedara allí solo para estar con un grupo de policías y ver a gente borracha caminando por Parliament Square vestida de Frankenstein o de vaqueros.

Se frotó las manos para intentar que sus dedos helados recuperasen la sensibilidad. Lamentó haberse dejado los guantes. Su abrigo no era lo suficientemente grueso como para soportar el viento gélido que soplaba desde el Támesis, y que fluía justo detrás del famoso edificio.

Tuvo que arreglarse rápido. Se cambió el atuendo apto para el instituto que llevaba cuando trabajaba con Gray por una chaqueta y unos pantalones negros, y se recogió el pelo. Con las prisas había olvidado parte de su ropa para el frío.

Un grupo de chicas un poco borrachas se detuvo para posar para una foto junto a los agentes de la puerta principal. De forma amistosa, uno de ellos aceptó, y sonrió ampliamente mientras las mujeres revoloteaban a su alrededor como mariposas atraídas por el polen.

Como vuelva a ver a otra bruja sexy, pensó Julia con una expresión fría y vacía mientras una mujer se reía y le ofrecía su sombrero puntiagudo al policía, quien, con educación, se negaba a ponérselo.

—A ti te queda mejor —dijo con una sonrisa agradable, pero con unos ojos observadores.

Si algo había aprendido Julia en las dos últimas horas era que los policías del Parlamento tenían más paciencia que un santo. Tuvo que hacer acopio de toda su fuerza para no gritarle a la multitud.

«¿No podéis continuar con vuestro camino? ¿No habéis oído hablar del terrorismo?».

Momentos después vio a Raj saliendo de uno de los arcos de piedra. Hablaba con un hombre trajeado que le daba la espalda a Julia. El lenguaje no verbal de ambos era extraño. Raj tenía el cuerpo medio girado, como si no quisiera acercarse demasiado al otro hombre, pero, a pesar de ello, escuchaba con atención.

Cuando el hombre se giró de manera que su rostro quedara bajo la luz, a Julia se le cortó la respiración. Llevaba años sin ver esa cara, pero la reconoció al instante.

Se dio la vuelta y tuvo más frío que antes, y su mente se puso a darles vuelta a todas las posibilidades existentes. Algo iba muy mal.

Minutos más tarde, sonó una voz a sus espaldas.

—Una noche de locos.

Julia se giró y se encontró a Raj de pie junto a ella, observando el flujo de la gente. La chaqueta de cuero negra que llevaba no tenía pinta de calentar más que su abrigo, pero el viento gélido no parecía afectarlo mientras la observaba fijamente, como si previera lo que iba a decir.

—¿Por qué estabas hablando con Nathaniel St. John? —preguntó Julia. Sus palabras escondían un tono acusador.

—Antes de que saques conclusiones, me pidió que habláramos un momento. —Tenía la voz cubierta de desagrado—. Francamente, preferiría no hablar con él nunca. Pero, como bien sabes, tiene contactos. Y resulta que ha escuchado los mismos rumores que yo. Quería hacerme saber que no estaba involucrado, pero que cree que los rumores son ciertos.

Julia no se quedó tranquila.

Nathaniel era amigo de sus padres y una de las razones por las que se había distanciado de su familia. Su política extremista y sus decisiones egoístas cuando ella era más joven la impulsaron a alistarse en el ejército y a abrirse camino en la vida por su cuenta cuanto antes. Los despreciaba a todos.

—¿Rumores sobre qué? —inquirió—. Raj, tú sabes mejor que nadie que es un mentiroso.

—Sé lo que hago, Jules. —Era la primera vez que usaba el apodo por el que la conocían cuando era adolescente—. Esta situación con Luciérnaga y su madre es peor de lo que pensábamos. Justo cuando incrementamos nuestra seguridad, estos tipos cambiaron sus tácticas. Nos volvemos a ajustar y descubrimos que ya han cambiado. Es casi como si supieran lo que vamos a hacer antes de que lo hayamos hecho. —Hizo una pausa—. Deberías saber que los últimos mensajes que hemos interceptado te mencionan en concreto.

A Julia le dio un vuelco el corazón.

—¿Saben mi *nombre*?

Asintió con la cabeza.

Por una vez se quedó sin palabras. Talos Inc. y todo lo que ella y los demás guardias hacían era un secreto absoluto. Nadie lo sabía, excepto la primera ministra y sus ayudantes más cercanos.

—Raj —dijo, sin aliento por el shock—, eso significa que alguien de dentro está trabajando contra nosotros. Alguien con un alto cargo.

—Sí, así es. —Su voz estaba cargada de una furia silenciosa—. Por eso te lo digo. Tienes que saber que a partir de ahora operaremos bajo el Protocolo 9. Vamos a trabajar de manera extraoficial. Nada de lo que hagamos se le comunicará a nadie, excepto a la primera ministra, que ha accedido a mantenerlo totalmente al margen de su cargo público. —Hizo una pausa—. Además, voy a necesitar que te traslades a una casa segura. Esta noche. Aquí tienes la dirección. —Le entregó un papel.

Julia lo miró fijamente y, por un momento, las palabras que leyó no adquirieron sentido.

Protocolo 9. Un protocolo de guerra que se había invocado tan pocas veces que Julia tardó un momento en recordarlo. Significaba silencio de radio. Nadie del gobierno sabría nada de lo que hicieran a partir de ahora. Nadie sabría cuál era su trabajo. Y, si se metían en problemas —o morían—, nadie en el gobierno los ayudaría.

—Nadie más tendrá acceso a esto —le aseguró—. Tampoco puedes contárselo a nadie. Necesito que desde ahora te quedes allí hasta que te diga lo contrario. Una vez que recojas tus cosas esta noche, no podrás volver a tu casa bajo ningún concepto hasta que te diga que es seguro.

A Julia se le secó la boca de repente. Todo esto era mucho peor de lo que había imaginado.

—¿Y Ryan? —preguntó—. ¿Lo han identificado también?

Asintió con un movimiento de cabeza.

—También se trasladará esta noche. Ahora hablaré con él.

A Julia le costaba procesar lo que le estaba diciendo. Había un espía dentro de los altos cargos del gobierno británico. Lo más seguro era que formara parte del gabinete de la primera ministra. Y esa persona estaba colaborando con el nuevo grupo terrorista ruso que quería matar a la líder del país y a toda su familia.

Nunca antes había sucedido algo así, al menos que ella supiera.

—¿Significa esto que Gray corre más peligro de lo que pensábamos? —inquirió de manera atropellada—. Si están dentro pueden…

Raj la interrumpió antes de que pudiera decir otra palabra.

—Siempre supimos que estaba bajo amenaza y eso no ha cambiado. Nuestra labor de protegerla sigue siendo la misma. No está a salvo en ninguna parte salvo en el interior del número 10 de Downing Street. —Miró por encima de Julia, con los ojos oscuros como el cielo—. Y, aun así, sigue intentando salir.

Dejó escapar un suspiro que el aire frío convirtió en una nube y se acercó a ella. Cuando habló, su tono de voz se había vuelto más urgente.

—Julia, tienes que convencer a Luciérnaga de que confíe en ti. Hazle confidencias. Cuéntale tus propios secretos. Escucha los suyos. Sé su *amiga*. Es joven y se siente sola. Es imposible que entienda el peligro al que se enfrenta ahora mismo. Necesitamos que te cuente lo que pasa. Lo que escucha. No reconocería una amenaza si se le acercara. Ha estado demasiado protegida por su madre.

Hizo una pausa antes de decirle la última parte.

—Deberías saber que su padre trabaja para el MI6. Está en una misión de larga duración en Rusia. Eso es todo lo que puedo decirte. Pero puede estar relacionado con lo que está sucediendo ahora.

—¿Gray sabe lo de su padre? —preguntó Julia con el ceño fruncido.

Negó con la cabeza.

—No tiene ni idea. Cree que es una especie de diplomático. Eso es todo. Su madre no quiere que sepa nada, y eso hace que sea más difícil protegerla. Es lo suficientemente mayor como para entenderlo, pero su madre sigue viéndola como a una niña pequeña. ¿Y tú y yo? —Extendió las manos—. Estamos atrapados en el medio.

—Me aseguraré de que esté a salvo —prometió Julia—. Pero su madre tiene que dejar de mentirle a su hija.

Raj le lanzó una mirada de advertencia.

—Nos guste o no, trabajamos para la primera ministra. Ella es quien pone las reglas. Y nosotros las cumplimos.

Julia no desistió.

—No estoy para nada de acuerdo con no informar a la chica de lo que realmente está pasando en estos momentos.

—No es decisión tuya, Jules. —Su tono le dijo que lo dejara, y, de mala gana, lo hizo.

—Entendido —contestó.

—Ahora mismo tenemos que ponerte a salvo —dijo Raj, que dejó ir un poco de la frialdad que había en su tono de voz—. Vete a casa. Recoge tus cosas. Asegúrate de que no te sigan. Utiliza los métodos habituales. Recuerda tu entrenamiento.

—Sí, señor.

Raj alzó la vista para mirar la enorme esfera del reloj del Big Ben, cuyo oro brillante contrastaba con el oscuro cielo invernal.

—Son tiempos peligrosos —comentó—. Pero este edificio ha visto cosas peores. Estará aquí cuando esta amenaza pase. —Su mirada se dirigió a Julia—. Sigue mis reglas y tú también lo estarás.

Tras eso, se alejó a grandes zancadas y se dirigió a la puerta alta y arqueada del Parlamento, que estaba bien iluminada.

Mientras observaba cómo se iba, Julia sintió que una primera punzada de miedo le recorría la columna vertebral. Había trabajado en el servicio de inteligencia en el ejército; podía oír todo lo que Raj no decía. La misión que había descrito era prácticamente imposible, y él lo sabía.

La amenaza estaba organizada, era creíble y había penetrado en el gobierno británico a través de los niveles de seguridad más altos. Nadie podría proteger a Gray si alguien de dentro de ese edificio deseaba su muerte.

Ese pensamiento la enfureció. Y la ira la volvía fuerte.

Si querían eliminar a Gray, primero tendrían que pasar por encima de ella. E iba a disfrutar deteniéndolos.

DIECISÉIS

LAS LUCES YA ESTABAN ENCENDIDAS EN EL TÚNEL CUANDO GRAY LLEGÓ al final de la escalera. Pensó que tal vez siempre las dejaran encendidas. O tal vez habría alguien más aquí abajo.

Había un silencio inusual. No se oía el ruido del tráfico ni el débil zumbido de la calefacción que salía a través de las rejillas de ventilación. No había voces ni pasos más allá de los suyos. De hecho, lo único que podía oír, además de su propia respiración, era algún que otro repiqueteo ligero, como si alguien estuviera bailando lejos, sin sentido del ritmo.

Unos gruesos cables eléctricos en forma de cuerda recorrían el techo por encima de su cabeza junto con una decena de tubos de plástico.

Las tuberías son las que hacen ruido, se dijo Gray, ya que es lo que habría dicho su madre, aunque no tenía ni idea de qué podía hacer que las tuberías sonaran así.

Pero tenían que ser las tuberías.

Se obligó a no pensar en ello, aceleró la marcha y, volviendo sobre sus pasos de la semana pasada, corrió hacia el túnel. El aire era frío y húmedo y tenía un olor rancio y mohoso que le recordaba a aquel día.

Antes de lo que esperaba, pasó por delante de las puertas anticuadas e intrigantes con las ventanas de cristal esmerilado. Con sus números pintados a mano y sus pomos ennegrecidos parecía que conducían al pasado. Como si pudiera abrir una y entrar directamente en la Gran Bretaña de la Segunda Guerra Mundial con los bombarderos zumbando sobre su cabeza.

Apretó la cara contra el cristal esmerilado y trató de mirar dentro, pero no pudo distinguir más que formas sombrías. Vacilante, probó el pomo.

Sonó al tocarlo, pero se negó a girar. Estaba cerrada con llave.

Frunció el ceño y probó con la siguiente puerta. Y con la siguiente. Todas estaban cerradas con llave.

Quería probarlas todas, pero no tenía tiempo. Era cuestión de minutos que la policía se diera cuenta de que no había vuelto. Su plan de esta noche no le permitía estar más de media hora bajo tierra. No podía excederse.

Sin dejar de trotar, reanudó su viaje a través del túnel. Tras las puertas, las paredes desconchadas y encaladas estaban vacías. Nada de señales de advertencia ni de letreros. Se suponía que cualquiera que estuviera aquí abajo ya sabría adónde iba.

Más adelante apareció una abertura arqueada a la derecha. Cuando llegó a ella, vio que se trataba de un segundo túnel. Se parecía mucho al que estaba transitando. Misma iluminación. Mismas paredes polvorientas. En la entrada, el cartel descolorido y pintado a mano que había visto el otro día apuntaba hacia lo lejos. Parecía una señal de tráfico. Decía: MINISTERIO DE RELACIONES EXTERIORES.

Gray vaciló. Su padre era diplomático del Ministerio de Relaciones Exteriores. Si entraba, tal vez podría averiguar algo sobre él y sobre la misión que estaba llevando a cabo. Nunca le había contado mucho sobre su trabajo. Solo que era importante y secreto.

Se le curvó el labio. Sus padres pensaban que no se podía confiar en ella. Ambos la trataban como a una niña. Bien, pues ahora ella tenía sus propios secretos.

Al final, siguió andando hacia delante. Una cosa que sabía de los diplomáticos era que trabajaban a todas horas. Había pocas probabilidades de que el edificio estuviera completamente vacío. Era demasiado arriesgado.

Había recorrido cierta distancia cuando se dio cuenta de que el *tic-tac* había vuelto a sonar más fuerte que antes. Sonaba como un reloj ruidoso. O como unos tacones altos golpeando el suelo de piedra.

Se quedó sin aliento. ¿Y si había alguien más aquí abajo?

Tenía que salir.

Echó a correr a toda velocidad y atravesó el túnel tan rápido que las paredes se iban desdibujando a su lado. Iba tan deprisa que casi se saltó la siguiente intersección.

Cuando pasó por delante de la brecha se detuvo bruscamente, lo que hizo que perdiera el equilibrio y que sus manos chocaran con la pared más cercana para no caerse. El contacto del yeso bajo sus dedos era húmedo y viscoso, por lo que apartó las manos y se frotó las palmas contra los vaqueros con fuerza.

El olor a humedad era mucho más fuerte en ese lugar. Olía a moho y a putrefacción. A años sin luz. Era olor a cementerio.

La idea hizo que un escalofrío le recorriera la columna.

Este túnel no se parecía en nada al otro que había encontrado. La entrada era arqueada en vez de cuadrada. Las paredes eran desiguales, y podía ver las marcas de un cincel en las piedras. No había cables ni tuberías a lo largo del techo.

La iluminación no procedía de tubos fluorescentes, sino de unas bombillas incandescentes que colgaban y parpadeaban en la oscuridad, emitiendo sombras que se deslizaban como arañas por las viejas paredes de piedra.

Las sombras parecían tener vida propia, ya que se movían incluso cuando las bombillas estaban quietas.

En la entrada, una flecha pintada a mano señalaba el túnel junto a un cartel viejo y descolorido en el que solo se leía: Q.

¿Q?, pensó Gray con el ceño fruncido.

No había nada en el gobierno que se llamara Q. No había ninguna oficina de Q. O un departamento Q.

¿Qué podía significar?

Fuera lo que fuere, era secreto. El Ministerio de Relaciones Exteriores estaba bien señalado. Esta oficina, sin importar lo que fuera, tenía un nombre en clave.

Se le tensó el estómago cuando se asomó al estrecho espacio con sus sombras en movimiento y sus luces oscilantes. Era el lugar más aterrador que había visto en su vida. Parecía exactamente la clase de sitio en el que podría averiguar algo sobre las personas que querían matarla.

Tras prepararse para lo que pudiera ocurrir de ahora en adelante, entró en el túnel.

Lo primero que notó fue el frío. El techo era muy bajo y húmedo. Las gotas de agua caían sobre el suelo de piedra como si fuera lluvia. Se habían formado charcos en algunos lugares, lo que la obligó a abrirse paso entre el agua helada.

Era mucho más estrecho que el otro túnel; si estiraba los brazos, podía tocar ambos lados. También era más antiguo. Las grietas separaban la piedra aquí y allá en cortes irregulares que no revelaban nada salvo más rocas grises. El suelo de piedra estaba sucio y la arenilla crujía bajo sus zapatos.

En algunos lugares colgaban estalactitas pálidas. La mayoría eran pequeñas y larguiruchas, unas agujas hechas de minerales endurecidos. Cuando pasó por debajo de ellas, estremeciéndose, algunas eran bastante largas como para arrancarle el pelo. Eran como dedos huesudos.

El camino no era recto. Se doblaba y se curvaba, a veces de manera bastante pronunciada. El suelo ondulaba hacia arriba y hacia abajo. Pronto tuvo frío y se sintió mojada y perdida.

Aun así, siguió caminando. No estaba segura de cuánto tiempo había andado cuando se percató de la inquietante oscuridad que había más adelante. Al llegar al margen de esta, se detuvo.

Hasta donde la vista le alcanzaba, las luces que colgaban del techo estaban apagadas.

Por primera vez se planteó seriamente la posibilidad de dar la vuelta. No quería adentrarse en lo desconocido. Nunca había visto una oscuridad tan completa. Era como si estuviera en una cueva.

Podía ver su propio aliento. Tenía las manos entumecidas y el miedo se desató en su interior.

Odiaba la oscuridad. Había vivido en Londres toda su vida, y la ciudad nunca estaba a oscuras. Contaba con su propio sol permanente gracias a los miles de coches, autobuses y farolas que había.

Como si estuviera en un precipicio, notó una presión en el pecho cuando se inclinó hacia delante y se asomó a la penumbra.

No puedo hacerlo, pensó.

Sin embargo, si decidía volver ahora, la noche entera habría sido en vano. Volvería a aquel apartamento vacío, sola, sin saber nada.

Tenía que ser valiente.

A Julia no le daría miedo estar a oscuras. Ella no parecía tener miedo de nada. Era una tontería tenerles miedo a las sombras.

Buscó en su bolsillo, sacó el móvil y abrió la aplicación de la linterna. Proyectó un resplandor débil y azulado en la espesa negrura que amenazaba con envolverla.

Se armó de valor y dio un paso hacia la oscuridad.

Casi al instante sus zapatos chapotearon en el agua, que le llegaba hasta los tobillos y era negra como el alquitrán. La rodeó mientras intentaba no rozar la pared pegajosa. Su respiración causada por el pánico hizo que aparecieran unas nubes de vapor que luego se desvanecían con la débil luz de su teléfono. Todo hacía eco. El chapoteo de sus pies, el sonido áspero de su respiración, incluso los latidos de su corazón parecían resonar en las paredes.

No sabía cuánto tiempo llevaba caminando cuando, al fin, vio una débil luz más adelante. Se le aceleró el corazón. Apresuró el paso, ansiosa por salir de esa oscuridad que parecía aplastarla con todo su peso.

Ya casi había llegado cuando oyó que algo correteaba sobre el agua a sus espaldas.

Reprimió un grito y se giró para mirar. El móvil salió volando de sus entumecidos dedos y aterrizó en el agua. La luz que desprendía se apagó.

Todo se volvió oscuro otra vez.

—Mierda —dijo Gray. La palabra se convirtió en un eco que volvió hacia ella convertido en un susurro áspero. *Mierda… mierda… mierda…*

El sonido hizo que un nuevo escalofrío le recorriera la columna.

Quería correr, pero no podía dejar su móvil ahí. Alguien podría encontrarlo. Su funda dorada y brillante delataba que se le había caído a alguien que trabajaba para la primera ministra.

Temblando, miró hacia abajo, ahí donde sus pies helados y empapados se perdían en la oscuridad. Solo podía hacer una cosa.

A regañadientes, se agachó y sumergió los dedos con desagrado en el agua helada, y notó la piedra áspera debajo.

—Dios —susurró en voz alta, y su voz le devolvió el eco. *Dios. Dios. Dios…*

—Qué asco.

Asco. Asco…

Tensó la mandíbula y agitó la mano en la oscuridad hasta que, por fin, sus dedos encontraron algo resbaladizo y metálico, algo que, sin duda, era moderno. Lo agarró, lo sacó de su tumba acuática y lo alzó, triunfante. El agua fría le corrió por el brazo.

La pantalla estaba en blanco, y se quedó así sin importar cuántas veces pulsara el botón de encender. Pero al menos lo tenía. Y era más fácil explicar cómo se había mojado el móvil que cómo había desaparecido para siempre dentro de un apartamento del que no debía salir.

Con los dedos húmedos se lo metió en el bolsillo. Decidida, ahora sí, a salir del frío y de la humedad, corrió hacia la luz. Para su alivio, a cada paso que daba el suelo se iba secando. El aire tenía un olor más fresco y hacía más calor.

Se estaba acercando a algo, pero ¿a qué?

Corriendo a toda velocidad, dobló un recodo y descubrió que el túnel terminaba de forma abrupta frente a una sólida puerta de roble.

Gray la examinó con curiosidad. No era como las puertas que había cerca del número 10. Era mucho más antigua.

Una vieja lámpara de metal se arqueaba sobre ella, enroscada como una serpiente. La madera de la puerta era gruesa y estaba llena de marcas. Las enormes bisagras negras parecían estar hechas de hierro.

En lugar de un pomo o de un picaporte, tenía un anillo de hierro macizo.

Gray extendió ambas manos para agarrarlo. Era pesado y extrañamente cálido al tacto.

Giró con suavidad, como si lo hubieran engrasado recientemente.

La puerta se abrió.

DIECISIETE

Con cautela, Gray entró en un pasillo subterráneo bien iluminado.

En los conductos había cuerdas gruesas de cables eléctricos con los vivos colores del arcoíris —rojo, azul y amarillo—, a lo largo del techo bajo. Por las paredes corrían montones de tuberías.

Era viejo, como el túnel, pero se notaba que le daban mucho uso, ya que estaba limpio y seco. No había olor a decadencia ni a moho.

Había carteles modernos por todas partes. techos bajos: ¡cuidado con la cabeza!, ¡no tocar! peligro de electrocución.

Los bordes de piedra del techo estaban ornamentados y tallados con cuidado. Parecía una especie de iglesia, tal vez. O un palacio.

Dios, ¿y si había acabado en el Palacio de Buckingham? ¿Cuánto tiempo llevaba caminando? ¿Tan lejos había ido?

Recorrió el sótano a toda velocidad en busca de una manera de subir y probó todas las puertas laterales hasta que, al final, llegó a un conjunto de escalones de piedra lisos que ascendían.

Se apresuró a subir y abrió la puerta de un empujón.

Lo que vio al otro lado la dejó boquiabierta. Era glorioso. Las paredes estaban revestidas de roble pulido. El suelo estaba cubierto de una alfombra roja. De las paredes colgaban antiguos dibujos de

Londres durante distintas etapas de su historia, en elaborados marcos dorados.

El aire olía a cera de limón para muebles y a cuero. El aroma era intenso y estaba lleno de promesas.

A lo lejos pudo ver unas estanterías de cuatro metros de altura repletas de volúmenes encuadernados en cuero de color granate e impresos con letras doradas. Las cortinas de las ventanas arqueadas eran de seda dorada y escarlata.

Sabía que solo había un lugar en Londres que tuviera ese aspecto. Había estado aquí muchas veces con su madre. No estaba en el Palacio de Buckingham. Estaba en la Cámara de los Lores.

Se había colado en el Parlamento.

Darse cuenta de ello fue emocionante y aterrador. Si la pillaban, se metería en muchísimos problemas. Esta era la capital del país. Y se había metido en ella.

Le costó calmarse lo suficiente como para pensar de manera práctica.

Lo más importante era estar segura de que podía volver a encontrar la salida. El Parlamento era una enorme estructura que se parecía a un palacio, y, al igual que un castillo, era un edificio laberíntico. Estaba lleno de pasillos largos y confusos. Era muy fácil perderse.

La puerta por la que había salido estaba marcada con las letras BL-141. Lo memorizó junto con otros puntos de referencia cercanos, como las imponentes estanterías y un reloj de pie ornamentado.

Parecía estar completamente vacío. No lo estaba, por supuesto. Seguro que la policía y los guardias de seguridad patrullaban toda la noche.

Tendría que ser rápida y cuidadosa. Tras una breve reflexión, se dirigió a las estanterías. Podía utilizarlas para hallar el camino de vuelta, como migas de pan gigantes.

Recorrió el pasillo con los hombros rectos, caminando como si fuera la dueña del lugar.

Cada vez que lo visitaba, el edificio la deslumbraba. Parecía sacado de un cuento de hadas con sus mesas de mármol, sus ventanas altas y sus puertas arqueadas, cada una de ellas enmarcada en piedra o en roble minuciosamente tallados.

Cuando llegó a una ventana con cortinas de seda ribeteadas con borlas doradas, se detuvo a mirar. La torre del Big Ben se alzaba tan gigante y tan cerca que tuvo que inclinarse hacia atrás para ver la hora. Las once y media.

Ya debería haber regresado. No obstante, no quería irse sin echar un vistazo. No podía irse, todavía no.

Una multitud de policías y guardias de seguridad vestidos de negro estaban agrupados a los pies de la torre del reloj. Una de las agentes le resultaba familiar. Gray entrecerró los ojos, tratando de distinguir sus rasgos. Con su corta cola de caballo rubia se parecía a Julia, pero la mujer se alejó antes de que pudiera verla mejor.

Tras recordarse a sí misma que el tiempo apremiaba, dejó caer la cortina y se apresuró a recorrer el pasillo a través de sillas descomunales con forma de trono y de mesas largas coronadas por pesadas urnas y libros del tamaño de enciclopedias.

Cada paso que daba parecía revelar algo más sorprendente. Una armadura de tamaño real que brillaba en un rincón. Una espada tan larga como ella en una vitrina. Y por todas partes, más cuadros y libros.

El Parlamento está compuesto por dos cámaras. Todo en la Cámara de los Comunes es verde y bastante sencillo. Todo en la Cámara de los Lores es rojo y dorado. La de los Lores es más antigua. Más ornamentada. Por sus visitas previas sabía que estaba en la parte de los Lores, pero nunca había estado en este pasillo. No tenía ni idea de en qué parte del laberinto se encontraba.

El pasillo desembocaba en un extraordinario vestíbulo en el que muchos pasillos se unían a través de unos elevados arcos. Por encima ardían unas enormes lámparas de araña, lo que resaltaba el suelo, embaldosado con el diseño de una estrella en el centro. Estaba rodeada de estatuas de mármol por todos lados. Algunas habían sido emplazadas sobre zócalos, y a otras las habían montado en las paredes alrededor de las enormes puertas. Sus ojos inexpresivos parecieron mirarla con desaprobación cuando se detuvo para intentar orientarse. El atrio era circular y de él surgían cuatro pasillos que se extendían en distintas direcciones. Había estado aquí antes, pero nunca sola.

Todavía estaba decidiendo qué hacer cuando oyó voces que se acercaban.

Todo hacía eco contra la piedra y las baldosas, por lo que era imposible saber de dónde venían. La habitación redonda distorsionaba el sonido.

Pero se estaban acercando.

Presa del pánico, Gray giró a la izquierda y luego a la derecha en busca de un lugar donde esconderse, pero no había nada. No había ventanas. No había cortinas. Era imposible desaparecer.

No podía quedarse allí.

Moviéndose con rapidez, cruzó directamente el vestíbulo, pasó por la puerta alta y abierta que había al otro lado y salió a un amplio pasillo. Fue la decisión correcta, ya que las voces se desvanecieron a sus espaldas. Con el corazón acelerado, siguió corriendo hasta que dejó de oírlas.

Finalmente, cuando volvió a haber silencio, se permitió detenerse.

El pasillo era significativamente menos opulento que el que había dejado atrás. Las paredes estaban enyesadas en vez de revestidas con madera, y el techo era más bajo y blanco. A ambos lados había oficinas administrativas normales.

Era la Cámara de los Comunes. El despacho de su madre solía estar allí hasta que se convirtió en primera ministra y se trasladó al número 10.

Gray probó la primera puerta a su izquierda, movida más por la curiosidad que por la esperanza. Para su sorpresa, se abrió fácilmente y dejó ver un pequeño despacho. Quienquiera que trabajara ahí había dejado las luces encendidas.

Pensó que les había dado esquinazo a los hombres que había oído, pero no pasaba nada si se escondía durante un ratito hasta estar segura. En un impulso, entró rápido y cerró la puerta tras ella.

De pie, muy quieta, presionó el oído contra la madera, pero no oyó nada.

Parte de la tensión abandonó sus hombros. Quienquiera que estuviera ahí fuera debía de haberse ido por uno de los otros pasillos.

Lo más probable era que estuviera a salvo.

Aliviada, se dio la vuelta para ver su escondite. El despacho era pequeño y anodino, con espacio solo para un escritorio y una silla, además de para unas estanterías llenas de archivos. Un pequeño televisor colgaba sobre la puerta con la pantalla en negro.

Al centrar su atención en el escritorio, se dio cuenta de que estaba ordenado de una forma irritante. Aparte del ordenador y del teléfono, solo había un abrecartas y dos fotos enmarcadas de unos niños con las mejillas regordetas.

Tras comprobar los cajones del escritorio y encontrarlos todos cerrados, se dispuso a revisar los estantes laterales en busca de algún papel útil. En ese momento, se fijó en la puerta. No era la puerta por la que había entrado.

Pensando que era algún tipo de armario, intentó abrirlo. Al hacerlo, se halló ante un despacho mucho más grande.

El interior estaba oscuro, pero por la puerta abierta entraba suficiente luz como para ver que había un escritorio más grande y elegante y una silla más cómoda.

Esta habitación pertenecía al jefe de quienquiera que ocupara el despacho más pequeño.

Gray palpó la pared hasta encontrar un interruptor. Cuando se encendió la luz, ante ella apareció un gran despacho ejecutivo.

Las paredes estaban pintadas de color gris oscuro y el suelo estaba cubierto por una alfombra de felpa a juego. Las lámparas parecían caras e iluminaban todos los rincones con sutileza. Al otro lado de la habitación había una mesa larga rodeada por seis sillas, cada una tapizada en cuero verde y, en el respaldo, el logotipo del Parlamento —la puerta de un castillo con forma de numeral con los bordes terminados en pico—, en color dorado.

Retrocedió y volvió a mirar la puerta. No había ningún letrero que indicara de quién era el despacho. Aunque estaba claro que era de alguien importante. Era *pomposo*. El despacho de la madre de Gray nunca había sido tan grande ni tan bonito cuando estaba en el Parlamento.

Puede que encontrara algo aquí.

Revisó rápido la pequeña pila de papeles que descansaba sobre el escritorio. Había informes sobre programaciones, algo sobre una cena que se iba a celebrar esa noche en honor de algún lord, pero nada en absoluto que tuviera que ver con la amenaza.

Por primera vez consideró que lo que estaba haciendo era prácticamente imposible. Pues claro que aquí no había nada sobre la amenaza que pesaba contra su vida. Estaba pescando en un océano gigante, esperando que su pequeño anzuelo diera con la información que necesitaba. Cuando se paró a pensar en ello, se percató de que lo que estaba haciendo era una locura.

No obstante, quería saber la verdad. Por qué alguien quería matarla. Qué esperaba ganar. ¿Y cómo iba a saberlo, si no?

Era hora de volver y, aun así, se encontró caminando alrededor del escritorio y levantando el pesado pisapapeles de cristal. Probó la silla de cuero negro.

El entusiasmo que había experimentado por estar en el Parlamento había empezado a desvanecerse. Se sentía sola y aislada. Los policías de la puerta principal del número 10 eran las únicas personas con las que había hablado en toda la noche.

Deseó que Chloe estuviera allí.

Sacó su móvil húmedo del bolsillo y pulsó el botón de encender con esperanza. Pero la pantalla se empeñaba en permanecer oscura.

Su mirada se posó en el teléfono de oficina negro y descolgó el auricular siguiendo un impulso. El zumbido bajo y tranquilizador del tono de llamada le dio la bienvenida. Marcó el número de Chloe de memoria. Apoyó sus deportivas plateadas y mojadas sobre el escritorio y esperó.

Sonó cuatro veces.

Cinco.

Estaba a punto de colgar cuando de repente la voz de Chloe apareció en su oído.

—¿Quién es? —preguntó con agresividad.

—Por Dios —dijo Gray—. Qué desconfiada eres.

Hubo una breve pausa.

—¿Gray? ¿Eres tú?

—¿Quién, si no?

—Este no es tu número. —El tono de Chloe era acusador. Ya no ceceaba, por lo que debía de haberse quitado los dientes de plástico—. ¿Dónde estás? ¿Con quién estás? ¿Tu madre te ha dejado salir de la cárcel?

—No exactamente. —Gray echó un vistazo al elegante despacho ejecutivo—. Me he escapado.

—¿En serio? —Chloe sonaba complacida—. ¿Dónde estás? Ven a verme.

A Gray le llamó la atención que no hubiera ningún sonido de fondo. Su amiga no podía estar en una fiesta.

—Espera, ¿dónde estás *tú*? —inquirió—. ¿Por qué no estás en la fiesta de Amy?

—Ha sido espantosa. —Chloe suspiró—. Sus padres estaban allí.

—¿Qué dices?

—Sí. No fue divertido —aseguró Chloe—. Su madre hizo pizzas. En plan, ¿cuántos años tenemos? *¿Doce?* Todo el mundo se quedó sentado con los disfraces mirando los móviles. Me fui tan pronto como pude. Amy estaba bastante avergonzada.

—Menudo rollo. —Gray trató de sonar compasiva, pero no podía dejar de sonreír.

—Sí. —Chloe suspiró—. Fue lo peor. Una auténtica pérdida de tiempo. —Le cambió el tono de voz—. Aunque tuve una buena charla con Jake McIntyre.

A Gray le dio un vuelco el corazón.

—¿Jake estaba allí? ¿Qué ha dicho?

—Bueno —respondió Chloe—. Primero he de decir que es mucho más interesante de lo que pensaba. Y más mono. ¿Cómo no me había fijado en esos pómulos?

El estallido de celos que sintió Gray fue tan inesperado que hizo que se estremeciera. No porque estuviera celosa de Chloe. Gracias a su pelo largo y liso y a sus ojos grandes y marrones, Chloe era siempre la preferida de los chicos. Estaba acostumbrada a ello.

No obstante, pensaba que Jake era diferente.

—¿Hola? ¿Sigues ahí? —Chloe le dio unos golpecitos a su móvil.

Gray se aclaró la garganta.

—Sí, estoy aquí. Solo estaba… ¿Qué decías? ¿Que ahora te gusta Jake?

—Dios, no —contestó Chloe—. No es mi tipo para nada. Lo que trato de decirte es que solo quería hablar acerca de *ti*. «¿Cómo está Gray? ¿Sigue castigada? ¿Cuándo la dejará salir su madre? ¿Está saliendo con alguien…?».

—¿En serio te ha preguntado eso? —la interrumpió Gray—. ¿En serio te ha preguntado si estaba saliendo con alguien?

Dejó caer los pies al suelo y se inclinó hacia adelante. Se había olvidado por completo de lo que la rodeaba. Podría haber estado tranquilamente en su casa.

—¿Por qué pareces tan sorprendida? —Podía oír lo bien que se lo estaba pasando Chloe a través del teléfono—. No paro de decirte que estás más buena que el pan. *Pues claro* que le gustas. La pregunta es: ¿a ti te gusta él? No os gustabais en la fiesta de Aidan.

El calor inundó el rostro de Gray.

—Ya, pero hemos hablado después de eso —confesó.

—Espera. ¿Y cuándo ibas a decírmelo? —preguntó Chloe.

—Ahora.

—¿Entonces te gusta? —Chloe sonaba emocionada.

Gray no estaba segura de cómo responder. En su mayor parte, Jake la confundía. ¿Por qué no lo odiaba de repente? ¿Qué había cambiado?

Estaba intentando decidir qué responder cuando oyó las voces.

—Entremos aquí —dijo un hombre. El aire se movió al abrirse una puerta.

A Gray se le detuvo el corazón.

Alguien acababa de entrar en el despacho exterior.

DIECIOCHO

—Chloe —susurró Gray con urgencia—. Tengo que irme.

Oyó vagamente que Chloe decía: «¿Por qué? ¿Qué pasa?». Pero no había tiempo.

Dejó el teléfono en la base haciendo el menor ruido posible y se puso en pie de un salto.

—Siento haberte sacado de la fiesta —dijo la voz de un hombre en el despacho contiguo—. Pero quería hablarte sobre el asunto que estábamos discutiendo antes.

Otro hombre soltó una carcajada cargada de ironía.

—Eso pensé.

La puerta que daba al despacho exterior seguía entreabierta. A través del hueco vio sombras que se movían en su dirección.

Con el pánico apoderándose de su pecho, Gray buscó alguna forma de escapar de la habitación. Pero no había más puertas aparte de por la que había entrado.

Estaba atrapada.

Comenzó a temblar, pero no podía entrar en pánico. Tenía que hacer algo. No podía dejar que la encontraran ahí, demasiado aterrorizada como para moverse.

Aparte de esconderse bajo el escritorio, que era una opción terrible, solo quedaba la mesa. Estaba hecha de una madera oscura y pulida y no era especialmente protectora, pero cabía la posibilidad de que pudiera ocultarla. De todas maneras, no le quedaba otra alternativa.

Los hombres se estaban acercando.

—Entremos en mi despacho —dijo el primer hombre—. Solo tenemos un minuto o dos, a menos que queramos que los demás se den cuenta de que nos hemos ido. —Estaban casi en la puerta.

Gray cruzó la sala corriendo hasta llegar al otro extremo de la mesa y se puso a cubierto justo cuando alguien abría la puerta del despacho contiguo.

—Tomemos asiento —volvió a decir el primer hombre, y Gray resistió el impulso de suspirar de alivio. Todavía no la habían visto.

Observó cómo dos pares de zapatos oscuros, brillantes y bien atados se deslizaban por debajo del otro extremo de la mesa.

—Supongo que esto significa que tienes la intención de seguir adelante —aventuró la segunda voz.

—Vaya, conque directo al grano —contestó el primer hombre—. Bien. Sí. Vamos a seguir adelante con ello. Por eso quería hablar contigo. Espero que también formes parte del asunto. Queremos que participes. Más que eso. —Hizo una pausa, como si estuviera eligiendo las palabras con cuidado—. Nos encantaría que tu organización interviniera.

Gray frunció el ceño. La reunión tenía un matiz ilícito. Ambos hombres mantenían el tono de voz bajo a conciencia. Estaban solos en un despacho de un edificio prácticamente vacío y, a pesar de ello, intentaban no hacer ruido. La única razón posible era que estuvieran ocultando algo.

Pensar con lógica era tranquilizador. Respiró con cuidado y se concentró en permanecer quieta. Quería escuchar más.

—Bueno, es un gran honor. —El segundo hombre sonaba más cauteloso que complacido—. Obviamente, primero necesito saber más detalles. ¿Cuál es el plan?

141

—No puedo revelarte todo hasta no estar seguro de que vayas a participar. —La voz del primer hombre se había vuelto un poco tensa—. Entiendes que estamos hablando de algo extremadamente... delicado.

—Esa es una manera de describirlo —comentó el segundo hombre con frialdad—. Estás hablando de una revolución.

—No seas ridículo. —El tono del primero era despectivo—. Estamos poniendo las cosas en su sitio. Corrigiendo un error cometido por unos pocos individuos insensatos. Eso es todo. La revolución es para los estudiantes.

—Dime —dijo el segundo hombre, que había ignorado su tono—, ¿cómo piensas deshacerte de ella? Has intentado convencer a los miembros del partido de que la expulsaran, pero se han negado. Has intentado convencerla para que renunciase y se ha negado. ¿Qué te queda por hacer? No puedes obligar a una primera ministra a dimitir si ni ella ni su partido quieren hacerlo.

Gray tomó una bocanada de aire rápida y silenciosa. Estaban hablando de su madre.

La idea era tan impactante que no escuchó lo que dijeron los hombres a continuación. La habitación parecía tambalearse a su alrededor. ¿Quiénes eran esos individuos? ¿Por qué querían deshacerse de su madre? ¿Qué estaba pasando en esa habitación?

Frente a la mesa que cubría su cabeza, los hombres seguían hablando. El primero estaba explicando algo.

—Y, como tú dices, hemos probado la vía tradicional y no ha funcionado como esperábamos. Hemos decidido que ya es hora de hacer algo más grande. Algo que guíe al país hasta nosotros. Que haga que deseen elegirnos. Confían en nosotros en tiempos de agitación. Si les damos una crisis, vendrán a nosotros en busca de seguridad.

—Suena razonable. —El segundo hombre parecía sorprendentemente tranquilo ante esa sugerencia extrema—. Pero ¿qué crisis se puede crear?

Hubo una larga pausa. Gray deseó poder ver lo que estaba sucediendo. ¿Estarían haciendo contacto visual? ¿Estaría el primer hombre haciendo alguna señal?

Cuando habló, la voz del hombre era tan baja que Gray tuvo que esforzarse para escucharlo.

—En el caso de que le ocurriera algo —dijo de forma pausada—, creemos que eso atraería al público hacia nosotros.

—Pero ¿cómo? —El segundo hombre parecía escéptico—. Su equipo de seguridad es excelente. Ninguno va a ayudarte.

—No seas ridículo —se burló el primer hombre—. No necesitamos su ayuda. Nuestros compañeros han sido increíblemente útiles organizándolo. Recuerda, no hace mucho un lunático con una escopeta mató a un diputado en la calle. Es más fácil de lo que crees.

A Gray se le heló la sangre. La amenaza que había contra su madre… Estos hombres formaban parte de ella.

—¿Tienes a alguien en mente para hacer el trabajo? —inquirió el segundo hombre. Su voz, difusa y envuelta en ecos, parecía provenir del otro extremo de un túnel.

Tengo que tranquilizarme, pensó Gray. *Tengo que escuchar.*

No obstante, parecía que su mente no era capaz de hacer lo que ella quería. ¿Qué estaba haciendo ahí? No debería estar en el Parlamento. Debería estar en su habitación. Se lo había prometido a su madre. Juró que no se iba a ir. Si lo hubiera hecho, nada de esto estaría pasando.

Aunque eso no tenía sentido, ¿verdad? Si no hubiera venido, no se habría enterado de lo que ahora sabía. Tenía que estar aquí. Tenía que escucharlo. Tenía que salvarla de esos hombres.

—¿Dónde crees que tendrás acceso? —continuó el segundo hombre.

—¿Eso significa que estás interesado? —inquirió el primero, evitando la pregunta.

—Estoy interesado.

—Excelente. —Gray se imaginó cómo sonreía el primer hombre. Una sonrisa fría y malhumorada—. Va a asistir a un acto benéfico para recaudar fondos dentro de dos semanas en Oxford. Es privado, así que su seguridad será leve. Lo estamos contemplando y...

Alguien llamó a la puerta.

Gray se estremeció. No había oído venir a nadie. Pero no fue la única.

—Joder, coño. —El segundo hombre respiró hondo—. ¿Quién es?

—Tranquilo —siseó el primero con brusquedad—. Yo me encargo.

Gray oyó el crujido de la silla cuando se puso de pie. El susurro de sus zapatos sobre la alfombra. El aire agitándose al abrir la puerta.

—¿Sí? ¿Qué pasa? —preguntó.

Gray no podía creer lo tranquilo que sonaba.

—Me dijiste que te avisara cuando preguntaran por ti. —La voz le resultó familiar, pero no fue capaz de identificarla en ese extraño momento.

—Gracias —dijo secamente el primer hombre—. Enseguida voy.

Dejó la puerta abierta y se giró hacia la mesa. Debía de estar mirando hacia donde estaba escondida. Si iba a verla, sería ahora.

Gray contuvo la respiración y se quedó quieta como una estatua, con los dedos cerrados en puños sobre el suelo, lista para levantarse de un salto y correr si fuera necesario.

La pausa que siguió fue insoportable. Podía sentir los ojos del hombre sobre ella.

—Tendremos que continuar esta conversación en otro momento —sentenció el primer hombre al final.

No la había visto nadie.

—Ha estado demasiado cerca. —El segundo hombre se levantó y se dirigió hacia la puerta—. La próxima vez hablemos fuera del Parlamento, por favor.

El primer hombre soltó una carcajada profunda y socarrona.

—Vas a tener que acostumbrarte a esto si quieres unirte a nosotros.

Las luces se apagaron. La puerta se cerró.

Agazapada en la oscuridad y con las piernas doloridas, Gray escuchó cómo se alejaban. Podía oír el débil rumor de sus voces, pero sus palabras se estaban perdiendo.

Luego las voces se apagaron por completo y el edificio volvió a quedar en silencio.

Gray salió con rigidez de su escondite y se dirigió hacia la puerta a toda prisa. La abrió con cautela y se asomó al pequeño y oscuro despacho que había al otro lado. Estaba vacío. Respiró entrecortadamente.

Tenía que salir de allí. Tenía que avisarle a su madre.

Abrió la puerta del despacho y se asomó al pasillo largo e iluminado. Tenía el mismo aspecto que cuando entró por primera vez, pero no era el mismo en absoluto. La conversación que había escuchado había dejado un residuo aceitoso. Lo había manchado todo como si fuera un desecho tóxico y viscoso.

Cuando salió al pasillo, deseó correr tan rápido y tan lejos como le fuera posible. No obstante, había cámaras de seguridad por todas partes y llamar la atención no sería prudente. Por tanto, se obligó a caminar con los hombros rectos mientras deshacía el camino que llevaba al atrio.

Ya casi había llegado cuando oyó pasos. Se le encogió el corazón. Demasiado cansada y asustada como para correr, retrocedió hasta refugiarse en una puerta.

Los pasos repiqueteaban con fuerza sobre el suelo de piedra del atrio. Temblando, Gray esperó a que la pillaran. Sin embargo, el hombre que cruzaba la amplia sala no miró hacia ella. Si lo hubiera hecho, habría visto la sorpresa en sus ojos. Y la habría reconocido.

Porque era Richard.

DIECINUEVE

Cuando perdió de vista a su padrastro, Gray volvió a salir por la puerta. Sin importarle que la vieran, se dirigió al atrio a toda prisa y se quedó observándole las espaldas. ¿Qué estaba haciendo ahí? Se suponía que estaba en un viaje de negocios. Había partido hacia Nueva York a primera hora de la mañana.

Y, no obstante, aquí estaba, en el Parlamento. No tenía sentido.

Por un momento pensó en seguirlo, pero, con la misma rapidez, se convenció de no hacerlo. Necesitaba llegar a casa, ponerse a salvo. Llamar a su madre.

Mientras reanudaba su recorrido por el palacio que era el Parlamento, empezó a dudar de lo que habían visto sus ojos. Tal vez no fuera él. Al fin y al cabo, todos los hombres parecen iguales con esos trajes. Y estaba bastante lejos, al final del pasillo.

Sin embargo, era exactamente igual a Richard. La misma forma de andar con pasos largos y arrogantes. El mismo pelo peinado con cuidado.

Gray intentó recordar el camino de vuelta. En aquel atrio de paredes de piedra, las estatuas la miraban imperiosamente, con sus vestidos de mármol largos y fríos y sus capas pálidas.

«No deberías haber venido aquí desde un principio», parecían decir sus rostros inexpresivos. «Tú has provocado esto. Tu madre va a odiarte más todavía».

Estaba tan cansada, tan asustada, y tenía tanto frío. Las lágrimas le quemaban los ojos y, con la cabeza gacha, cruzó a ciegas. El gran edificio estaba tan silencioso que, cuando entró en el pasillo que había al otro lado, el suave roce de sus zapatos sobre el antiguo suelo de piedra era ensordecedor.

Allí apareció el familiar y ornamentado revestimiento de roble, así como el techo decorado en exceso. Estaba de nuevo en la Cámara de los Lores. Iba en la dirección correcta.

En su mente seguía repitiendo todo lo que acababa de escuchar. A cada paso que daba dudaba de sí misma. Dudaba de si lo habría entendido. Dudaba de que ese hubiera sido de verdad su padrastro.

¿Por qué un funcionario del gobierno iba a querer conspirar para matar a la primera ministra? Era una locura. No había ocurrido algo así en cientos de años. Debía estar equivocada. Tenía que estarlo.

Sin embargo, incluso mientras se lo decía a sí misma, sabía que la conversación había estado teñida de una maldad palpable. Había un ansia de venganza llena de júbilo en la voz del primer hombre, como si llevara mucho tiempo queriendo hacer algo así. Y por fin había llegado su oportunidad.

Si tan solo le hubiera visto la cara. Estaba demasiado cerca como para atreverse a alzar la cabeza por encima de la mesa para mirar. No había ninguna placa con un nombre en la puerta del despacho. Lo único que tenía eran voces en su cabeza planeando algo terrible. Ninguna prueba.

Mientras pasaba junto al reloj de pie que había utilizado como punto de referencia, se preguntó cómo se suponía que iba a explicárselo a su madre.

Y luego estaba Richard. ¿Debía mencionar que lo había visto? ¿De verdad lo había visto? ¿Y si estaba equivocada?

Entumecida, se abrió paso entre las imponentes estanterías de libros con sus hermosos volúmenes de cuero labrado, y entre las cortinas carmesíes y las sillas como tronos sin apenas ver nada. Costaba imaginar cuán emocionada había estado hacía media hora por encontrarse en ese edificio. Ahora lo único que quería era salir.

Cuando por fin dio con una pequeña y sencilla puerta con el BL-141, la abrió de forma precipitada. Bajó los estrechos escalones de piedra a toda prisa y, una vez que llegó al pasillo de techos bajos, se lanzó hacia la puerta antigua y amplia con su picaporte en forma de anilla de hierro.

Lo agarró con ambas manos y lo giró con fuerza, cegada por las lágrimas.

El gélido túnel ya no le parecía tan aterrador. No después de lo que acababa de experimentar. Sentía que era seguro en comparación. Cuando la puerta se cerró tras ella, echó a correr hacia la oscuridad. Sus pies, ya empapados, chapotearon en el agua fría, pero no lo notó. Se limitó a correr con la respiración entrecortada.

Volver se le hizo mucho más rápido que entrar. Tardó poco tiempo en llegar al punto en el que los dos túneles se unían bajo una señal que decía Q. Se detuvo, jadeando.

Le ardía el pecho y le dolía el cuerpo de tanto correr, y los pies le ardían por el frío y la humedad.

No obstante, no estuvo quieta mucho tiempo. Sabía que tenía que seguir avanzando.

Con esfuerzo, obligó a sus pies de plomo a moverse. Cuando llegó a la corta escalera al final del túnel, estaba agotada. Sin aliento, subió hasta la puerta y entró en el habitual silencio nocturno del número 10.

Se apoyó contra la pared. El sudor le corría por la espalda mientras se presionaba la frente con las yemas de los dedos para tratar de calmarse. Necesitaba *pensar*.

Al final del pasillo pudo oír a los guardias que hablaban en el vestíbulo principal. Uno de ellos se rio. El sonido le resultó extraño.

¿Debería decírselo?, se preguntó, aturdida.

Sin embargo, hacía menos de una hora que se había cruzado con ellos y les había dicho que iba a la cocina. ¿Qué impresión les daría que apareciera ahora, llorosa, presa del pánico, cubierta de suciedad y de sudor, y se pusiera a hablar de asesinatos?

Pensarían que estaba loca.

Se puso derecha, tragó saliva y se encaminó hacia el apartamento. Cuando llegó al suelo de baldosas blancas y negras del vestíbulo, forzó una sonrisa y saludó a los guardias con rapidez antes de darse la vuelta.

—Buenas noches —dijo distraídamente uno de ellos.

—¿Te has olvidado de nuestro chocolate? —bromeó el otro.

Todos se rieron.

Tal vez no se habían dado cuenta del tiempo que había pasado. O tal vez solo estaban siendo amables.

Fuera como fuere, Gray apretó la mandíbula, mantuvo la sonrisa y caminó con paso firme hasta que dobló la esquina y ya no pudieron verla. Entonces, corrió el resto del camino a través del pasillo y escaleras arriba, entró al apartamento de su familia, y cerró dando un portazo.

Apoyó la espalda contra la puerta y observó el apartamento vacío. Todo estaba justo donde lo había dejado. Era cálido y seco. Pero ahora ella portaba esta peligrosa información como una bomba con la mecha encendida, y no tenía ni idea de qué hacer con ella.

Solo había una persona que podía saberlo. Corrió hacia el teléfono fijo, lo arrancó de la base y los dedos tantearon el plástico.

Por un instante pensó en llamar a Julia. Pero la guardaespaldas no la conocía. No de verdad. No tenía motivos para creerle.

Una lágrima le resbaló por la mejilla y la apartó con el dorso de la mano.

Marcó el cero. Solo sonó dos veces antes de que una voz femenina y nítida respondiera.

—Recepción. ¿En qué puedo ayudarle?

Gray tragó saliva.

—Soy Gray Langtry —respondió—. Necesito que me ponga con mi madre… por favor.

Si a la mujer le sorprendió que la hija de la primera ministra llamara a su madre en mitad de la noche, su voz no lo delató.

—Por supuesto, señorita —dijo sin cambiar el tono—. Se la paso.

Hubo un clic y luego, en algún lugar de Bruselas, sonó un teléfono.

Y sonó. Y sonó.

Gray se aferró al teléfono con la mano resbaladiza. Podía oír el pitido y su propia respiración irregular en su oído.

¿Dónde está?, se preguntó.

Tal vez había apagado el móvil por la noche. Pero eso no tenía sentido. Su madre nunca apagaba el móvil.

En Bélgica era una hora más tarde, por lo que no podía seguir fuera.

Justo cuando se iba a dar por vencida, el pitido cesó.

—¿Hola? —Respondió su madre, aturdida—. ¿Quién es?

—Mamá. —Gray luchó contra las lágrimas que amenazaban con apoderarse de ella—. Perdón por haberte despertado.

—¿Gray? —Sonaba apagada, medio dormida. A veces tomaba pastillas para dormir cuando viajaba. Si no, según ella, lo único que hacía era tumbarse en la cama y pensar. El dejo distante de su voz indicaba que esta era una de esas noches—. ¿Qué hora…?

—Es tarde —respondió Gray—. Lo siento.

Oyó el roce de las telas cuando su madre se dio la vuelta.

—¿Qué pasa? —Su voz era tranquila. Parecía muy cansada.

Gray buscó las palabras que necesitaba.

Me colé en el Parlamento. Escuché a dos hombres que conspiraban para matarte. No sé quiénes eran. No sé dónde estábamos. Y creo que, después de todo, tu marido podría no estar en Nueva York.

No podía decir nada de eso.

—¿Gray? —Su madre ya se oía más coherente. Se estaba despertando—. ¿Pasa algo?

—¿Cuándo vas a volver a casa? —Se oyó preguntar.

—Mañana por la tarde. —Un rastro de irritación apareció en el tono de voz de su madre—. No me has llamado en mitad de la noche para preguntarme eso, ¿verdad?

—No —susurró Gray—. Pero perdón por haberte despertado. Te lo diré mañana.

—¿El qué?

—Nada. Duerme. —Gray inspiró y agarró el teléfono con fuerza—. Te quiero.

Colgó antes de que su madre pudiera hacerle más preguntas.

Al dejar el teléfono, notó que tenía las manos sucias. Se sentó en una de las sillas de la cocina y dejó caer la cabeza sobre las manos.

¿Qué iba a hacer?

VEINTE

GRAY APENAS DURMIÓ ESA NOCHE. SE PASÓ LAS LARGAS HORAS intentando encontrar una manera de explicar lo que había sucedido. Cuando su madre entró en el apartamento el domingo a primera hora de la tarde, se sintió tan aliviada que podría haberse arrojado a sus brazos. Sin embargo, la fría expresión de la madre la detuvo.

Dejó el bolso junto a la puerta y cruzó el salón hasta donde se encontraba Gray sentada en el sofá.

—Tenemos que hablar —dijo con frialdad.

Gray la miró a la cara.

—¿Qué pasa?

El rostro de su madre ahora denotaba incredulidad.

—¿Qué *pasa*? ¿Se puede saber a qué vino esa llamada? En Bruselas era más de la una de la mañana. ¿En qué estabas pensando?

Gray movió los labios, pero las palabras tardaron un segundo en salir.

—Solo… necesitaba hablar.

Con el semblante serio, su madre se sentó frente a ella.

—¿Estabas bebiendo?

La pregunta hirió a Gray.

—No.

—Gray. —Su madre le sostuvo la mirada—. Nada de juegos, por favor. Lo sé todo.

Gray estaba desconcertada.

—¿Qué sabes?

—Después de que colgaste no pude volver a dormirme. Llamé a seguridad para asegurarme de que estuvieras a salvo. Me dijeron que habías ido a la cocina y que tardaste más de una hora en volver. Dijeron que tenías un aspecto extraño, desaliñado. —Le examinó la cara—. Estabas enfadada porque no podías ir a esa fiesta y encontraste alcohol en alguna parte, ¿no?

Gray sintió como si la hubieran golpeado. No podía respirar. La absoluta falta de confianza que su madre tenía en ella era devastadora. Se había pasado toda la noche despierta preocupada por lo que debía hacer. Y ahora tenía que defenderse.

—No bebí —insistió indignada—. Ni siquiera sé dónde hay alcohol en este edificio.

—Pues explícame lo que pasó anoche. —Su madre elevó la voz—. ¿Saliste y fuiste a otra fiesta? ¿Dónde estabas?

—Fui al Parlamento. —Gray medio gritó las palabras—. Estaba intentando averiguar por qué alguien quiere matarnos. ¿Vale?

Bajo la luz que se filtraba a través de las cortinas antiexplosivas que cubrían las ventanas, vio que el color abandonaba el rostro de su madre.

—¿De qué narices hablas?

—De la verdad. —Gray se mostró desafiante—. Fui a los túneles, me perdí, se me cayó el teléfono en un charco y, en algún momento, acabé en el Parlamento. —Sus palabras salieron como un torrente de verdades inesperadas y vertiginosas—. Aparecieron unos hombres y tuve miedo de meterme en problemas, así que me escondí. Los oí hablar. Hablaron de ti, mamá. Te *amenazaron*.

—Gray. —El semblante de su madre se endureció. Sin embargo, no se detuvo.

—Dijeron que iban a matarte, mamá. Lo juro por Dios.

—Gray, *para*. —Su madre parecía horrorizada—. ¿Por qué dices algo así? ¿Cómo sabes lo de los túneles?

Gray se puso a la defensiva.

—He estado en los túneles antes para escapar de los fotógrafos. No sabía que conducían al Parlamento, fue sin querer. Pero luego escuché hablar a esos hombres.

Su madre la observaba con fría desconfianza. Gray, presa del pánico, intentaba encontrar las palabras para que sus argumentos fueran creíbles.

—No estoy mintiendo, mamá. Ha pasado. Te amenazaron. Tienes que creerme. No estás a salvo.

—¿Quiénes me amenazaron, Gray? —La poderosa voz de su madre hizo que se callara—. ¿Quiénes eran los hombres?

Hubo un largo silencio.

—No lo sé —admitió Gray a regañadientes.

—No lo sabes. —El tono de su madre era desdeñoso—. ¿Qué aspecto tenían? Seguro que al menos puedes describirlos.

En aquel momento, Gray supo que estaba perdida.

—No los vi —susurró.

—No los viste. —La desconfianza que denotaba la voz de su madre le quemaba por dentro.

A Gray se le llenaron los ojos con lágrimas debido a la frustración. No confiaba en sí misma como para hablar. Sabía que eso iba a pasar. Era como si su peor pesadilla estuviera desarrollándose y no hubiera manera de detenerla, por lo que era imposible pensar siquiera en mencionar a Richard. Su madre ya estaba furiosa.

—No entiendo qué te pasa. —La madre parecía tan herida y perdida como Gray—. ¿Es por atención? ¿Es porque estoy tan ocupada que no puedo pasar tiempo contigo como antes? Has mentido otras veces, pero nunca ha sido nada como esto.

—No estoy mintiendo —susurró Gray sin ánimo—. Estaba escondida. No pude ver...

—Gray. —Su madre se presionó las yemas de los dedos contra la frente—. Por favor. Estoy demasiado cansada como para discutir contigo. Pero quiero que sepas que me sorprende tu comportamiento. Ahí fuera hay amenazas reales. Cosas horribles y peligrosas. Gente que de verdad es letal. Y que digas algo así solo para salir del apuro... —Sacudió la cabeza despacio—. Es lamentable. Debería darte vergüenza.

Gray se quitó las lágrimas de las mejillas.

—Tienes que creerme. —El pánico hizo que le temblara la voz—. No los vi porque estaba escondida. Tenía miedo...

La madre se levantó con brusquedad y la interrumpió.

—Ayer trabajé hasta las doce de la noche —dijo en voz baja—. Esta mañana me he levantado al amanecer para asistir a reuniones que afectan a toda la nación. Mi trabajo es *importante*. No puedo vivir así, preocupada por si te metes en problemas cada vez que me doy la vuelta. Siento que ahora no puedo confiar en ti en absoluto.

Gray pensó en mil argumentos para defenderse, pero era inútil. Su madre no iba a creerle. Y lo peor era que casi podía entender por qué. No tenía ninguna prueba, y sus mentiras pasadas habían destruido la confianza que se tenían.

Al ver que no respondía la madre asintió, como si su silencio hubiera confirmado sus peores temores.

—Mañana por la mañana voy a hablar con el internado que te mencioné. Creo que es hora de que recibas tu educación en otro lugar. Necesitas disciplina y una atención que yo no puedo darte ahora. Richard tiene razón.

Gray sintió cada palabra como si fuera una bofetada. Lo estaba haciendo. Iba a deshacerse de ella.

Su madre y ella se habían alejado todo lo que podían de lo que alguna vez habían sido, ese equipo de dos que había vivido a base de pizza para llevar y de conversaciones nocturnas durante los meses que siguieron al divorcio. No quedaba nada de aquel vínculo. En algún momento, los últimos hilos se habían soltado.

Aun así, no iba a rendirse sin luchar.

—¿Por qué no me mandas a vivir con papá? Al menos él todavía me quiere.

Pero no obtuvo la reacción que esperaba. En cambio, su madre la miró con lástima.

—Gray —dijo en voz baja—. Ya sabes por qué.

Por alguna razón, eso fue lo que más le dolió. A su madre ni siquiera le importaba lo suficiente como para acompañarla en esa pelea. Gray apenas podía verla a través del borrón formado por las lágrimas. Sentía que no podía respirar.

Todo se había ido a pique. De alguna manera había perdido a sus dos padres. Y ahora su madre podría morir, todo por su culpa.

—Deberías creerme —susurró—. Jamás te mentiría sobre esto.

La madre respondió con auténtica tristeza.

—A veces pienso que me mentirías sobre cualquier cosa.

Gray necesitó hacer acopio de todas sus fuerzas para darse la vuelta y marcharse. Moviéndose con lentitud, se tambaleó durante los últimos metros que faltaban para llegar a su habitación y cerró la puerta sin hacer ruido.

En aquel pequeño espacio al que todavía sentía como el dormitorio de un extraño, se dejó caer al suelo y sollozó como si se le hubiera roto el corazón.

VEINTIUNO

EL LUNES POR LA MAÑANA, JULIA LLEGÓ AL NÚMERO 10 MEDIA HORA antes de lo habitual. Como no tenía mucho que hacer hasta que Gray bajara las escaleras para ir a clase, se dirigió al comedor destinado al personal para tomar un café. Intentando contener un bostezo, llenó el vaso de cartón más grande que había y añadió un generoso chorro de leche.

Lo necesitaba. No había descansado mucho durante el fin de semana.

Cuando terminó su turno el sábado por la noche se fue a casa, hizo la maleta y volvió a la oficina de Talos para recoger las llaves y la dirección del lugar en el que estaría a salvo.

Cuando por fin llegó —después de recorrer la ciudad girando aquí y allá durante una hora para asegurarse de que nadie la seguía—, el piso resultó ser una habitación moderna y monótona situada en una calle tranquila del centro de Londres. Era un lugar perfecto que estaba equipado con todo lo que necesitaba. A pesar de ello, apenas había dormido desde que se mudó.

Si fuese honesta consigo misma, admitiría que la charla que tuvo con su jefe el sábado por la noche la había dejado inquieta.

Todo el tiempo había entendido que su papel de proteger a Gray consistía en ser parte hermana mayor, parte policía. Había amenazas, sí. Pero nada que no pudiera manejar. Al menos eso era lo que pensaba. Pero ahora se trataba de algo mucho más grave. La vida de Gray dependía de que Julia se mantuviera completamente concentrada.

La amenaza que Raj describió aquella noche era bastante mala. Sin embargo, lo más aterrador fue el hecho de que se lo hubiera contado. El protocolo normal habría exigido que guardara esa información para sí mismo. Que le diera solo los mínimos detalles. Julia estaba autorizada a proporcionar seguridad, pero no al mismo nivel que su jefe. Al decírselo, él había violado la confidencialidad y, probablemente, las leyes.

Fuera lo que fuere lo que Raj había dicho aquella noche, la advertencia que subyacía en sus palabras era clara. *No confíes en nadie del número 10. No confíes en nadie del gobierno. No confíes en la policía. Tú eres la única persona en la que puedes confiar. Salva a Luciérnaga.*

Por eso no había dormido.

Justo cuando se apartó de las cafeteras, Ryan se le acercó.

—¿Buen fin de semana? —le preguntó, ajeno a la agitación interior de su compañera.

Julia se encogió de hombros.

—No ha estado mal. —Vio cómo él tomaba una taza grande y se dirigía adonde estaba el café. No parecía que no hubiera dormido; se lo veía descansado. Mientras se servía el café, pudo ver las marcas de humedad que le había dejado el peine en el pelo corto y oscuro—. ¿Y tú, qué tal?

—Ocupado. —Abrió tres paquetes de azúcar a la vez y los vertió en la taza.

Salieron juntos del comedor y se detuvieron en la puerta. El personal del gobierno pasó a toda velocidad junto a ellos, ya con cafeína en el cuerpo y frenéticos a las ocho de la mañana, mientras empuñaban sus móviles como si fueran armas.

Julia miró a Ryan.

—Eh… ¿Hablaste con Raj?

La miró y parpadeó. Por un segundo pensó que no iba a responder, pero entonces algo cambió, y dijo:

—Sí.

—¿Ahora estás en una casa segura? —Mientras hablaba, miró a su alrededor para asegurarse de que nadie pudiera oírlos, pero no había nadie cerca.

—Me mudé el sábado —respondió, bajando la voz—. ¿Tú también?

Asintió.

—Es raro, ¿verdad? —inquirió ella en voz baja—. ¿A qué se refería Raj?

—Lo único que sé es que este trabajo se ha vuelto peligroso de narices —contestó él. Le lanzó una mirada penetrante—. ¿Seguro que estás dispuesta a hacerlo?

Julia no dudó.

—Por supuesto. Estoy lista.

A Ryan se le ensombreció el rostro.

—Puede que cambies de opinión más adelante. Si las cosas van tan mal como Raj cree.

Antes de que pudiera preguntar qué quería decir con eso, su compañero miró su reloj.

—Ya es casi la hora. Voy a por el coche. Nos vemos donde siempre.

Julia lo observó a medida que se alejaba entre la multitud formada por trabajadores atareados. Medía fácilmente cinco centímetros más que el hombre más alto con el que se había cruzado y sus hombros eran anchos y firmes. Si Raj estaba en lo cierto, Ryan era una de las únicas personas en el mundo en las que podía confiar ahora mismo. La idea no la reconfortó tanto como debería haberlo hecho. No era que desconfiara de él. Simplemente era la típica persona que cumplía con las normas al dedillo. Y ella ya no seguía las reglas.

No obstante, Raj había sido consciente de ello cuando la contrató. Sabía que había cambiado con respecto a la adolescente perfecta que conoció tantos años atrás. Lo sabía cuando le dio esta misión y cuando convirtió a Ryan en su compañero.

¿Eso significaba que quería que lo hiciera? ¿Y que Ryan limpiara el destrozo?

Antes de que pudiera darle más vueltas al tema, Gray apareció en las escaleras de la residencia familiar. Las sombras que tenía bajo los ojos indicaban que ella tampoco había dormido mucho ese fin de semana. Tenía el rostro tenso por la preocupación.

Julia se enderezó cuando se le acercó.

—¿Estás bien? —preguntó mientras tiraba el vaso de café a la papelera.

—Estoy perfecta —respondió con un tono seco. No sonrió.

Julia alzó las cejas.

—Ya veo.

En silencio, cruzaron los ajetreados pasillos mientras ignoraban las miradas curiosas de los empleados con los que se cruzaban.

Se sacó de la cabeza su conversación con Raj y se centró en la chica que tenía a su lado. La chica que sabía cosas que no contaba.

Sé su amiga, le había dicho Raj.

—Gray. —Julia la miró—. Sé que pasa algo. Me gustaría que me dejaras ayudar.

—No pasa nada —aseguró Gray. No obstante, estaba mintiendo, y ambas lo sabían.

Julia estiró la mano para tomarla del brazo, tiró de ella hacia un lado y le miró el rostro con detenimiento. Tenía la cara hinchada, como si hubiera estado llorando.

—Por favor, déjame ayudarte —le dijo con dulzura—. Puedes confiar en mí. Estoy de tu lado.

Esta vez, Gray la miró con escepticismo.

—Estás del lado de mi madre. Trabajas para ella. —Tiró del brazo para liberarse del agarre de Julia y se dio la vuelta con los labios apretados—. ¿Podemos irnos? No quiero llegar tarde.

Cuando volvieron al tráfico del pasillo, Julia se quedó cerca de la chica y mantuvo una expresión imperturbable hasta que llegaron a la entrada lateral. Le mostró el pase al guardia armado, que les abrió la puerta.

Ryan estaba en la acera junto a un Jaguar de cuatro puertas, observando la calle en busca de peligro.

Por el rabillo del ojo, Julia vio que Gray tomaba una profunda bocanada de aire londinense, como si sus pulmones se sintieran bien incluso con el olor al hollín causado por la emisión de gases. Asumió que la chica llevaba sin salir desde el viernes por la tarde.

Menuda forma de vivir.

—Buenos días, Gray. ¿Has pasado un buen fin de semana? —preguntó Ryan cuando la chica se acercó.

—La verdad es que no —contestó.

—Vaya.

Julia y Ryan intercambiaron una mirada por encima del coche.

«¿Qué pasa?», inquirió el guardaespaldas moviendo los labios, pero sin pronunciar una palabra.

Ella negó con la cabeza. Ryan se encogió de hombros y le lanzó las llaves; Julia las atrapó en el aire con la habilidad propia de una experta.

Cuando Julia se incorporó al tráfico, le echó un vistazo a Gray por el retrovisor. Estaba mirando por la ventana y su cara no mostraba ninguna emoción. ¿Qué podría haber ocurrido? El viernes estaba bien. Triste por no poder ir a alguna fiesta, pero, por lo demás, era una adolescente normal y animada.

La frustración la enfureció. *Trabajas para mi madre.* Ese era el muro que estaba construyendo, y para Julia iba a ser difícil pasar por encima, porque era cierto. Trabajaba para su madre.

Tenía que haber una manera de llegar a ella. Por su propia seguridad.

Mientras cambiaba de marcha, se encontró con los ojos de Gray en el espejo retrovisor.

—Gray, en el caso de que necesites hablar, somos buenos escuchando.

En el espejo, Gray le sostuvo la mirada. Había algo en sus ojos, una especie de anhelo por que la comprendieran. En ese momento, parpadeó con fuerza y esa mirada desapareció.

—Un mal fin de semana, nada más —dijo, y se volvió para mirar los coches y los autobuses a través de la ventanilla del Jaguar.

Después de eso, los dos dejaron a Gray a solas con sus pensamientos a medida que el elegante coche atravesaba el puente de Westminster. El sol de otoño estaba alto y el río brillaba azul y plateado bajo ellos.

Cuando se detuvieron frente al instituto, Gray esperó en el coche mientras Ryan se bajaba para comprobar primero la zona. Julia se puso unas gafas de sol y mantuvo la mirada al frente.

Fuera, Ryan hizo una señal, apuntando hacia arriba con el dedo. Todo despejado.

—Vamos. —Julia salió y abrió la puerta de Gray.

Gray no la miró mientras salía del coche, y los tres caminaron hacia el edificio formando una línea.

La última en llegar fue Julia, que observaba la multitud de estudiantes y padres que, sin rastro alguno de urgencia, entraban en el edificio de ladrillo rojo compuesto de tres pisos. Sus ojos entrecerrados buscaban algo inusual. Los cubos de basura estaban donde siempre y los habían vaciado. No había nadie apostado cerca de la acera. Nadie miraba a Gray. Todo parecía normal. Aun así, se le aceleró el corazón.

Nada era normal ahora.

Como de costumbre, Ryan las dejó pasar por la puerta destinada a las visitas. Mientras que Julia lo observaba, el guardaespaldas se detuvo en el mostrador para saludar a la mujer de la recepción, quien pareció derretirse a raíz de su atención.

Mientras charlaban observó a Gray, que permanecía de pie como una muñeca con las manos inmóviles. Con la cara demacrada en forma de corazón. Parecía que la habían despojado de algo. Como si hubiera perdido algo que amaba. Decidida a intentarlo una vez más, Julia se acercó. Gray la miró con cautela.

—Sea lo que fuere, puedes decírmelo —dijo Julia en voz baja—. Te prometo que no se lo diré a tu madre. Ni siquiera se lo diré a Ryan.

Gray le dirigió una mirada atormentada, pero, al final, no respondió nada. En su lugar, se dio la vuelta y atravesó las puertas dobles en dirección al pasillo principal.

A medida que Julia veía cómo se iba, se le fueron desactivando todos los sensores de alerta. Gray quería hablar, podía sentirlo. Era solo que no confiaba en ella.

Algo había asustado a esa chica. Y estaba decidida a averiguar de qué se trataba.

VEINTIDÓS

GRAY TENÍA LA SENSACIÓN DE ESTAR PERCIBIENDO EL INSTITUTO DESDE muy lejos. Apenas había dormido. Cada vez que cerraba los ojos oía a los hombres amenazando a su madre. Oía a su madre diciéndole que iba a alejarla de allí. Veía a Richard paseándose por el Parlamento, donde no debería haber estado.

Estaba desesperada por contarle a Julia lo que estaba pasando. Creía de verdad en que la guardaespaldas quería ayudar. Sin embargo, Gray ya sabía lo que pasaría. Si le contaba la verdad, iría directa a llevarle esa información a la madre de Gray. Tenía que hacerlo.

Su madre diría: *No escuches a Gray. Miente.*

Y eso sería todo. Julia no volvería a mirarla igual después de eso. La consideraría una mentirosa. Entonces, no tendría a nadie de su lado.

Era difícil concentrarse con tantas cosas en la cabeza. No sabía cómo, pero fue adonde se suponía que debía ir. Caminó sin emoción de una clase a otra. Escuchó en silencio cómo Chloe hablaba sobre su fin de semana. Se obligó a sonreír a causa de la fiesta fallida.

—Por cierto, ¿qué pasó el sábado por la noche? —preguntó Chloe mientras se dirigían al comedor durante la hora del almuerzo—. Desapareciste.

—Ehh… —No estaba segura acerca de cuánto decirle, por lo que Gray dudó—. Pensé que me iban a pillar, pero… no pasó nada.

La voz se le apagó al final.

Quería a Chloe, pero no era alguien que pudiera ayudar. No quería asustarla contándole la verdad. Sin embargo, su amiga no dejó el tema.

—¿De verdad te colaste en el Parlamento? —insistió Chloe a medida que entraban en el comedor abarrotado de gente—. ¿Cómo era?

—Vacío. —El tono de Gray era cortante, y Chloe la miró sorprendida—. No fue tan divertido como pensé que sería —corrigió, tras lo que añadió—: Perdón por estar tan borde. No he dormido.

—No has sido borde. —Chloe se apartó y la miró de verdad por primera vez—. ¿Qué pasa? ¿Ha ocurrido algo?

Las dos se detuvieron, dejando que el flujo de los otros estudiantes siguiera su curso a su alrededor.

—Nada, de verdad —dijo Gray—. Mi madre y yo tuvimos una buena bronca el domingo, ya está.

—¿Por qué os peleasteis? —Chloe abrió los ojos de par en par—. Dime que no se enteró de que saliste.

—Más o menos. —Gray bajó la voz—. Los guardias de seguridad le dijeron que estuve fuera del apartamento durante una hora. Me acusó de haberme escapado y emborrachado. Tuve que decirle adónde había ido de verdad. Se volvió loca.

—Estás de coña. —Chloe frunció el ceño—. Bueno, ¿qué va a hacerte? Ya estás castigada. ¿Qué queda?

—Un internado, al parecer —respondió Gray, taciturna.

Chloe se quedó boquiabierta.

—Tiene que ser una broma.

Gray pensó en las largas horas de soledad que había pasado el domingo por la tarde. La cena fría casi en silencio del domingo.

De repente, los olores del comedor le revolvieron el estómago. Ahora mismo no podía mantener esa conversación.

Dio un paso hacia atrás y casi chocó con un estudiante.

—En realidad, ¿sabes qué? No tengo tanta hambre y anoche no terminé la tarea de Psicología por culpa de todo esto. Creo que lo mejor será que trabaje durante la hora del almuerzo.

Chloe frunció el ceño.

—¿Segura? Puedo ir contigo si quieres.

—Si vienes conmigo seguiremos hablando de esto y no quiero. —Al ver la expresión de dolor en el rostro de su amiga, añadió—: No es por ti. Es solo que necesito estar sola un rato, ¿vale? Te prometo que estoy bien.

Chloe cedió, aunque era obvio que se mostraba reacia a hacerlo.

—¿Seguro que estarás bien?

Si había algo de lo que Gray no estaba segura, era de eso. En lugar de responder, hizo un gesto poco entusiasta con la mano para despedirse de ella y salió del comedor.

Aliviada por haberse alejado del parloteo, del ruido y del olor a comida, cruzó el largo pasillo despacio. Sus pies parecían tener voluntad propia y la condujeron hacia el santuario que era la biblioteca.

La exigencia de fingir que estaba bien le había pasado factura. Un dolor de cabeza le martilleaba las sienes. Necesitaba tiempo para pensar. Lo resolvería todo. Se le ocurriría un plan.

Cuando empujó la puerta la biblioteca le transmitió una sensación de vacío, como si nadie hubiera estado ahí desde hacía tiempo. Estaba tan silenciosa como una iglesia.

Cerró los ojos y dejó que el silencio la envolviera.

Pasado un segundo cruzó las mesas, las sillas y la zona de los ordenadores para dirigirse a la mesa redonda que había al fondo, en el rincón sombrío en el que había hablado con Jake una semana atrás. Esta vez se sentaría allí sola y buscaría una solución.

No obstante, al doblar la esquina de las abarrotadas estanterías de la sección de Historia, vio el borde de la mesa y dos sillas que le daban la espalda. Y los pies de alguien, que calzaban unas deportivas oscuras, descansando sobre una de ellas.

Se le aceleró el corazón.

Jake estaba estirado en el mismo sitio que la otra vez, y apoyaba la cabeza en la mano. Tenía un libro abierto delante de él. Sus largas y oscuras pestañas proyectaban sombras sobre sus pálidas mejillas.

Estaba dormido.

Gray se quedó quieta, sin saber si debía seguir adelante y despertarlo o dar media vuelta y fingir que nunca lo había visto. Todavía lo estaba decidiendo cuando los ojos del chico se abrieron y se encontraron con los de ella.

Tenía unos ojos impresionantes, oscuros como el chocolate y llenos de complejos misterios.

No supo cuánto tiempo se quedó ahí, con su penetrante mirada puesta en ella, antes de que se le ocurriera que debía decir algo.

—Ey —dijo finalmente.

Él alzó las cejas solo un poco.

—¿Ey?

Gray notó que el calor se apoderaba de su cara. ¿Cómo se las apañaba para hacerla sentir como si hubiera hecho algo raro?

—No sabía que estabas aquí. —Dijo, a la defensiva—. Pensé que no había nadie.

—Sí, bueno. —Jake se aclaró la garganta—. No he tenido un buen fin de semana. No me apetece ir a clase hoy. Pero, por alguna razón, no nos dan días libres por eso.

Sonaba tan cansado y derrotado como ella. La inseguridad de Gray se evaporó. Dejó la mochila en la silla frente a él.

—Yo tampoco he tenido un buen fin de semana —le confesó—. He venido aquí para esconderme.

La observó con atención.

—Supongo que podríamos escondernos juntos.

De repente, recordó algo que había olvidado hasta ese momento. Algo que Chloe le había dicho durante aquella breve y peligrosa llamada desde el Parlamento, antes de que todo cambiara.

Solo quería hablar acerca de ti.

Se sentó en la silla delante de Jake y apoyó la barbilla en las manos.

—¿Por qué tu fin de semana fue tan terrible?

—Tuve una discusión con mi padre.

Eso le sonaba de algo. Ahora estaban en el territorio de Gray.

—¿Por qué discutisteis? —inquirió.

Él agitó una mano.

—Mis notas. Mi incompetencia. Mis inaceptables planes de futuro. —Su voz llana y norteña hacía que pareciera que todo eso no era importante. En cambio, lo que contaba su expresión sombría era diferente—. Al parecer me falta seriedad.

—Dios —dijo Gray con amargura—. *Padres*. ¿Por qué no pueden ocuparse de sus propios asuntos?

—Buena pregunta. —La miró—. Bueno, a ver. Háblame de tu horrible fin de semana.

Gray buscó las palabras para explicarse, pero no las encontró.

Tal vez por el cansancio. Tal vez estuviera al límite. Fuera cual fuere la razón, para su horror, se le llenaron los ojos de lágrimas.

Toda la diversión abandonó la cara de Jake.

—Mierda. —Se inclinó hacia ella y estiró una mano, si bien no llegó a tocarla—. ¿Qué cojones ha ocurrido?

Avergonzada, forzó una risa.

—Lo siento mucho, no sé qué me pasa. —Buscó un pañuelo en su mochila—. Es que…

No pudo hacerlo. No podía mentirle. No podía decir que no era nada, una discusión normal con su madre. Necesitaba contarle la verdad a alguien. Y, entre todos los que conocía, tal vez Jake lo entendiera.

—Pasó algo —explicó, y su mirada se topó con la de él, que denotaba preocupación—. Algo muy, muy malo. No se lo he contado a nadie.

Gray vio cómo se tensaba, aunque su expresión no se alteró.

—¿Qué ha pasado? ¿Alguien te hizo daño?

Distante, notó la preocupación sincera en su voz y se lo apuntó para pensar en ello más tarde.

—No —le aseguró—. No fue así. Oí algo. Algo terrible. Unos hombres planeando hacerle daño a mi madre. —Tuvo que obligar a su boca a que articulara las siguientes palabras—. Creo que quieren matarla.

Jake frunció el ceño. Vio la confusión en su rostro al tiempo que trataba de procesar la información.

—Lo siento —dijo—. No sé si lo he entendido. ¿Qué oíste exactamente?

Ahora que alguien la estaba escuchando, Gray no estaba segura de cómo empezar.

—Bueno, lo primero —empezó—. ¿Sabías que hay unos túneles que van desde el número 10 hasta el Parlamento?

Jake parecía sorprendido.

—Se rumorea que existen túneles. Siempre pensé que eso era una tontería. ¿Me estás diciendo que son reales?

—Son reales —afirmó—. Y los atravesé el sábado por la noche.

—¿Sola?

—No había nadie que me detuviera —contestó ella con una sinceridad apabullante—. La verdad es que no sabía adónde estaba yendo. Solo había estado allí abajo una vez con una guardaespaldas que conocía el camino. Pero seguí uno de los túneles y acabé en el Parlamento.

Jake lanzó un suave silbido.

—¿En serio?

Gray asintió con la cabeza.

—Totalmente. Créeme. Mi madre está furiosa.

Jake parecía impresionado.

—Te das cuenta de que, al contarme esto, estás infringiendo unas cincuenta leyes.

Gray se encogió de hombros. En ese momento no le importaba mucho la ley.

Al percatarse de ello, él se puso serio de nuevo.

—Bueno, ¿qué pasó?

En la tranquilidad de aquel lugar vacío, en medio de la seguridad de una estancia llena de libros, le habló sobre cómo había caminado por los pasillos, sobre el reloj de pie y las cortinas, y sobre cómo había oído las voces y cómo luego había huido presa del pánico para buscar un escondite.

Jake escuchó, sin apenas interrumpir, hasta que Gray llegó a la parte en la que aparecía lo que les había oído decir a los hombres.

—Fue como si un hombre intentara convencer al otro de que se uniera a él. Y le dijo que formaría parte de algo. —El recuerdo hizo que se estremeciera—. Si se deshacían de mi madre (matándola, creo), conseguirían que la gente entrara en pánico, y, si eso sucedía, votarían por su candidato. Uno de ellos utilizó la palabra «revolución».

—Espera, espera, *espera*. —Jake se apartó de la mesa. Parecía horrorizado—. No es verdad que dijeron eso, ¿no?

—Te estoy diciendo la verdad, Jake. Quieren hacerlo. —Se estremeció al recordar aquellas voces sin emoción—. Van a matarla. Y no sé cómo detenerlos.

Jake se levantó bruscamente y dio un paso atrás, mirándola fijamente y con los dedos de una mano bajo los labios en un gesto inconsciente.

—¿En serio dijeron eso? ¿Tal como me lo has contado?

—No lo olvidaré mientras viva —respondió—. Es como si cada palabra se me hubiera grabado en la piel.

El chico frunció el ceño.

—¿Se lo has dicho a tu madre?

Asintió.

—Cree que miento. —Su voz no se alteró, pero no era capaz de sostenerle la mirada—. Cree que estoy intentando llamar la atención.

—¿Por qué cree que mentirías sobre algo así? —preguntó.

Gray dudó, pero decidió decirlo sin más.

—Ya le he mentido antes —confesó—. Mucho, la verdad. Sobre las fiestas y el toque de queda y con quién salía. Supongo que no confía en mí.

La mirada de Jake recorrió su rostro como si buscara algo.

—Háblame de los hombres —pidió—. ¿Los reconociste?

—No les vi la cara —admitió—. No me fue posible desde donde estaba escondida. Solo pude oírlos. Si hubiera intentado verlos, me habrían visto.

Con esa parte del relato había perdido definitivamente la confianza de su madre, pero Jake se limitó a escuchar con el ceño fruncido en señal de concentración.

—Describe sus voces. ¿Tenían acento? ¿Del norte? ¿Del sur?

—Eran ingleses, ya está. Refinados. Ninguno de ellos tenía un acento como el tuyo. Aunque uno era mayor que el otro. Creo que era su despacho. Actuaba como si fuera el dueño. —Buscó en su mente más detalles que pudieran ser útiles—. Creo que el mayor estaba reclutando al más joven. Sonaba como un poco… No sé. Impactado, tal vez.

—Gray, ¿estás segura de todo esto? —preguntó—. ¿No lo habrás oído mal?

La chica se inclinó hacia adelante, deseando que le creyera.

—Recuerdo cada palabra. No dejo de oír sus voces en mi cabeza. No puedo dormir porque las oigo. —Tomó aire—. Nunca olvidaré lo que dijeron.

Se hizo el silencio. Jake se quedó mirando hacia las profundidades de la biblioteca, como si esta guardara las respuestas a su dilema.

—¿Me crees? —insistió—. ¿Crees que digo la verdad?

Cuando respondió, eligió sus palabras con cuidado.

—Creo que lo crees.

Su esperanza disminuyó. Ni una sola persona le creía. Se arrepintió de todas las mentiras que había dicho. De todo lo que había hecho para que la gente dudara de ella.

—No mentiría sobre esto —aseguró mientras luchaba contra la desesperación que amenazaba con aplastarla—. Nunca, jamás.

—Creo que no estás mintiendo. Pero a lo mejor los has malinterpretado.

Gray le dirigió una mirada incrédula.

—¿Cómo iba a malinterpretar eso?

Se volvió a apoyar los dedos bajo los labios, un gesto que Gray empezaba a reconocer como algo que hacía de forma inconsciente cuando estaba nervioso.

—La cosa es que, Gray, a la gente no le gusta tu madre.

—Eso ya lo sé —se limitó a decir—. Es política.

Era imposible no darse cuenta. Los titulares de los periódicos, las noticias que salían en la televisión. Últimamente, los manifestantes se reunían frente al número 10 los fines de semana y llevaban pancartas con la cara de su madre puesta encima del cuerpo de Satanás. O con el Hombre de Hojalata, de *El mago de Oz*, con el pelo y la ropa de su madre y la frase SI TAN SOLO TUVIERA UN CORAZÓN escrita en un cartel alrededor de su cuello.

—Es peor de lo que crees —contestó Jake—. Es más serio. Mi padre... —Hizo una pausa, mirando a la mesa—. Mi padre cree que puede ganar las próximas elecciones. Algunas personas que están del lado de tu madre lo están ayudando.

Gray se quedó boquiabierta.

—¿Por qué lo ayudan? Está en el bando contrario.

—Quieren forzar a tu madre para que se vaya. Todos lo quieren. Mi padre solo pretende aprovecharse de ello, pero… —Se le apagó la voz.

—Pero ¿qué?

—No me gustan esos tipos —explicó pasado un segundo—. No me fío de ellos. Mi padre no debería confiar en lo que le dicen.

—¿Por qué trabaja con ellos?

Se encogió de hombros.

—Quiere ganar.

A su alrededor, la biblioteca se perdía entre las sombras. Donde se encontraban no se oían sonidos procedentes de los pasillos. Ni voces. Parecía que estaban solos.

—¿Por qué me cuentas esto? —inquirió Gray.

—¿Y si hubieras escuchado a *esos* tipos? Podrías haber malinterpretado lo que decían…

Negó con la cabeza.

—No malinterpreté nada. Lo que querían era claro. No daba lugar a confusiones. Tenían la intención de matarla para crear el caos y adueñarse del poder. Hablaron de ese diputado al que dispararon hace unos años. El hombre mayor habló de cuán fácil era hacerlo.

Jake parecía aturdido.

—Es una locura. ¿Por qué iban a…?

—Les da igual. —Gray se inclinó hacia delante—. ¿No lo entiendes? Quieren que muera. Quieren hacerle daño a la gente. Quieren que todo el mundo esté asustado. Es la única finalidad. Eran *impasibles*.

Ante la falta de palabras, Jake la miró fijamente.

—Estaba pensando —dijo Gray—. ¿Qué hay de tu padre? ¿Podríamos decírselo? ¿Ayudaría?

Jake se removió en la silla.

—A mi padre lo beneficiaría mucho que tu madre no estuviera cerca. —Habló en voz tan baja que, al principio, ella pensó que lo había entendido mal.

Gray intentó comprender lo que estaba diciendo.

—Él no querría que le hicieran daño, ¿verdad?

Jake alzó la cabeza. Había pesar en sus ojos.

—Ojalá pudiera decir que conozco a mi padre, y que es íntegro y honesto, y que puedes confiar en él. Pero no puedo decir eso, Gray. No te va a ayudar. Y podría empeorar las cosas.

Estaba estupefacta.

—Siempre pensé que tu padre era sereno —contestó—. Parece tan relajado comparado con mi madre. A todo el mundo le gusta.

—Sí, bueno. —Jake torció la boca—. No creas lo que ves en la televisión. ¿Quieres saber la verdad? Mi padre es todo lo que la gente dice que es tu madre. Fue cruel con mi madre. Me obligó a quedarme con él cuando se divorciaron porque quedaría mejor si era un padre soltero. —Gray pudo ver la amargura en sus ojos cuando añadió—: Soy un accesorio. No puedo ni imaginarme cómo podría ser mi vida si alguna vez lograra llegar al número 10. Sería una pesadilla. Es un monstruo.

Fuera lo que fuere lo que Gray esperaba que dijera, no era eso.

Con sus gafas *hipster* y su estilo informal, Tom McIntyre daba la impresión de ser joven y accesible, completamente diferente a los políticos normales con sus corbatas y trajes caros. Los estudiantes lo adoraban. En todos los simulacros de elecciones que había celebrado el Instituto Hawkins, Tom McIntyre siempre había ganado sin el menor esfuerzo.

Si de verdad era tan malo como decía Jake y la madre de Gray no le hacía caso, ¿a quién quedaba por acudir? A los desconocidos.

No obstante, antes de que pudiera decirlo, Jake comenzó a hablar con una energía nueva.

—Creo que lo primero que tenemos que hacer es averiguar quiénes eran esos tíos. Conozco el Parlamento mejor que mi propia casa. He pasado mucho tiempo allí. Igual, si describes lo que viste y por dónde anduviste, puedo averiguar de quién puede ser el despacho.

La esperanza se encendió en el pecho de Gray como una llama. Hablando rápido, le contó acerca de la pequeña puerta lisa, del reloj de pie, de la silla con forma de trono y de la ventana que daba al Big Ben.

—Es un pasillo largo de la Cámara de los Lores. Es bastante amplio, pero hay grandes librerías que hacen que parezca abarrotado. Las paredes tienen un revestimiento de madera muy brillante. Y dibujos de cómo era la ciudad en el pasado.

—Eso es una descripción de la mayoría de la Cámara de los Lores —comentó, dudoso—. ¿Qué más?

Entrecerró los ojos e intentó acordarse del trayecto que había recorrido.

—Caminé hasta que llegué a una gran sala de piedra en la que confluían muchos pasillos. Ya he estado allí, pero no recuerdo cómo se llama. Tenía un techo muy alto y todas esas estatuas de reyes y reinas.

—Vestíbulo central. —Lo dijo como si no hubiera duda al respecto—. Conozco el lugar exacto en el que estuviste. He estado allí miles de veces.

Sin previo aviso sonó un timbre, fuerte y estridente.

El ruido sobresaltó a Gray. Casi había olvidado que estaban en el instituto. La hora del almuerzo había terminado.

Ambos oyeron cómo se abría la puerta de la biblioteca y el inconfundible sonido de unos pasos fuertes.

—Deberíamos irnos —dijo Gray a regañadientes.

—Sí. Me castigarán como vuelva a faltar a clase. —Jake apiló sus libros—. Dijiste que se te cayó el móvil. ¿Ya tienes otro?

—Estoy usando el viejo. —Gray metió la mano en su mochila y sacó un móvil maltrecho con una funda rosa toda rota—. Es una mierda, pero funciona.

—Dame tu número. Te llamaré más tarde para que podamos hablar más y averiguar dónde estabas. —Jake le tendió su móvil.

Cuando Gray lo tomó, sus dedos se rozaron.

—Gracias —dijo ella cuando se lo devolvió—. Por creerme.

Jake la miró con extrañeza.

—Que yo sepa no me has mentido nunca, Gray. ¿Por qué iba a dudar de ti?

Esa simple afirmación significaba tanto, que no confiaba en sí misma para hablar. Hacía mucho tiempo que nadie le decía algo así.

Sin percatarse de eso, Jake se puso de pie y se colgó la mochila al hombro.

—Ahora lo único que tenemos que averiguar es cómo detener esto.

VEINTITRÉS

Después de su conversación con Jake, Gray sintió el cuerpo más ligero. Como si se hubiera quitado un peso de encima. La sensación de que no estaba sola la acompañó durante las clases e incluso mientras caminaba con Chloe hacia la entrada destinada a las visitas para encontrarse con Julia.

Si sus guardaespaldas se dieron cuenta del cambio en su estado de ánimo, ninguno de ellos lo comentó.

—¿Te encuentras bien? —Fue lo único que dijo Julia.

—Estoy bien. —Gray incluso le sonrió mientras subía al asiento trasero del Jaguar.

El hecho de que Jake le hubiera creído hizo que se replanteara confiar en sus guardaespaldas. Sin embargo, a diferencia de él, ellos seguían trabajando para su madre. Si les ordenaba que no le creyesen, tendrían que asumir que mentía.

No. No se lo diría ahora. No hasta que tuviera algún tipo de prueba.

Así pues, no dijo nada a medida que atravesaban la ciudad. El cielo era azul como el hielo y la ciudad parecía brillar mientras cruzaban el puente de Westminster, por encima del Támesis. Pasaron la imponente fortaleza del Parlamento con un montón de turistas en busca de la mejor fotografía, así como por los puestecitos de recuerdos que vendían banderas de Gran Bretaña e imágenes de los príncipes.

Las luces navideñas que decoraban la ciudad ya estaban puestas, pero todavía no las habían encendido. Aún faltaban un par de semanas. Para entonces, Gray estaba segura de que todo habría terminado. Su padre habría vuelto. Su madre estaría a salvo.

Todo saldría bien.

Ryan detuvo el coche en el sitio donde Gray solía bajarse, cerca de la entrada lateral del número 10.

Julia bajó primero para comprobar que la calle era segura antes de abrir la puerta.

Tarareando, Gray salió al aire helado y las dos caminaron hacia el edificio.

—Pareces más feliz —señaló Julia.

—Lo estoy.

Gray se giró para decirle algo. El qué nunca lo recordaría, ya que fue entonces cuando el hombre apareció, doblando la esquina y gritando su nombre.

—¡Gray! ¡Gray! —Gesticulaba como loco mientras se acercaba a ellas—. Tengo que hablar contigo.

Era corpulento y llevaba una camisa blanca arrugada bajo una chaqueta verde descolorida. Tenía los ojos desorbitados. Tenía algo en la mano derecha. Algo metálico.

A Gray se le paró el corazón. Se lo quedó mirando con horror. Sabía que tenía que correr, pero sentía que los pies le pesaban y que eran difíciles de manejar. Intentó gritar, pero lo único que emitió fue un susurro.

—Julia…

Pero la guardaespaldas ya estaba allí. Se colocó delante de ella tan rápido que Gray la vio como si fuera una mancha borrosa.

—Nada de eso, amigo —dijo con frialdad mientras se dirigía hacia él con las manos extendidas.

El hombre levantó el cuchillo.

En ese momento, Ryan pasó junto a Julia como un rayo y agarró al hombre de la muñeca. Los dos lucharon por el control del arma.

El hombre golpeó a Ryan en la cara. La cabeza le rebotó hacia atrás, pero aguantó.

—Suéltalo —ordenó con los dientes apretados—. No seas estúpido.

Julia agarró a Gray y le pasó un brazo por el hombro mientras hablaba por un micrófono que llevaba en la solapa de su chaqueta de cuero.

—Intruso en la entrada 3. Código azul. Repito: código azul.

El hombre levantó el puño para volver a golpear a Ryan. No obstante, esta vez el guardaespaldas saltó hacia la izquierda, le dobló el brazo y se lo retorció contra la espalda.

El hombre gritó. Agarró al guardia y le empujó la cara con el hombro. Ryan no pareció ser consciente del golpe, ya que pasó el brazo libre por la garganta del hombre justo cuando la puerta lateral del número 10 se abrió de golpe y tres policías con chalecos antibalas salieron corriendo a ayudar.

Julia empujó a Gray a través de la puerta abierta y se movió tan rápido que sus pies apenas parecían rozar el suelo.

Gray miró hacia atrás. El hombre estaba en el suelo con las manos esposadas a la espalda y rodeado por la policía. Tenía la cara roja. Estaba llorando. Un cuchillo yacía en el suelo a unos metros, brillando bajo el sol.

—¡Te quiero, Gray! —sollozó, y estiró la cabeza para mirarla.

Julia cerró de un portazo.

Gray se quedó inmóvil, mirando la puerta cerrada. Eso era todo lo que había temido. La amenaza sobre la que Julia le había advertido. Se estaba haciendo realidad.

Julia pulsó el pequeño micrófono conectado a su chaqueta.

—Luciérnaga, asegurada. Sospechoso en custodia.

Hacía calor en el interior, pero Gray estaba temblando. Se sentía extraña. Distanciada de su cuerpo. No sentía las puntas de los dedos.

Julia la miró con preocupación.

—¿Estás bien?

Intentó responder, pero no le salió nada. Estaba mareada.

La guardaespaldas le frotó los brazos de arriba abajo con rapidez, tal como haría si alguien hubiera pasado demasiado tiempo en una tormenta de nieve.

—Estamos bien —le dijo Julia para tranquilizarla—. Ciento por ciento a salvo.

Tres agentes de policía pasaron a toda velocidad por el pasillo junto a ellas. Jadeando, Gray se encogió contra la pared.

—Vamos. —Julia la tomó del brazo y la alejó de la puerta—. Todo está bajo control. Vamos a quitarnos de en medio.

—¿Por qué tengo tanto f-frío? —Gray se oyó preguntar.

—Estás en estado de shock. —La voz de Julia era práctica—. Vamos a tomarnos una taza de té, ¿te parece?

El té no iba a distraer a Gray.

—¿T-tenía un cuchillo?

—Así es. —Julia la guio con paso firme por el pasillo—. Pero no ha hecho daño a nadie. Y estamos todos a salvo.

Gray aminoró la velocidad y se volvió hacia ella.

—¿Ryan está bien?

—No te preocupes por Ryan. Está bien. Ha visto cosas mucho peores. —Julia la arrastró a través de las puertas dobles hacia la cocina principal del edificio.

La estancia era industrial, con enormes frigoríficos de acero inoxidable y hornos gigantes. El aire tenía un ligero olor a lo que habían estado cocinando hacía un par de horas. Un equipo de empleados

—todos con camisas blancas y pantalones negros— estaba limpiando las encimeras.

Desde el pasillo, Gray podía oír el golpeteo de los pies al correr, las voces dando órdenes a través de los *walkie-talkies*. El sonido del caos. Sin embargo, en este sitio todo era normal.

Julia saludó alegremente al personal de la cocina mientras conducía a Gray hasta donde dos teteras grandes de cobre humeaban en silencio.

Echó las bolsas de té en dos tazas, las llenó con agua caliente y puso dos terrones de azúcar en cada una.

—Lo que necesitas para el shock es azúcar —explicó mientras añadía un generoso chorro de leche a ambas tazas—. La adrenalina te altera la cabeza. El azúcar es el antídoto.

Tiró las bolsas de té usadas a la basura y, mientras Gray se quedaba apoyada en la encimera como una escoba, se apresuró a ir a otra despensa, de la que sacó un recipiente de plástico lleno de galletas. Tomó unas cuantas, volvió junto a Gray y le puso una taza en la mano.

—Sostenla un segundo —le pidió.

Apenas consciente de que lo estaba haciendo, Gray la agarró con fuerza. Obediente, siguió a Julia, quien la condujo fuera de la cocina hasta el comedor vacío. Allí, la llevó hasta una mesa que había en la esquina, lejos de todas las ventanas, e hizo que se sentara tratándola suavemente.

No dejaba de pensar en el hombre de fuera. *Gray, te quiero…*

Se le revolvió el estómago.

La guardaespaldas se dejó caer en la silla de enfrente y le pasó una galleta. Gray la miró fijamente sin comprender.

—Gray —dijo Julia—. Necesito que bebas el té. Solo un sorbo. Te prometo que te ayudará.

Sin ser consciente de sus actos, Gray se llevó la taza a los labios de manera mecánica y le dio un pequeño sorbo. La dulzura y el calor fluyeron por su cuerpo, descongelando el hielo que se había formado en su interior.

Julia asintió satisfecha.

—¿Ves? Siempre funciona. —Se inclinó hacia atrás y le dio un sorbo a su propio té—. Madre mía, ese tío era grande. Me alegro de que Ryan estuviera allí. Yo podría haberlo derribado, pero habría sido más complicado.

—¿Cómo? —Gray se escuchó a sí misma preguntando las palabras que estaban en su cabeza—. ¿Cómo hubieras hecho para derribarlo?

Julia lo consideró.

—Bueno, lo más probable es que esté pasando por un episodio de alteración mental, así que no va a hacer movimientos inesperados. Yo iría primero a por las rodillas, a ver si puedo derribarlo dándole una patada. —Le dio un bocado a su galleta y masticó, pensativa—. En caso de que eso no funcionase, iría a por los huevos.

Para su propia sorpresa, Gray se rio.

—Así está mejor. —Julia le sonrió con aprobación por encima de su taza—. Hay un poco de color en tu cara. Hace un momento estabas blanca como un folio.

Ahora que su mente parecía estar trabajando de nuevo, Gray se dio cuenta de que tenía un montón de preguntas.

—¿Quién es? —Sus manos agarraron la taza con fuerza—. ¿Forma parte de la amenaza de la que me hablaste? ¿La que hay contra mi madre y contra mí?

—Es demasiado pronto para decirlo —respondió Julia—. Investigaremos sus antecedentes. Pero... no sé. No creo que sea así. Esto es diferente.

—¿Por qué? —insistió Gray—. Tenía un cuchillo.

—Lo sé. Pero la forma en la que actuó... —La guardaespaldas negó con la cabeza—. Este tío tiene algún tipo de fijación contigo.

Puede que haya estado deambulando por la zona durante horas con la esperanza de echarte un vistazo. Y nosotros llegamos en el momento menos oportuno. —Volvió a mirar a Gray, y sus ojos color avellana no mentían—. La amenaza está mejor organizada. Es más profesional. Este tipo no es un profesional, eso está claro.

—Estuviste muy bien ahí fuera —le dijo la chica a su guardia—. Gracias por ser tan rápida.

Julia rechazó el halago con un gesto de la mano.

—Es mi trabajo. Siento que te haya asustado. —Ladeó la cabeza, observándola—. Debe ser muy duro tener que lidiar con esto cuando eres tan joven. El trabajo de tu madre te ha cambiado la vida.

Gray la miró directamente.

—Es curioso. Cuando eligieron a mi madre por primera vez, pensé que era lo mejor que podía pasar. Había trabajado tan duro para lograrlo… Pero entonces ocurrió todo esto. —Señaló el amplio comedor destinado al personal que las rodeaba, con sus filas de mesas y sillas vacías—. O sea, ahora esto es básicamente mi cocina. ¿Quién vive así?

—Yo no podría —admitió Julia—. No podría vivir con tanta atención. Creo que lo estás manejando mejor de lo que lo haría la mayoría de la gente.

Gray soltó una carcajada sin una pizca de humor.

—Mi madre no está tan impresionada. Cree que lo estoy estropeando todo.

—Tu madre tiene muchas cosas en la cabeza, Gray. Dale un respiro.

—Ella debería darme un respiro *a mí* —respondió Gray, plenamente consciente de que estaba siendo terca.

En ese momento sonó el móvil de Julia.

—Dos segundos. Es mi jefe.

Contestó sin moverse de su asiento.

—Aquí, Julia. —Escuchó un segundo y luego dijo—: Luciérnaga está bien. Estoy con ella ahora mismo. —Le dedicó a Gray una sonrisa fugaz—. El sospechoso está detenido. Ahora lo está identificando la policía. —Volvió a escuchar y se puso seria—. Entendido, señor. Se lo transmitiré.

Mientras hablaba, Gray echó un vistazo a su guardaespaldas. Tenía la piel clara y sin arrugas. No parecía muy mayor. Y, a pesar de ello, había manejado el ataque como si lo hubiera visto cientos de veces. Sabía cómo afrontar las consecuencias.

Julia terminó la llamada y guardó el móvil.

—Lo siento —dijo—. ¿Por dónde íbamos?

Volvieron a darle un sorbo al té. Gray estaba cada vez más fascinada por su guardaespaldas.

—¿Puedo hacerte una pregunta?

—Dispara —respondió Julia.

—¿Cómo conseguiste este trabajo? No pareces muy mayor.

Julia se recostó en la silla.

—Empecé muy joven. Justo después de terminar el instituto me alisté en el ejército. En la rama de inteligencia. —Tras observar la expresión en blanco de Gray, explicó—: Fui un poco espía, en realidad.

Sonaba increíblemente exótico.

—¿Cuántos años tenías?

—Diecinueve. —Julia le dio un largo trago al té.

—¿Por qué lo hiciste? —preguntó Gray—. ¿No querías ir a la universidad?

Julia dejó su taza con cuidado.

—No me llevo bien con mis padres —respondió después de un segundo—. No les pedía dinero ni ayuda. Necesitaba un trabajo rápido, y quería hacer algo importante. Algo útil. Quería servir a mi país. —Alzó la mirada hacia ella—. ¿Tiene sentido?

Gray asintió con consideración.

—Debe haber sido duro pasar del instituto al ejército.

—Lo mejor que me ha pasado en la vida. —Una sonrisa burlona cruzó el rostro de la guardaespaldas—. No te imaginas cómo era yo a tu edad. Yo ya era como un soldado, en el instituto. Me iba mucho eso de las normas. Era una tipa muy molesta.

—Pero el ejército te cambió —adivinó Gray.

—Aprendí de lo que era capaz. —Julia le sostuvo la mirada—. Aprendí que era más fuerte de lo que sabía. Que era mejor persona de lo que creía. Me puso a prueba. Y aprobé.

—¿Cómo acabaste aquí?

—Conocí a mi jefe, Raj Patel, cuando tenía tu edad. Cuando dejé el ejército, me invitó a trabajar para él en Talos. —Se metió el último trozo de galleta en la boca.

Talos. Gray había oído ese nombre antes. Tardó un segundo en encontrarlo en su memoria.

«Talos Inc. ha sido contratada para llevar a cabo tareas de seguridad personal». El documento que había visto en la Oficina del Gabinete. En aquel momento no supo qué era Talos, pero ahora tenía sentido.

—¿Entonces Talos es, en plan, guardaespaldas personales? —inquirió.

—Talos es seguridad de todo tipo. —Julia la miró de manera significativa—. Mi trabajo es mantenerte a salvo sin importar cuál sea la amenaza. Trabajo para ti, Gray. No para tu madre.

Su voz era firme y convincente. Gray se encontró replanteándose otra vez si decirle la verdad de lo que había descubierto. Julia era joven y valiente. Ya había arriesgado su vida una vez por ella hoy. Si alguien podía ayudar, seguramente sería ella.

Dejó su taza sobre la mesa.

—Si te dijera algo de manera confidencial —dijo—, ¿tendrías que decírselo a mi madre?

—No… —Julia hizo una pausa antes de reformular lo que quería decir—. No se lo diría. Pero, si tuviera la sensación de que estás en peligro o bajo cualquier tipo de amenaza, estoy obligada a decírselo a mi jefe. Y él trabaja para tu madre, así que se lo comunicaría a ella de inmediato.

Gray se removió en la silla. Eso era lo que temía.

Julia observó el rostro de Gray con el ceño fruncido.

—Si hay algo que te asusta, por favor, dímelo. Ya se nos ocurrirá algo. Encontraré la manera de arreglarlo.

Gray tenía pensamientos encontrados. Quería confesarlo todo, más que nada. Obtener la ayuda de Julia. Contárselo a Jake había sido muy liberador, pero él no estaba en posición de proteger a su madre. Julia, sí.

Y, aun así, decírselo iba a ser inútil si no tenía pruebas. Su madre lo desecharía sin más.

La imagen de Richard pasó por su mente y le provocó un escalofrío. Ni siquiera le había hablado a Jake de aquel momento en el pasillo. No estaba segura de que hubiera sido él. Se suponía que seguía en Nueva York.

No obstante, si lograba averiguar quiénes eran los hombres a los que había escuchado, podría confiárselo a Julia. Eso era lo único que necesitaba. Sus nombres.

Podría preocuparse por su padrastro más tarde.

—Por favor, dímelo, Gray —insistió Julia—. Me gustaría ayudar.

—No. Da igual —contestó Gray—. No es nada. Solo el instituto y los chicos. —Antes de que Julia pudiera preguntar otra vez, Gray se levantó—. Bueno, mejor me voy yendo.

La preocupación ensombreció el rostro de Julia, pero ella también se puso de pie.

—Está bien —accedió de mala gana—. Pero si alguna vez necesitas hablar conmigo, estoy aquí.

—Lo tendré en cuenta. Y muchas gracias por protegerme.

En el vestíbulo principal seguía habiendo agitación. Habían cerrado la entrada principal con llave, por lo que no se permitía a nadie entrar ni salir. El personal se agolpaba en los pasillos, intentando averiguar qué estaba pasando.

Gray caminó detrás de la multitud, inadvertida en medio del alboroto, y giró hacia la silenciosa escalera.

Cuando llegó al apartamento familiar, lo halló vacío. Esperaba que su madre estuviera ahí, que alguien le hubiera avisado y que hubiera vuelto corriendo de sus reuniones para verla. Pero, por supuesto, no fue así. Apenas se hablaban.

Solo cuando se sentó en el sofá se dio cuenta de que estaba completamente agotada. Tenía mucho que hacer —una redacción de Historia y unos deberes de Francés en los que ni siquiera había pensado—, pero no podía concentrarse.

Cada vez que abría el libro, su mente convertía el peligro que la rodeaba en una ruleta de feria. La hacía girar y se detenía en los cuchillos, en las amenazas o en la policía que portaba ametralladoras.

Cuando su madre llamó por fin para ver cómo estaba, mantuvieron una conversación poco fluida que no logró que Gray se sintiera mejor.

—Me han dicho que estás bien —dijo su madre—. Siento mucho que la seguridad haya fallado de esta manera.

—Mis guardaespaldas estuvieron geniales —se apresuró a asegurarle Gray—. Me salvaron.

—Bien. Tengo entendido que el hombre tuvo un episodio psicótico. Lo están tratando ahora, no volverá a acercarse a ti. —Su madre habló como si Gray la estuviera acusando de algo.

Hubiera un hombre loco con un cuchillo o no, en este momento ninguna de las dos estaba de acuerdo en nada. Y Gray no sabía cómo arreglarlo. La madre seguía sin mencionar la amenaza que pesaba contra sus vidas, ni siquiera ahora que había un hombre en el hospital por haberla atacado.

Cuando su teléfono volvió a sonar un rato después, atendió de mala gana. Ya había tenido suficiente de su madre por un día.

Sin embargo, no fue el número de la ministra el que apareció en la pantalla, sino el de Jake.

Torpemente, le dio al botón de responder.

—Hola —saludó con indiferencia.

—Gray, mi padre me acaba de contar lo que ha pasado. ¿Estás bien? —Su voz contenía todo el pánico y la preocupación que había esperado escuchar en la de su madre.

—No me ha hecho daño —le aseguró—. Mis guardaespaldas lo redujeron antes de que pudiera ocurrir algo malo. Aunque opuso resistencia.

—Menuda locura —dijo—. Te habrás llevado un susto de muerte. ¿Tuvo algo que ver con las amenazas de las que me hablaste? ¿Fueron esos tíos?

—No creo —admitió—. Todo el mundo parece creer que es un loco cualquiera. No un... —¿Cuál era la palabra que había utilizado Julia?—. Profesional.

—Tu madre debe de estar tirándose de los pelos.

Gray miró al apartamento vacío.

—Sí, bueno —contestó—. No tanto. Sigue en el trabajo. Continúo siendo su hija menos favorita.

—Bueno, tengo una idea que podría ayudar.

—¿En serio? —Gray se sentó más erguida—. ¿Cuál?

—Esta noche van a tratar un proyecto de ley importante en el Parlamento. Voy a estar allí hasta tarde trabajando para mi padre —explicó—. Si puedes venir otra vez, podríamos volver sobre tus pasos y encontrar el despacho en el que estuviste. Averiguar de quién era. Así tendrías una prueba.

Gray contempló el apartamento vacío. Su madre no iba a creerle ni a perdonarla hasta que no demostrara que no mentía. Y solo había una manera de hacerlo.

—De acuerdo —accedió—. Allí estaré.

VEINTICUATRO

Esa noche, justo antes de las nueve, Gray abrió la puerta del apartamento. El gran edificio de oficinas estaba en silencio a medida que se deslizaba por el pasillo y bajaba las escaleras.

No quería volver a los túneles. No quería acercarse al Parlamento. Pero si pudiese encontrar pruebas, todo cambiaría.

No obstante, esta vez no podía pasar por delante de los guardias de la puerta principal. Seguro que estarían pendientes de ella. Tenía que encontrar otro camino. Se pasó la noche pensando en ello, recordando todos los pasillos que había recorrido junto con Julia. Y se le ocurrió un plan. El único problema era que no estaba segura de si podría funcionar.

Cuando llegó al pie de la escalera, en lugar de girar a la izquierda hacia la puerta principal, giró a la derecha, como si volviera al edificio que había al otro lado del patio.

Oyó a los guardias hablando desde el pasillo cuando dobló la esquina medio corriendo. Sin vacilar, ni siquiera lo suficiente como para asegurarse de que no hubiera nadie, abrió las puertas dobles de un empujón y salió disparada hacia la noche helada.

Sin embargo, en lugar de cruzar directamente el patio, giró a la derecha.

Esta era la parte en la que todo podía salir mal. Se la estaba jugando a que debía haber otra forma de entrar.

Podía ver su aliento flotando en el aire frío a medida que se apresuraba a pasar entre los altos y delgados árboles invernales en busca del muro liso de piedra. Cuando vio una puerta, se le aceleró el corazón.

Rezó para sí misma en un susurro y agarró el picaporte. No estaba cerrada con llave.

Abrió de un tirón, volvió a entrar en la calidez silenciosa y amortiguada del número 10 y miró a su alrededor. Estaba en un pasillo corto que no había visto antes.

Contuvo la respiración y caminó de puntillas bajo una luz débil hasta que se cruzó con el corredor central del edificio. Allí se detuvo y se asomó.

La puerta que llevaba a los túneles estaba justo a su lado.

Con rapidez, la abrió y entró sin que la vieran.

No había tiempo que perder. Si alguien iba a atraparla, lo haría mientras corría. Bajó a toda prisa los escalones de piedra y, cuando llegó a los túneles, se largó a la carrera. Las puertas de cristal esmerilado con sus anticuados números se convirtieron en una mancha borrosa cuando pasó junto a ellas a toda velocidad.

Le ardían los pulmones, pero siguió moviéndose rápido. No tardó nada, o eso le pareció, en llegar al primer cruce del túnel. Animada, corrió aún más rápido con la cabeza gacha.

Estaba a medio camino del túnel señalizado con la letra Q cuando do oyó algo.

Jadeando, se paró en seco. Pero entre su respiración entrecortada y la sangre retumbándole en los oídos, se le hizo difícil escuchar.

No podía ver nada en el largo y recto túnel que se extendía delante de ella. Convencida de que debía haber sido cosa de su imaginación, dio un paso.

Entonces escuchó el inconfundible sonido de un hombre riéndose. Este hizo eco a su alrededor, burlón.

A Gray se le erizó el vello del antebrazo.

Se dio la vuelta y escudriñó el túnel en ambas direcciones. No vio a nadie.

Durante un segundo vaciló, sin saber si debía seguir avanzando o volver corriendo a la seguridad del número 10.

Pero esa era su única oportunidad. Jake no iba a estar todas las noches a esa hora en el Parlamento. Richard volvía mañana de su viaje.

Esa podría ser la única oportunidad para intentar resolver la cuestión. No podía tirarla por la borda solo porque estaba asustada.

Obligó a sus pies a liberarse de las piedras a las que se aferraban y comenzó a correr de nuevo. A cada paso que daba, escudriñaba el camino frente a ella. Seguía vacío.

Cuando la estrecha entrada del túnel Q se asomó a su derecha, soltó un suspiro de alivio y se adentró en sus húmedas sombras.

Esta vez estaba preparada para la oscuridad y el agua helada. Resistió el impulso de mirar atrás, puesto que daba igual lo que oyera. Tenía que seguir avanzando.

Una vez que estuvo en la parte oscura del túnel, supo que casi había llegado. Apretó los dientes y chapoteó en el agua helada, intentando no pensar en lo que podría esconderse allí.

Entonces, la vieja puerta arqueada apareció ante ella por fin.

Sin aliento, con el sudor corriéndole por la espalda a pesar del frío, agarró la anilla de hierro y la giró. La puerta se abrió.

Lo había conseguido.

• • •

Cuando Gray salió al pasillo elegante y con paneles de madera por la misma puerta anodina que había utilizado antes, notó que el edificio transmitía algo muy diferente a lo que había percibido durante su última visita.

No había sensación alguna de vacío. Al contrario, se sentía cálido y vivo. Podía oír voces, ver cómo las personas se movían a la distancia. En todas partes regía un sentimiento de urgencia.

El reloj de pie le indicó que eran poco más de las nueve, pero bien podría haber sido pleno día. Jake le dijo que todo el mundo trabajaba hasta tarde, pero no había comprendido del todo lo que eso significaba.

Más adelante vio a unos hombres trajeados. Ella iba a destacar con los vaqueros, el jersey oscuro y las deportivas empapadas.

Cuando llegó al baño de mujeres, se metió dentro y se encerró en un cubículo. Sacó el móvil del bolsillo y llamó a Jake.

Contestó al primer toque.

—¿Dónde estás?

—Estoy en el baño —susurró.

Hubo una pausa.

—¿Qué baño? —Gray pudo imaginar cómo alzaba una ceja.

—En alguna parte de la Cámara de los Lores —aclaró.

—Es un sitio muy grande. ¿Eres capaz de encontrar el vestíbulo central? ¿El de las estatuas? —preguntó.

—Sí, claro. Está en línea recta desde aquí —respondió, y esperaba estar en lo cierto—. Solo tengo que evitar que me pillen por el camino. Llamo bastante la atención.

—No te preocupes, todos los diputados tienen becarios que trabajan para ellos —le aseguró—. Nadie te va a mirar.

—Venga ya, Jake —dijo Gray—. Soy *yo*. Todo el mundo se fija en mí.

—Claro. —Sonaba casi avergonzado—. Me olvidé de eso. A veces se me olvida quién eres. Tú eres tú, nada más.

Gray pensó que eso era lo más bonito que alguien podía llegar a decir.

—No te preocupes —continuó—. Si alguien te reconoce, dile que estás visitando a tu madre. Lleva aquí toda la noche.

Justo cuando Gray abrió la boca para responder, oyó el chirrido de una puerta y, a continuación, el repiqueteo de unos tacones altos contra el suelo de baldosas.

—Tengo que irme —susurró.

Colgó y se metió el móvil en el bolsillo.

Una mujer estaba junto a los lavabos, tarareando suavemente.

—Tienes un aspecto horrible, Jo —murmuró.

Después de eso, Gray escuchó el sonido que indicaba que la mujer estaba rebuscando en su bolso, y luego todo quedó en silencio durante un momento. Finalmente, tras lo que pareció una eternidad, los tacones de la mujer golpearon el suelo otra vez y la puerta del cubículo contiguo al de Gray se abrió y volvió a cerrarse.

En cuanto oyó que echaba el pestillo, Gray salió corriendo del baño.

La distancia que había hasta el vestíbulo central no era tan grande como recordaba. Cuando entró unos minutos después Jake estaba de pie en el centro, bajo un techo dorado pintado con rosas rojas y blancas entrelazadas, esperando impaciente.

—No me lo creo. —Su voz resonó en las paredes de piedra—. Estás aquí de verdad.

Gray vio lo impresionado que estaba.

—Te lo dije —respondió ella con una sonrisa.

Jake volvió a ponerse serio.

—¿Seguro que estás bien como para hacer esto, después de lo que ha pasado hoy? ¿No estás demasiado…? No sé. ¿En shock?

—Estoy bien —insistió Gray, y extendió los brazos—. Ni un rasguño.

—De acuerdo. —Jake le tendió una tarjeta de plástico que colgaba de un cordón—. Aquí tienes la llave hacia el reino mágico.

Gray examinó la tarjeta blanca con el símbolo verde del Parlamento y la palabra *VISITANTE* en letras grandes.

—Póntela y los de seguridad ni siquiera te mirarán —dijo Jake mientras se la colgaba del cuello.

Ignorando la magnífica estancia que los rodeaba, Jake se balanceó hacia atrás sobre las desgastadas suelas de sus deportivas y ladeó la cabeza.

—Bien. Ahora averigüemos quién quiere matar a tu madre.

VEINTICINCO

Se encontraban en el centro de la ornamentada sala octogonal, y una multitud de trabajadores se agolpaba junto a ellos. Mientras, Gray intentaba recordar por dónde había corrido la última vez que se coló en el Parlamento.

Cuatro enormes puertas arqueadas dominaban las paredes que los rodeaban. Cada una tenía un grueso marco de piedra que se elevaba seis metros y estaba flanqueada por estatuas que representaban a figuras de la realeza.

—¿Y bien? —inquirió Jake al ver que no hablaba.

—Creo que fui recto —respondió despacio—. Así que si entré por ese pasillo…

Jake señaló la puerta opuesta.

—Debiste salir por ahí. Vamos a probar.

Sin esperar a que respondiera atravesó la sala, decidido, sin hacer caso de los empleados del Parlamento que se apartaban de su camino. Gray lo siguió, observándolo con curiosidad. Se movía con confianza y parecía sentirse más a gusto en el Parlamento que en el instituto. Como si su sitio estuviera allí. Como si fuera su hogar.

Había estado obsesionada con sus propios problemas, pero se notaba que la vida de Jake no era más normal que la suya.

—¿Por qué tu padre te hace venir tanto?

Se encogió de hombros.

—Para cabrear a mi madre.

Gray no estaba segura de cómo responder a eso. El chico interpretó su silencio como que necesitaba más información, por lo que procedió a explicarse.

—Mis padres se divorciaron hace dos años. Mi padre no quería que viviera con él, no de verdad. Solo quería hacerle daño a mi madre porque lo había dejado, y sobre todo porque lo había dejado por una mujer. Eso hirió su orgullo.

Su cadencia monótona hizo que el orgullo de su padre sonara patético.

Gray lo miró.

—¿Te gusta?

Entrecerró los ojos.

—¿Quién? ¿Mi madre?

Negó con la cabeza.

—Su novia.

—¿Louise? —Levantó los hombros brevemente—. No está mal. Es agradable. Aunque lo que me importa es que hace feliz a mi madre. Eso es lo que importa.

Sus palabras golpearon a Gray con fuerza. Pensó en lo feliz que era su madre con Richard. Por mucho que le doliera admitirlo, su matrimonio era mejor que el de sus padres. El pensamiento fue una bajada a la realidad.

—Si pudieras elegir vivirías con ella, ¿verdad?

—Sin dudarlo. —Inclinó la cabeza hacia ella—. ¿Y tú? ¿Vivirías con tu padre si pudieras elegir?

Gray pensó en el apartamento de su padre, situado en una cuarta planta y cerca del Támesis. Tenía un toque cómodo y desgastado. Un sillón de cuero oscuro junto a las ventanas, muchas estanterías. En el piso de abajo vivía una anciana graciosa que a veces dejaba que Gray paseara a su perrito por el parque de enfrente.

Hacía bastante que no pasaba tiempo allí. Casi un año. Lo echaba mucho de menos. Sin embargo, era obvio que él no la quería tanto en su vida. Sin duda, no la quería viviendo en su casa.

Se le hizo un nudo en la garganta de repente. Usó la mordacidad como medio para camuflar el dolor.

—A nadie le importa lo que yo quiera.

El chico la miró con curiosidad, pero no insistió.

Después de eso, caminaron en silencio durante un rato. Luego, de la nada, Jake volvió a hablar.

—Nos parecemos mucho, mi madre y yo. Creo que por eso mi padre actúa así. Le recuerdo a ella. Tengo sus ojos. —Un mechón de pelo le cayó en la cara y lo apartó con impaciencia—. Según mi padre, mi madre odiará que me vuelva como él, así que me arrastra a su despacho cada dos por tres. Todos los días me hace venir aquí después de clase. —Se encogió de hombros—. Pero no puedo hacer nada al respecto. Tiene la custodia hasta que cumpla los dieciocho.

—¿Cuántos años tienes ahora?

—Dieciséis. —Soltó una carcajada—. Solo quedan un año, seis meses, tres semanas y dos días, y seré libre.

Gray se dio cuenta de que ambos estaban atrapados. Él, con su padre. Ella, en el número 10. Hasta que tuvieran edad para escapar.

Habían estado caminando mientras hablaban. Llegaron a un pasillo que se entrecruzaba y que Gray no había visto antes. Miró a su alrededor y se le encogió el corazón.

—No me suena nada de esto —dijo—. Creo que hemos avanzado demasiado.

—Está bien. —Se dio la vuelta—. Regresemos.

Mientras retrocedían Gray iba observando las puertas, intentando recordar por cuál había entrado aquella noche. Al principio ninguna parecía ser la correcta. No obstante, cuando iban por la mitad del pasillo, vio una que le pareció prometedora. Estaba abierta.

Le indicó a Jake que esperara y empujó suavemente la puerta para poder ver el interior. Era un despacho pequeño con dos escritorios apiñados. Una mujer joven estaba sentada ante uno de ellos hablando por teléfono. La sala no tenía conexión con una habitación más grande.

No era la correcta.

Al captar la mirada de Jake, negó con la cabeza.

Comprobaron una puerta tras otra —algunas cerradas y otras abiertas— y, al cabo de un rato, a Gray le parecieron todas iguales. Además, recordaba muy poco de aquel despacho.

Cuando llegaron de nuevo al vestíbulo desde donde habían partido, se detuvieron.

—A lo mejor era otro pasillo —sugirió Jake.

—Puede. —Gray empezó a perder la esperanza. Miró los otros tres pasillos largos que se extendían desde el vestíbulo central, cada uno de ellos con varias puertas—. Hay muchos despachos.

Jake asintió con la cabeza.

—Cientos.

Gray miró la hora en su móvil. Ya eran las diez menos cuarto. Tenía que salir de ahí en media hora o su madre podría llegar antes que ella a casa.

—Será mejor que nos demos prisa —dijo.

Corrieron por otro pasillo y revisaron las puertas, pero no encontraron nada que se pareciera a lo que Gray recordaba. Era como si aquella noche hubiera acabado en otro Parlamento por error. En algún palacio peligroso y paralelo.

De vez en cuando se cruzaban con gente, y Gray siempre miraba hacia otro lado en el último momento con la esperanza de que no la descubrieran. En un momento dado, un grupo de seis personas caminó hacia ellos, hablando y riendo. Gray se detuvo con brusquedad para mirar un mueble archivador pegado a la pared. No volvió a levantar la vista hasta que el gentío desapareció.

Cuando se enderezó, Jake la estaba observando con una mirada que no fue capaz de interpretar.

—Yo lo odiaría. —Él inclinó la cabeza hacia la multitud—. Preocuparme todo el tiempo por si llamo la atención

—En realidad, fuiste tú quien me advirtió acerca de ello. Desde el principio.

Jake se quedó en blanco.

—En la cafetería —le recordó Gray—. Unos días después de las elecciones. Me dijiste que todo el mundo me estaba mirando, y que te alegrabas de que tu padre no hubiera ganado porque odiarías ser el centro de atención.

—¿Yo dije eso? Sueno como un gilipollas. —Hizo una mueca—. Seguro que era lo último que querías oír aquel día.

—No, tenías razón. Fue una buena lección. Estaba tan inmersa en la campaña de mi madre que no había pensado mucho en cómo podían cambiar las cosas para mí. Fue una dosis de realidad haber hablado contigo. Y, sí. Sigue siendo raro. Siempre es raro.

Jake le lanzó una mirada de reojo.

—Era obvio que la prensa rosa se iba a volver loca si la hija de la primera ministra era una adolescente guapa. Para ellos eres como un festín.

Gray se puso tan nerviosa ante el uso que él hizo de la palabra *guapa*, que tardó un segundo en centrarse.

—Es raro, ¿verdad? —Jake dejó de caminar—. Quiero decir, yo siendo el hijo de Tom McIntyre y tú siendo quien eres. No pensé que podríamos llegar a ser amigos.

—Yo tampoco —admitió ella—. Mi madre me dijo que no me juntara contigo.

—¿En serio? —Parecía contento.

—Me dijo que no podía fiarme de ti. Que lo más seguro era que estuvieras espiando para tu padre. —El tono de Gray era amargo.

—¿Y qué le dijiste? —Había algo en su cara que Gray no fue capaz de interpretar. Una especie de intensidad que hizo que se le tensara el pecho.

—Le dije que yo elijo a mis amigos —contestó.

Jake sonrió. Gray se encontró devolviéndole la sonrisa sin darse cuenta.

El chico se acercó más.

—Gray, yo…

—¡Jake! —Una voz chillona los interrumpió.

Se giraron y vieron a un hombre que se dirigía a toda prisa hacia ellos. Llevaba un traje oscuro, la corbata torcida y un sobre grande en una mano.

Jake se quedó de piedra. La vivacidad abandonó su rostro. Le lanzó una mirada de advertencia a Gray, que retrocedió en un intento por perderse entre las sombras.

—¿Dónde estabas? —preguntó el hombre—. Te he buscado por todas partes. No puedes desaparecer en una noche como esta. Es un puñetero incordio. —Tenía un acento norteño más marcado que el de Jake—. ¿Por qué no has contestado al móvil? Todo el mundo se está dejando la piel en el trabajo. No es momento para ponerse a ligar.

A Jake se le tensó la boca, pero, aun así, no dijo nada cuando el hombre le tendió el sobre.

—Lleva esto al despacho de tu padre ahora mismo.

—Vale. —Jake tomó el sobre.

—Y, por el amor de Dios, la próxima vez contesta el móvil —lo reprendió el hombre—. Si tu padre se entera de que andas por ahí con…

Lanzó una mirada a Gray y su voz se apagó. La contempló con una expresión que denotaba una sorpresa casi cómica.

—Espera. ¿Ella no es…?

Jake no lo dejó terminar.

—Tenemos que irnos —dijo con firmeza mientras le daba la mano a Gray—. Tengo el sobre. Tienes que volver, Mike.

No obstante, Mike no se movió. Se quedó donde estaba, observando con auténtico asombro cómo los dos se alejaban a toda prisa.

Gray dejó que Jake tomara la iniciativa. Parecía caminar de forma aleatoria; izquierda, después derecha, derecha de nuevo, luego izquierda.

No tenía ni idea de dónde estaban. Tampoco estaba segura de que Jake lo supiera. Pero no importaba. Había visto la mirada de Mike. Iba a decírselo al padre de Jake. Se iba a correr la voz.

Cuando llegaron a la mitad del siguiente pasillo, Jake giró hacia una sala con brusquedad y le indicó que lo siguiera. Era una sala de reuniones vacía. Las sillas azules estaban dispuestas en forma de herradura alrededor de una mesa larga. Delante de cada asiento había micrófonos plateados y delgados.

Tras cerrar, Jake apoyó la espalda contra la puerta y se pasó los dedos por el pelo oscuro. Tenía las mejillas coloreadas debido a la agitación.

—Ojalá no hubiera ocurrido eso —dijo.

—¿Quién era ese tipo? —le preguntó Gray.

—Mike. —respondió con desprecio—. El empleado de mi padre y el mayor de los imbéciles. Me desprecia casi tanto como yo a él.

—¿Le dirá a tu padre que te ha visto conmigo? —inquirió.

Su mirada le dijo todo lo que necesitaba saber.

Gray se dejó caer a su lado contra la pared y se apretó las sienes con las yemas de los dedos.

—Mi madre se va a enterar, ¿verdad?

Jake no respondió. No hacía falta.

Gray se golpeó la cabeza contra la pared.

—No puedo creer que esto esté pasando.

—Lo mismo digo.

Estaban uno al lado del otro con la espalda apoyada en la pared. Jake giró la cabeza para mirarla.

—Lo peor de esto es que Mike es un capullo integral.

A pesar de todo, Gray se rio. Y, una vez que empezó, no pudo parar.

Jake la miró, incrédulo.

—¿Qué te hace tanta gracia?

Intentó dejar de reírse, pero no podía. ¿Así era como se sentía la histeria? No podía hacer nada.

—Es que… La verdad es que sí que lo es.

Entonces, Jake empezó a reírse también. De mala gana, como si le doliera. Lo que solo provocó que Gray se riera más fuerte.

Tardaron un minuto en recuperar el control. Cuando lo hicieron, la gravedad de la situación en la que se encontraban los golpeó con fuerza.

—Lo siento, Gray —dijo Jake, y las líneas sombrías volvieron a su rostro—. Supongo que lo de esta noche no ha sido una buena idea. Siempre existió la posibilidad de que nos vieran. Pensé que con todo el mundo tan ocupado…

—No te disculpes. Me alegro de que lo hayamos intentado. —Lo miró a los ojos—. ¿Qué dirá tu padre cuando se entere?

Él bajó la voz hasta que se acercó al gruñido norteño de su padre.

—«Te quiero en mi despacho todos los días, trabajando donde pueda verte. Uno no puede confiar en dejarte por tu cuenta». —Suspiró—. Lo de siempre. ¿Qué dirá tu madre?

Le dedicó una sonrisa triste.

—Bienvenida al internado, Gray.

Jake le sostuvo la mirada sin devolverle la sonrisa.

—Ya se nos ocurrirá algo. Saldrá bien.

Gray quería estar de acuerdo con él, pero sabía que no era cierto.

Los problemas se avecinaban, y no estaba más cerca de averiguar quién quería matar a su madre.

VEINTISÉIS

A LA MAÑANA SIGUIENTE, GRAY SALIÓ CON CAUTELA DE SU HABITACIÓN y se encontró con el apartamento vacío. La luz tenue del día entraba por las ventanas de la cocina y se posaba sobre las encimeras limpias de granito. La tetera caliente le indicó que su madre ya había tomado su taza de té matutina y se había ido a trabajar.

Se relajó un poco. Si su madre hubiera sabido que había salido la noche anterior, seguramente se habría quedado para discutir.

Después de su encuentro con Mike, Jake la acompañó hasta la puerta que conducía a los túneles. No hablaron mucho, pues ya se habían dicho todo lo que tenían que decirse. Acordaron mantenerse en contacto hoy y avisarse en cuanto sus padres se enterasen.

Gray corrió de vuelta a casa por los túneles sin ningún incidente y entró en el número 10 de la misma manera en que había salido. Agotada, se metió en la cama y ni siquiera oyó a su madre cuando llegó a casa.

Estaba sentada en la cocina comiendo una tostada cuando vibró su móvil.

Un mensaje de Jake.

Mike todavía no se lo ha dicho a mi padre. Menuda tortura.

Gray se sacudió las migas de los dedos y contestó.

A lo mejor no se lo dice.

La respuesta fue instantánea.

Se lo dirá.

Como siempre, Julia la estaba esperando cuando bajó las escaleras. Con unos vaqueros y un abrigo negro holgado, se la veía más joven que nunca.

—Pareces muy animada —dijo mientras Gray se apresuraba a acercarse a ella.

—No parezco *animada* —objetó Gray.

—Bueno, pareces estar mejor que ayer —se corrigió Julia mientras se abría paso entre el montón de empleados que llegaba al trabajo—. ¿Hablaste con tu madre sobre lo que pasó?

—No —respondió—. No la he visto.

Julia alzó las cejas.

—¿No la has visto desde ayer por la tarde?

Gray se encogió de hombros.

—Tuvo que trabajar hasta tarde anoche. Un proyecto de ley de inmigración importante. Estaba dormida cuando llegó. Y hoy se ha ido a trabajar antes de que yo me levantara.

—Claro —dijo Julia en tono de desaprobación—. Así que no sabes nada del hombre.

Gray redujo la velocidad de sus pasos.

—¿Qué le pasa?

—La policía nos dio un informe anoche. No forma parte de ninguna amenaza conocida. Tiene antecedentes de enfermedades mentales. Solo trepó por la valla para hablar contigo.

—¿Con un *cuchillo*? —Gray elevó la voz.

—Afirma que el cuchillo era por si alguien intentaba impedir que se reuniera contigo. —El tono de Julia era seco—. Al parecer tenía grandes planes, iba a usarlo para ahuyentar a cualquiera que se le cruzara.

Gray le dirigió una mirada incrédula.

—Mira, no estoy diciendo que le crea —aclaró Julia—. Lo único que digo es que no formaba parte de ninguna organización. Esto no tiene nada que ver con el problemón por el que estábamos preocupados.

—Qué bien —contestó Gray con un tono irónico—. Supongo que ya estoy a salvo.

Julia abrió la puerta que llevaba a la salida lateral.

—Lo estás, siempre y cuando estés conmigo.

Gray no tenía muchas ganas de volver a salir por la misma puerta en la que había ocurrido todo, pero, en cuanto se dirigieron allí, notó que la seguridad era visiblemente más fuerte. Ahora había dos policías, uno más que ayer.

Uno de ellos asintió con la cabeza en dirección a Gray y a Julia y abrió la puerta. El olor a limpio de la lluvia fría la invadió. Al otro lado vio a Ryan de pie junto al Jaguar, como de costumbre. Tres policías con uniforme, dos de ellos armados, se habían ubicado entre la puerta y el coche. Todos estaban de espaldas a Gray, vigilando la calle en busca de cualquier peligro.

Puede que aquel hombre no constituyera una amenaza, pero su madre lo estaba tratando como si lo fuera.

También había algo agradable en eso. Ahora mismo no se hablaban, pero esos policías que la custodiaban como a una joya eran un mensaje de su madre.

Me importa.

Podría haber sido un primer paso para perdonarse mutuamente, si Gray no supiera que, sin duda alguna, su madre iba a enterarse hoy de que había vuelto a romper sus reglas. Y Richard iba a volver a casa.

Y todo iba a ser terrible de nuevo.

● ● ●

Durante todo el día, Gray esperó a que se descargara el golpe. No obstante, a medida que pasaba el tiempo y no recibía ninguna llamada ni había indicios de que Mike hubiera hablado, empezó a relajarse un poco. Sin embargo, cuando Jake y ella se reunieron en la biblioteca a la hora del almuerzo, él seguía estando convencido de que el empleado de su padre hablaría.

—Mike es un cabrón sin agallas —dijo mientras aplastaba su caja de sándwiches vacía con vehemencia—. Solo se está aferrando a esta pequeña munición para dispararla cuando tenga el mayor impacto.

Gray no estaba convencida.

—Pero ¿por qué no dijo nada anoche?

—Mi padre estaba ocupado con el proyecto de ley. Estaba demasiado distraído como para sacarle partido. —Emitió una risa seca—. Casi respeto a ese imbécil de Mike por su estrategia. Habría sido un error ir directamente a él. Está esperando a usarlo en mi contra a modo de chantaje o para obtener el máximo efecto.

No obstante, no pasó nada durante todo el día.

Cuando terminaron las clases, Gray se quedó en el escalón delantero hablando con Chloe, a quien le remordía la conciencia en cuanto a Will, su novio intermitente.

—La cosa es que no lo quiero de verdad —dijo Chloe con seriedad—. Solo me gusta tener a alguien con quien salir para no estar sola en las fiestas mientras tú sigues castigada. Pero tengo la sensación de que yo le gusto mucho.

—Creo que tienes que escuchar a tu estómago —aconsejó Gray.

Chloe parpadeó.

—¿A mi estómago?

—¿Sientes mariposas ahí cuando lo ves? ¿Te sientes rara cuando intentas comer, sobre todo si estás pensando en él? —Gray alzó las manos—. Se puede engañar al corazón, pero no al estómago.

Chloe no estaba convencida.

—Puede ser, pero…

—Gray —las interrumpió Julia sin previo aviso—. El coche está esperando. —Parecía tensa y su boca formaba una línea de desaprobación.

Gray frunció el ceño. Esto no era propio de ella.

—Vale… Ya voy. —Le dio un abrazo rápido a Chloe—. Llámame después.

Cuando se dio la vuelta, Julia ya estaba caminando impaciente hacia la entrada de las visitas. Gray tuvo que correr para seguirle el ritmo.

—¿A qué viene tanta prisa? —preguntó.

Julia le dirigió una mirada que no pudo identificar. No habló hasta que estuvieron fuera.

—Tu madre ha llamado —dijo en voz baja—. Dijo que te llevara directamente a casa.

A Gray le dio un vuelco el corazón.

—¿Ha pasado algo? —preguntó mientras subía al coche—. ¿Está bien?

—Todos están bien. —Ryan arrancó el motor y apartó el coche de la acera—. Solo quiere hablar contigo.

Gray no se tragó su tono reconfortante. Su madre no pediría que la trajeran de vuelta a menos que algo anduviera mal.

Una voz en su cabeza preguntó: *¿Y si lo sabe?*

Pero Jake aún no había escuchado nada de su padre. Lo lógico era que él se enterara primero. Sacó el móvil y le envió un mensaje rápido.

Mi madre quiere verme. Algo va mal.

La respuesta de él llegó casi al instante.

Mantenme al tanto de lo que pasa. Por aquí sigue sin haber nada.

El trayecto en coche transcurrió casi en silencio. En el número 10, tres agentes los recibieron en la entrada lateral con las armas preparadas.

Julia y Ryan acompañaron a Gray por los ajetreados pasillos del número 10. Ryan dejó el coche en la acera y entró con ellas, algo que nunca había hecho. Todas las señales de alarma de Gray estaban lanzando destellos.

Cuando llegaron al vestíbulo principal, donde había policías uniformados y pantallas de videovigilancia, no se dirigieron directamente hacia el apartamento de su familia. En vez de eso, Ryan giró hacia otra escalera. Esta era más grande y tenía una barandilla larga y curvada. Las paredes eran de un color amarillo limón y estaban cubiertas por retratos de los primeros ministros anteriores.

Gray supo al instante lo que significaba. Estaban llevándola al despacho de su madre.

En su bolsillo, el móvil vibraba con insistencia. Lo miró mientras subían. El mensaje era de Jake, aunque supo lo que decía incluso antes de mirarlo.

Mike ha hablado.

—Guárdatelo, Gray. —Julia le dirigió una mirada severa—. Ya conoces las normas.

A regañadientes, Gray volvió a meter el dispositivo en el bolsillo sin responder. Nadie podía usar el móvil en esa parte del edificio, ni siquiera la hija de la primera ministra.

Tras terminar de subir las escaleras, caminaron por un pasillo largo y pasaron por varias habitaciones. A través de las puertas abiertas, Gray vislumbró unas salas de reuniones amplias que parecían salones eduardianos.

Cuando llegaron al final del pasillo, Julia extendió el brazo hacia el picaporte y se detuvo para mirar a Gray. Sus ojos estaban firmes y le decían que mantuviera la calma.

—¿Lista?

Gray asintió con firmeza.

Entraron en una pequeña sala de espera, flanqueada por sillas sumamente acolchadas y sofás con fundas de seda y lino en tonos neutros. Un televisor mostraba las noticias de la BBC con el volumen apagado. En un extremo había una recepcionista; la puerta detrás de ella llevaba al despacho personal de la primera ministra.

La recepcionista los miró. Cuando sus ojos se posaron en Gray, su expresión cambió de manera casi imperceptible.

—Señorita Langtry —dijo con la distancia insulsa propia de un médico—. Su madre está reunida, pero ha pedido que la espere. Le haré saber que está aquí.

Tecleó algo en su ordenador. Ryan y Julia se volvieron hacia la puerta.

—¿No os vais a quedar? —Había un toque de desesperación en la voz de Gray.

Ryan negó con la cabeza.

—Nosotros ya hemos cumplido con nuestra parte.

—Buena suerte —le dijo Julia con simpatía.

Cuando se fueron, Gray se sentó en un sillón lo más lejos posible de la recepcionista. Tenía la espalda rígida, pero el pie derecho le temblaba con nerviosismo. Cada segundo pasaba con una lentitud insoportable.

Cuando la puerta del despacho se abrió por fin, se estremeció.

Oyó la voz de su madre.

—Te agradezco que hayas venido hoy, John.

Gray se puso de pie y se quedó rígida, esperando su turno.

—Por supuesto. Le agradezco su tiempo, primera ministra —dijo un hombre—. Haremos esto por usted.

Su voz de barítono era tan profunda como una tumba.

La sangre de Gray se convirtió en hielo.

Conocía esa voz. La había oído en el Parlamento cuando estaba acurrucada bajo la mesa, aterrorizada.

Era el hombre que había amenazado con matar a su madre.

VEINTISIETE

SINTIÓ QUE LOS PIES SE LE CLAVABAN EN EL SUELO. NO PODÍA MOVERSE.
No podía respirar.

El hombre que salió del despacho de su madre era alto —más de
un metro ochenta— y de constitución gruesa. Llevaba el pelo canoso
bien peinado y lucía un traje impecable. Su rostro anguloso le resultaba familiar.

Era John Ashford, el viceprimer ministro. Lo había visto en la
televisión. Él y su madre no eran amigos, pero formaba parte de su
gabinete. Había estado en la cena de gala a la que asistieron su madre
y Richard la semana pasada. Gray lo vio en las noticias, sentado en la
mesa principal, a pocos asientos de distancia.

¿Por qué querría matar a su madre?

Antes de que pudiera pensar en ello, la madre apareció en la
puerta de su despacho.

—Tenemos que reunirnos pronto —dijo con amabilidad—. Sería maravilloso ver a Annabelle.

John contestó, pero Gray no escuchó lo que dijo.

Su madre estaba tan cerca de él que podría haberla apuñalado y
nadie habría tenido la oportunidad de detenerlo. Sin embargo, lo
único que hizo fue sonreír.

Gray observó cómo hablaba brevemente con la recepcionista antes de dirigirse a la puerta.

Justo antes de salir, echó un vistazo a la habitación. Sus ojos, de un azul pálido, eran serenos y expresivos. Se posaron en Gray, que lo miraba fijamente con las manos cerradas en un puño.

—Gray. —La voz impaciente de su madre volvió a atraer su atención—. Entra, por favor.

No obstante, dividida por la indecisión, no se movió.

¿Qué podía hacer? ¿Perseguirlo por el pasillo? ¿Decirle a Julia que se enfrentara a él? Pensarían que estaba loca.

Tal vez se estaba volviendo loca. ¿Cómo podría ser él? Era el amigo de su madre.

—*Gray*. —Su madre le dirigió una mirada de advertencia.

Tras lanzar una última mirada atormentada en la dirección en la que Ashford se había ido, Gray cruzó la habitación hasta donde la primera ministra estaba esperando.

En un silencio sepulcral, su madre cerró la puerta tras ella.

Su despacho era amplio. Las ventanas altas que se alineaban en la pared del fondo estaban protegidas por cortinas a prueba de explosiones, a través de las cuales se filtraba la última luz de la tarde. La ornamentada chimenea de mármol blanco estaba apagada. Las paredes de paneles estaban pintadas de azul pálido y las molduras eran de un blanco limpio.

Frente a las ventanas había un pesado y ostentoso escritorio. Delante de este, cuatro sillas de cuero rodeaban una mesa baja.

—Siéntate. —La madre señaló las sillas mientras se sentaba con delicadeza en una de ellas.

Aturdida, Gray hizo lo que le dijo.

—Tenemos que hablar.

La ministra se quitó una pelusa de su falda de tubo azul marino. Estaba tan tranquila que daba repelús.

—Tom McIntyre me ha hecho llegar cierta información inquietante —continuó su madre con el mismo tono suave—. Me ha llamado personalmente para decirme que te vieron en el Parlamento anoche. Por supuesto, le dije que eso no podía ser cierto. Hasta donde yo sabía estabas en casa, como habíamos acordado. —La miró directamente a los ojos—. ¿Tienes alguna explicación?

Gray no le veía el sentido a mentir. De todos modos, no importaría. Era el momento de decir la verdad.

—Sí, estuve allí —admitió, tartamudeando un poco—. Estaba trabajando en algo.

—Pues claro que sí. —El tono de su madre dejó ver lo que pensaba acerca de esa explicación—. ¿Y con quién estabas trabajando?

Gray estaba recuperando la concentración. En cierto modo, el familiar tira y afloja que suponía discutir con su madre era tranquilizador.

—Ya lo sabes, ¿no? —Gray se recostó en la silla—. O no me habrías sacado de clase ni le habrías dado tantísima importancia. Estaba con Jake.

Su madre se inclinó hacia delante. Sus ojos eran como dos trozos de hielo.

—Grayson Langtry. ¿En qué narices estabas pensando? Has entrado a escondidas en el Parlamento por la noche junto con el hijo del líder de la oposición. Mientras estabas castigada. Contraviniendo directamente mis órdenes. ¿Has perdido el juicio?

—No he perdido el juicio. —Gray se mantuvo firme—. Jake me está ayudando a averiguar lo que está pasando. Quién está intentando hacerte daño. Le conté lo que escuché esa noche y, a diferencia de ti, me creyó. —Tomó aire—. Si tú no intentas descubrirlo, lo haré yo.

La madre estaba negando con la cabeza.

—Gray, esto se te está yendo de las manos. Has roto todas las reglas que te he impuesto. Si ahora estás metiendo a la oposición en esto, voy a tener que…

—Jake no es la oposición. —dijo Gray por encima de ella—. Es un estudiante de dieciséis años de mi instituto, mamá.

Su madre hizo un gesto de desprecio.

—Su padre es la oposición, y sabes a qué me refería. No intentes distraerme.

—No te estoy distrayendo —objetó Gray—. Sigues confundiendo a Jake con su padre. Él no es su padre. Ni siquiera le gusta su padre. Son personas diferentes.

—Dejemos a un lado cuántas personas son Jake y Tom McIntyre. —Su madre añadió una capa de sarcasmo—. La cuestión es que ahora los estás arrastrando a esta absurda historia sobre complots de asesinato en el Parlamento. Y estás ignorando mis restricciones.

—Lo hago por ti, mamá —le aseguró Gray—. Intento ayudarte porque te niegas a creerme.

La madre se volvió en su contra.

—No te creo porque siempre mientes, Gray. Y no necesito tu *ayuda*.

Gray respiró con fuerza.

La ministra debió darse cuenta de que se había pasado, porque hizo una pausa. Cuando volvió a hablar, estaba más calmada.

—No quiero pelearme contigo. Ahora no importa lo que hayas hecho anoche en el Parlamento. Lo que importa es que no deberías haber estado allí. Estás castigada. Rompiste las reglas, ¿no es así?

Gray la miró fijamente.

—Sí.

Durante un largo segundo su madre le sostuvo la mirada y luego, para sorpresa de Gray, bajó la cabeza hasta la mano y se frotó la frente.

—Dios, Gray —dijo suavemente—. Siento que te he defraudado.

Desconcertada, Gray buscó una respuesta.

—¿Por qué? —inquirió después de un segundo.

—Me enteré de lo que pasó ayer, lo del intento de agresión. —Su madre levantó la cabeza—. Me enfureció que alguien se acercara tanto a ti. Raj me aseguró que estabas bien, pero…

Su voz se apagó. De repente, parecía cansada y derrotada.

—No sé qué habría hecho si te hubiera pasado algo —continuó en voz baja—. Te arrastré a este edificio en contra de tu voluntad, y ahora tengo miedo de que te hagan daño.

Gray tragó saliva con fuerza.

—Estoy bien, mamá —le aseguró—. Julia y Ryan estaban allí.

Su madre asintió, pero seguía con los labios apretados.

—¿Entiendes lo difícil que es mantenerte a salvo si te escabulles cada vez que te doy la espalda? —Se inclinó hacia delante con las manos apoyadas en las rodillas—. ¿Sabes cuánto me asusta eso?

—Sí, pero estoy intentando ayudarte. —A Gray le tembló la voz.

—No quiero que me ayudes, Gray. Este es mi trabajo, no el tuyo. —Se enderezó—. Me gustaría que te replantearas lo del internado del que hablamos. —Alzó la mano al ver la expresión de Gray, que indicaba que estaba más que dispuesta a rebelarse—. No como castigo, sino como un lugar seguro. No creo que sea justo hacerte vivir en un invernadero como el número 10. Está bien para los adultos. No es justo para ti.

—Claro —contestó Gray con una mirada de odio—. Esto va de que mejore *para mí*. No tiene nada que ver con lo fácil que sería tu vida si pudieras encerrarme en algún lugar hasta que fuera mayor. Me dejarías salir en Navidad para las fotos familiares y luego volverías a internarme para que no te avergonzase. —Se lanzó a la yugular—. Ni siquiera sé por qué me tuviste en primer lugar, mamá, cuando lo único que realmente amas es tu carrera.

Años de recibir y de dar golpes en la Cámara de los Comunes le habían enseñado a su madre a ocultar sus emociones. Pero Gray la conocía mejor que nadie, y vio la mancha roja que le subía por el cuello. Se dio cuenta del leve estremecimiento.

Y no se sintió mal.

—No quiero ir al internado. Trae a papá a casa. Mándame a vivir con él. No puede ser que ninguno de los dos me quiera. No soy *tan* horrible. Solo te he mentido sobre las fiestas, por el amor de Dios. —La voz de Gray se volvió temblorosa. Iba a llorar y no podía soportar que su madre lo viera.

Se puso en pie de un salto y corrió hacia la puerta.

—Gray.

Se giró y vio a su madre de pie frente a las sillas bajas. Ya no parecía enfadada. Estaba triste.

—Intentaré ponerme en contacto con tu padre. Está haciendo un trabajo importante y no es fácil localizarlo. Pero lo intentaré.

Gray ahogó un sollozo. Incluso conseguir lo que quería le dolía, porque significaba que su madre estaba dispuesta a dejarla ir. Sentía como si su mundo se desmoronara.

Sin embargo, su madre no había terminado.

—Necesito que te mantengas alejada de Jake McIntyre —continuó con firmeza—. Por tu propio bien y por el mío.

Gray se quedó sin palabras.

No tenía sentido seguir discutiendo. Cualquier cosa que dijera no haría más que empeorarlo todo. Se giró y se dirigió hacia la puerta.

No obstante, cuando tocó el frío metal del pomo, pensó en la empalagosa voz de John Ashford y se detuvo. En lo bien que parecía estar pasándolo mientras describía el complot para asesinar a su madre. ¿Cómo podían estar discutiendo por Jake cuando todo se había vuelto tan peligroso?

Se dio la vuelta. Su madre no se había movido.

—Ese hombre que estuvo aquí antes, Ashford —dijo Gray—. No te fíes de él.

La madre la miró con desconcierto.

—No confío en nadie, Gray. ¿Por qué estás preocupada por John?

Gray dudó. Podría decírselo. Y su madre la llamaría «mentirosa». Y desconfiaría de cada palabra.

En lugar de eso, dijo:

—Es peligroso.

Hubo un largo silencio mientras su madre la observaba.

Cuando volvió a hablar cambió de tema, como si Gray no hubiera dicho nada.

—Necesito estar segura de que ahora estás a salvo, Gray. Así que he pedido a tus guardaespaldas que se queden contigo en el apartamento hasta que yo llegue a casa.

Gray se quedó atónita.

—¿Qué pasa? ¿Ahora son mis carceleros?

Su madre se apretó los dedos contra las sienes.

—Por favor, Gray, vete a casa. Tengo trabajo que hacer.

Pero Gray se quedó donde estaba.

—Ya no sé quién eres —dijo—. Hay tanto que quiero decirle a mi madre. Hay tanto que necesita saber. Pero *a ti* no quiero decirte nada.

Tras girar sobre sus talones, abrió la puerta de golpe y salió furiosa del despacho hacia el largo pasillo, donde la esperaban Julia y Ryan.

VEINTIOCHO

Cuando Gray entró a ver a su madre, Julia y Ryan se apostaron a esperar en el pasillo.

—Parece que la chica vuelve a estar en problemas. —El tono suave de Ryan indicaba que no esperaba menos.

—¿Tienes idea de lo que ha hecho? —preguntó Julia.

Él negó con la cabeza.

—Lo único que me dijo Raj fue que la trajera de inmediato. Dijo que su madre estaba furiosa.

Julia no podía imaginarse qué podría haber hecho Gray dentro del número 10 como para que su madre llamara personalmente al jefe de seguridad e insistiera en que llevaran a su hija directamente a su despacho.

Cuando la puerta del despacho se abrió unos minutos después, ambos levantaron la vista. Sin embargo no era Gray quien salía, sino John Ashford, el viceprimer ministro.

Se apartaron para dejarle espacio.

Cuando pasó, sus ojos se encontraron brevemente con los de Julia.

Su mirada depredadora le resultaba familiar. Cualquier exsoldado la reconocería, la había visto antes en ambos lados del conflicto. Era la mirada de un cazador.

Cuando desapareció por el pasillo, se acercó a Ryan.

—No me gusta ese tipo —dijo en voz baja.

Su compañero siguió su mirada.

—¿Quién? ¿Ashford? —Se encogió de hombros—. Es un político más, ¿no? Todos son bastante horribles.

Julia no estaba de acuerdo. Los políticos eran seres humanos. Algunos eran buenos y otros eran malos. Ella sabía en qué campo encajaba Ashford. Podía vérselo en la cara.

La radio de Julia crepitó a través del auricular que llevaba siempre que se encontraba en el número 10.

La voz de Raj Patel le llenó la cabeza.

—Unidad C-5. Por favor, verifique si Luciérnaga está con Cisne.

«Cisne» era el nombre en clave de la madre de Gray. Richard era «Lobo».

En voz baja y cortante, Julia contestó antes de que Ryan pudiera hacerlo.

—Afirmativo.

—Tengo nuevas órdenes para vosotros —indicó Raj—. Debéis permanecer con Luciérnaga en todo momento hasta que Cisne regrese a casa. Repito: en todo momento. Por favor, confirmad que lo entendéis.

Julia y Ryan intercambiaron una mirada de desconcierto.

—Aclaración —le dijo Ryan a su radio—. ¿Significa esto que debemos estar *dentro* de la residencia familiar?

—Afirmativo. Al menos uno de vosotros debe estar dentro en todo momento. Sin quitar un ojo de encima.

Julia soltó un suspiro audible.

—Entendido. —La voz de Ryan no mostró emoción alguna, pero cuando se volvió hacia Julia parecía exasperado—. ¿Qué cojones ha hecho?

Cuando la puerta se abrió de golpe unos minutos más tarde y Gray salió como un torpedo, se pusieron en guardia.

—¿Lista para…? —empezó Ryan, pero Gray pasó delante de él sin mirarlo—. ¿Irnos? —terminó la frase mientras miraba a Julia, que corrió tras Gray con Ryan pisándole los talones.

Gray se dirigió al final del pasillo y bajó las escaleras a toda velocidad, sin tener en cuenta al personal de las oficinas que venía en dirección contraria y que tuvo que lanzarse hacia un lado para esquivarla. Al llegar a la planta baja se precipitó por el pasillo, subió el segundo tramo de escaleras, entró en la residencia y cerró la puerta tras de sí con tanta fuerza que la pared se sacudió.

Ryan y Julia, que habían permanecido detrás de ella durante todo el trayecto, se quedaron de pie frente a la puerta sin saber qué hacer.

—¿Se puede saber qué está pasando? —preguntó Ryan.

—Es una guerra —respondió Julia con un tono sombrío—. Madre contra hija. Y nosotros estamos en medio.

Ninguno de los dos tocó el pomo de la puerta.

—Tenemos que entrar. —Ryan no parecía contento ante la idea. Julia no lo culpaba.

—Yo lo haré. —Julia se acercó a la puerta—. ¿Te parece bien quedarte fuera por ahora?

La mirada que le dirigió fue casi cómica.

—Ahora mismo preferiría estar en una mina de carbón antes que en el apartamento.

Julia podía entender su cautela, pero su compasión estaba con Gray. Más allá de lo que hubiera hecho, tenía la sensación de que se trataba más de control que de otra cosa.

Llamó a la puerta del apartamento dos veces y la abrió sin esperar respuesta. Gray estaba parada en medio del salón, con la mochila del instituto a los pies. No parecía haberse movido desde que entró en el piso.

Tenía los ojos secos, y la cara roja y llena de manchas. Julia no sabía si se debía a la rabia o al dolor.

Gray la fulminó con la mirada.

—¿Qué quieres?

—Uno de nosotros debe estar dentro, contigo. —Julia mantuvo un tono de disculpa, pero el rostro de Gray se ensombreció.

—Entra. Quédate fuera. No depende de mí, ¿verdad? —Dejó a Julia allí de pie, corrió por el corto pasillo y cerró una puerta.

Al hallarse sola en el salón personal de la primera ministra, Julia no tenía idea de qué hacer. Se sintió como una intrusa, rodeada de los elegantes muebles en suaves tonos crema y gris.

Era sorprendentemente pequeño. No había un comedor formal, solo una distribución diáfana con una larga mesa de cocina que servía de línea divisoria respecto del salón. En una pared había un televisor de pantalla plana. Todo lo demás parecía un anuncio para promocionar la venta de una casa urbana de buen gusto.

Con cautela, se sentó en el borde de una silla. Tenía sed, pero no podía imaginarse recorriendo la cocina y abriendo los armarios de la primera ministra hasta encontrar un vaso.

Siguió escuchando por si había algún sonido en el pasillo, pero no oyó nada. Ningún llanto. Ninguna señal de que Gray estuviera llamando a sus amigos para quejarse de su madre. El silencio era espeluznante. ¿Qué estaba haciendo allí?

Julia estaba enfadada sobre todo con su jefe por haberla puesto en esa situación. Tenía que aprender a decir que no a la primera ministra de vez en cuando, o ella y Ryan acabarían viviendo en la habitación de Gray. Ahora mismo, viniendo de la ministra, no le extrañaría.

Gray y su madre eran dos mujeres testarudas, talladas en la misma piedra inflexible, y, cuando mujeres así se pelean, nadie gana.

Si ella estaba en el medio, también acabaría hundiéndose. No iba a permitir que sucediera eso.

Sacó el móvil del bolsillo y llamó a Raj.

Contestó con un «¿Todo bien, Julia?» en lugar de con un «Hola».

—Todo bien —respondió secamente—. Está en su habitación.

—¿En qué puedo ayudarte?

Raj era un buen jefe, centrado y claro al asignar las tareas. Con un excelente ojo para las personas. Y ella le estaba agradecida por haberla encontrado, como fuera que lo hubiera hecho, y por haberla liberado de una vida aburrida empujando papeles. Nunca había tenido que enfrentarse a él, y tragó saliva con fuerza antes de hablar.

—Jefe, no podemos hacer esto —dijo en voz baja—. No puedo ser la carcelera de una chica de dieciséis años. Estoy sentada en el salón de la primera ministra y no pinto nada aquí. Solicito permiso para esperar fuera.

Hubo una larga pausa.

—Permiso denegado —contestó él después de un momento. Sin embargo, no parecía enfadado—. Mira, estoy de acuerdo contigo. Voy a intentar que quedemos fuera de esto. Ahora mismo estoy lidiando con una madre furiosa cuya hija salió anoche del número 10, sorteó a la policía y a los guardias, y entró en el Parlamento para salir con el hijo del líder de la oposición.

—Estás de broma.

—Ojalá. —Julia pudo oír la frustración en su voz—. Obviamente, su madre nos culpa a nosotros y a todos los policías de la ciudad, y quiere enviarle un mensaje a Gray. Espero que, si le damos un poco de tiempo, se dé cuenta de que esto es insostenible. Tanto para su familia y para ella como para nosotros. Hasta entonces, tú o Ryan debéis estar dentro del apartamento en todo momento cuando ella esté fuera.

—Entendido. —Tras una pausa, añadió—: ¿Crees que pasará algo si me sirvo un vaso de agua?

Hubo una pausa mientras se lo pensaba.

—Envía a Ryan a la cafetería. Que te traiga lo que necesites. Intenta no moverte por el apartamento. ¿Entendido?

Claro que lo entendía. No debía ponerse cómoda. En absoluto.

—Entendido —respondió secamente.

Cuando colgó, se recostó en la silla un segundo.

Debía haber algo que pudiera hacer para arreglar las cosas.

Tenía que hablar con Gray.

VEINTINUEVE

DESDE EL INTERIOR DE SU HABITACIÓN, GRAY ESCUCHÓ EL DÉBIL SONIDO de las voces mientras Julia hablaba con alguien y luego, después de un rato, el silencio.

Estaba tan frustrada, tan enfadada con su madre… Quería llorar. Gritar. Pero sus ojos se empeñaban en permanecer secos.

El internado.

Sabía que iba a pasar. Hasta le había dicho a Jake que iba a pasar. Eso no hizo que fuera más fácil aceptarlo.

—¿Cómo puede hacer eso? —susurró.

De repente cayó en que, si para ella había sido así de malo, para Jake debió haber sido peor. Al fin y al cabo, el padre se había sentido con la fuerza suficiente como para llamar a su madre, y ambos se odiaban.

Sin embargo, cada vez que intentaba llamarlo por teléfono, le saltaba el buzón de voz.

Necesitaba ayuda. Necesitaba consejo. Pero ¿en quién podía confiar?

Despacio, como si estuviera aturdida, deslizó el dedo sobre la pantalla hasta que llegó al número de su padre. Apoyó el pulgar sobre la palabra *Papá*.

¿Por qué no llamaba? ¿Por qué no venía a casa? No iba a llamarlo para pedirle ayuda. Esta vez, no.

En cambio, marcó otro número. Chloe contestó al primer toque.

—¡Gray! ¿Qué ha pasado? Tus guardias te sacaron a rastras con mucha prisa. Era como si te estuvieran *arrestando*.

Cuando escuchó la voz familiar y etérea de su mejor amiga, a Gray se le soltó algo en el pecho.

Un sollozo la sacudió.

—Estoy metida en un problema enorme —contestó con la voz temblorosa—. No sé qué hacer.

Al instante, Chloe se puso seria.

—¿Qué ha pasado? Nadie más ha intentado hacerte daño, ¿no?

—No, nada de eso. —Gray se sentó sobre la cama y dejó caer la cabeza entre las manos—. Hay cosas que debería haberte contado antes, pero no quería asustarte. También quería decírtelo hoy, pero es tan raro. Ahora todo es un desastre.

—Gray —dijo Chloe con suavidad—. Soy tu amiga. Puedes contarme cualquier cosa.

—Pero esto es gordo —objetó Gray—. Nos queda grande.

—Bueno, ponme a prueba.

Despacio y de forma entrecortada, le contó lo que sucedió aquella noche en el Parlamento. Los hombres a los que había escuchado.

—Dios, Gray, no. —Chloe sonaba horrorizada—. ¿Se lo has contado a tu madre? ¿Qué dijo?

—No me creyó. Cree que estoy mintiendo para salir de algún apuro. —El tono de Gray era sombrío—. Desde entonces he intentado encontrar pruebas para que me crea. Jake me ha estado ayudando.

—¿De verdad? ¿Se lo has contado a Jake? —Chloe intentaba disimularlo, pero Gray escuchó el dolor que escondía su voz.

—No pretendía excluirte —le aseguró Gray—. Es que es una situación tan rara. No estaba segura de fiarme de mí misma. Pensé que Jake podría servir de ayuda porque su padre es quien es, ¿sabes? —Tomó una bocanada de aire—. He salido a escondidas para verlo en el Parlamento. Anoche nos pillaron. Ahora mi madre cree que soy más mentirosa que nunca. Y me va a mandar a un internado y no te veré más. Estaré sola. Y creo que sé quién quiere matarla, y mi madre no va a creerme y le van a hacer daño.

Al fin, las lágrimas llegaron. Se dejó caer en la cama; tenía el móvil en una mano y se tapaba la cara con la otra mientras sollozaba.

Chloe tardó un momento en asimilar todo aquello.

—Gray, cariño, escúchame —dijo con firmeza—. Tienes todo el derecho a llorar, pero tenemos que pensar. ¿Has hablado con Jake desde que llegaste a casa?

—No contesta el móvil.

—Vale, intentaré contactar con él —le prometió Chloe—. Vamos a necesitarlo si queremos elaborar un plan.

Sorprendida, Gray se secó las lágrimas.

—¿Un plan?

—Si tu madre no te escucha y crees saber quién está detrás de esto, tenemos que encontrar a alguien más que pueda ayudar.

Chloe, la antigua líder de su grupo de scouts y delegada de la clase durante dos años consecutivos, se puso en marcha.

—No puedes contárselo a nadie más que a Jake —le advirtió Gray, presa del pánico—. Es tan secreto que ni siquiera debería estar diciéndotelo.

—No seas ridícula —la reprendió Chloe—. No se lo voy a decir a nadie. Ni siquiera a mis padres. Pero por supuesto que debías decírmelo. Soy tu mejor amiga, estoy aquí para ti.

Eso hizo que Gray quisiera volver a llorar. Pero Chloe ya estaba dándole vueltas al problema.

—Dijiste que los hombres mencionaron específicamente que atacarían a tu madre en una recaudación de fondos en Oxford. ¿Cuándo es eso?

Gray se detuvo a pensar.

—Este sábado.

—Deberías decírselo a tus guardaespaldas —aconsejó Chloe—. Es su trabajo. Habla con ellos.

—No puedo —replicó Gray—. Nunca me creerán.

—Sé que estás disgustada y que has perdido la esperanza, pero tienes que intentarlo —insistió Chloe con suavidad—. Por algo se empieza.

Gray sabía que tenía razón, pero no podía imaginar que alguien fuera a creerle. Mucho menos, que le hiciera frente a su madre por ella.

Ni siquiera Julia se atrevería.

• • •

Después de esa conversación, Gray se quedó en su habitación mientras la luz de la tarde que se filtraba por su ventana iba desapareciendo. En el patio justo abajo —el que había explorado a fondo— podía ver a un montón de oficinistas que se marchaban a casa con sus abrigos de invierno.

Con el tiempo, todo se volvió tranquilo y vacío. Nadie caminaba bajo los esqueléticos árboles que temblaban con el viento gélido de noviembre.

No dejaba de ensayar las cosas que diría cuando su madre volviera a casa. De afinar su línea argumental. Pero no tenía ninguna esperanza de que fuera a funcionar. En ese momento, nada de lo que dijera conseguiría abrirle los ojos a su madre. Nunca habían estado tan distanciadas.

Intentó llamar a Jake varias veces, pero seguía saltando el buzón de voz.

Cuando su móvil sonó, justo después de las siete y media, le dio un vuelco el corazón. Sin embargo, no era él. Era un mensaje de su madre.

Llegaré tarde. El vuelo de Richard se ha retrasado y no volverá hasta más tarde. Hay comida en la nevera.

Con un movimiento despectivo, Gray lanzó el móvil viejo y maltrecho sobre la cama.

Supongo que tampoco querrá hablar conmigo, pensó.

No obstante, para entonces estaba hambrienta. Y el hambre hizo que disminuyera su orgullo.

Si sus guardaespaldas iban a estar allí, no le quedaba más remedio que aguantarse. No iba a morir de hambre por ellos.

Cuando entró en el salón unos minutos después, Julia estaba sentada sola en uno de los sillones. Al verla, se puso de pie, incómoda.

—¿Cómo… estás? —preguntó, dubitativa.

—Famélica. —Gray se dirigió a la cocina—. Voy a preparar algo de comer. ¿Tienes hambre?

La pausa antes de que Julia respondiera fue el único indicio que Gray obtuvo de que estaba sorprendida.

—Muchísima —respondió la guardaespaldas.

Al abrir la nevera, Gray vio que su madre había dejado otro plato de la cafetería que había en la planta de abajo.

Levantó la tapa de papel de aluminio para echarle un vistazo y se dirigió a Julia.

—Creo que es pastel de carne con patatas. ¿Te parece bien?

—Si te soy sincera, ahora mismo podría comerme el cordero y al pastor enteros —contestó Julia.

Gray soltó una pequeña carcajada y el hielo entre ellas se rompió, solo un poco.

La guardaespaldas entró en la cocina.

—Voy a encender el horno. Tú busca una bandeja.

Prepararon la comida con una especie de compañerismo inesperado. Julia hizo una ensalada («Literalmente, lo único que sé cocinar») mientras Gray colocaba los platos y los vasos en la barra americana.

Cuando estuvo todo listo, se sentaron a comer una frente a otra.

—Dios, está delicioso —suspiró Julia—. Casi no he comido en todo el día. Ha habido demasiado trabajo.

Mientras comían, le hizo a Gray preguntas sobre el instituto y los deberes, evitando cualquier tema delicado. No parecía juzgarla en absoluto. De hecho, hablar con ella era como hablar con una amiga.

—Me gusta Chloe —dijo Julia en un momento dado—. Al principio no estaba segura, pero parece muy centrada.

—Lo es —le aseguró Gray—. La gente la juzga por su aspecto, ¿sabes? Por su pelo o por lo que sea. Pero eso es solo su pelo, se debe al color de sus folículos. Podría cambiarlo con unos químicos salidos de un tubo y seguiría siendo la misma persona inteligente y divertida.

Bebió el resto del agua antes de seguir hablando.

—Me resulta tan extraño que la gente juzgue a los demás en función de su aspecto.

Julia se levantó y rellenó los vasos con una jarra que había en la barra.

—Tú también tienes que lidiar con eso, ¿no? Recibes mucha atención por tu aspecto.

Gray arrugó la nariz.

—Es ridículo. Tengo dieciséis años y la prensa rosa quiere hablar de mi ropa. La compro en las mismas tiendas que todo el mundo, y además no me queda tan bien. —Aceptó el vaso que le tendía Julia—. Gracias. Si mi madre no fuera primera ministra, nadie me miraría dos veces.

Sentada frente a ella, Julia la estudió con seriedad.

—Eres muy inteligente, Gray. No entiendo por qué siempre estás metida en líos. —Cuando Gray no respondió, Julia hizo un gesto hacia el apartamento que las rodeaba—. Mira, debes saber que nada de esto fue idea mía. No quiero invadir tu espacio. Ni siquiera sé por qué estoy aquí.

Gray dejó el tenedor sobre la mesa.

—Estás aquí porque anoche me escapé y fui al Parlamento. Quedé con un amigo, Jake McIntyre. —Hizo una pausa—. Sabes quién es, ¿verdad?

Julia asintió.

—En fin —dijo Gray—. Alguien nos vio juntos. Mi madre se volvió loca. Os está usando para castigarme. Siento que tengas que perder tu tiempo en esto.

—No te disculpes —contestó Julia—. No es culpa tuya que yo esté aquí. Solo estabas haciendo lo que haría cualquier chica de tu edad. Es perfectamente normal.

Gray jugó con el cuchillo sobre el plato.

—No solía ser así —explicó—. Mi madre y yo siempre nos hemos llevado bien. Incluso después de que mi padre se fuera. Pero últimamente las cosas han estado... mal. Desde que llegó Richard.

Julia no parecía sorprendida.

—Te diré una cosa. Si hay algo que conozco del mundo es lo que significa tener problemas para entender a tus padres. Cuando tenía tu edad no podía estar en la misma habitación con los míos. Básicamente, me arruinaron la vida. Lo entiendo a la perfección.

—¿Tus padres y tú os habláis ahora? ¿Ha mejorado la relación? —preguntó Gray.

—No exactamente. —Julia cambió de tema—. ¿Y qué hay de tu padre?

—Solíamos estar muy unidos. —Gray bajó la mirada.

—Está en el servicio exterior, ¿no? —Julia inclinó la cabeza mientras la observaba.

—Sí. Ahora vive en el extranjero, más o menos.

—Debe ser duro.

—Creo que, si estuviera aquí, las cosas serían más fáciles. —Gray miró su plato vacío—. Tendría un lugar al que ir cuando mi madre está ocupada o cuando necesitase salir de este edificio. Sin él estoy...

—Atrapada. —Julia terminó la frase por ella.

Era justo la palabra que Gray habría utilizado. Cuando levantó la vista, la expresión de Julia mostraba una profunda comprensión.

—Sí, completamente atrapada. Y mi padre ya ni siquiera llama. —Gray se hundió en la silla—. No creo que le importe lo que pasa aquí.

—Sé que es difícil vivir así. —El tono de Julia era suave—. Pero el trabajo de tus padres, el de ambos, es muy importante.

Gray hizo una mueca.

—El trabajo de mi madre es importante. Pero el de mi padre no es para tanto. Solo es un diplomático. No tiene por qué desaparecer. Simplemente prefiere estar lejos.

La guardaespaldas le dirigió una mirada extraña.

—¿Qué? —preguntó Gray—. ¿Qué es lo que no sé?

Julia miró por encima de la chica, como si estuviera decidiendo cómo iba a manejar el asunto.

—No todo es lo que parece cuando se trata de tu padre —respondió con cuidado—. No puedo decirte mucho. Lo único que te puedo contar es que está haciendo algo muy peligroso e increíblemente valiente. Por eso no sabes nada de él. Está sirviendo a nuestro país.

Los diplomáticos no hacían trabajos peligrosos. Gray abrió la boca para discutir, pero algo hizo que la cerrara de nuevo.

Los recuerdos llegaron a ella de forma rápida, como una carga. Bolsas en el pasillo, las repentinas desapariciones de su padre, las discusiones en voz baja con su madre, los regalos que traía de lugares exóticos a los que ella ni siquiera sabía que iba. Cómo no iba nunca a la oficina cuando no estaba en una misión. Lo cansado que parecía la última vez que lo vio.

Todas las piezas encajaron y, de repente, lo supo.

—Mi padre es un espía, ¿no? —Julia no respondió, pero Gray sabía que tenía razón—. Dios mío. —Dejó caer la cabeza entre las manos—. ¿Acaso mis padres me cuentan la verdad sobre *algo*?

—Gray. —Cuando alzó la cabeza, Julia estaba inclinada hacia adelante, observándola—. Eres más fuerte de lo que crees, puedes manejar este tipo de cosas. Eres inteligente. Dales a tus padres y a ti misma un respiro.

Pero Gray no se sentía fuerte. Se sentía engañada. Todos querían protegerla del mundo mintiéndole, incluso cuando la realidad se abalanzaba sobre ella con cuchillos y cámaras y amenazas de asesinato.

Julia llevó los platos sucios al fregadero. Después de un momento, Gray se levantó para ayudarla a limpiar. Ninguna de las dos habló mucho. Julia no hablaba por los codos como Chloe, que llenaba el aire con historias divertidas y cotilleos, pero había franqueza en ella. Era accesible y honesta de una manera en la que pocos adultos lo eran.

Sin duda, podía confiar en ella.

Mientras Julia terminaba de lavar los platos, Gray habló tímidamente.

—¿Puedo preguntarte algo más?

—Por supuesto. —Julia la miró.

—Si alguien amenazara a mi madre, ¿podrían arrestarlo?

Julia cerró el grifo. De repente, sus ojos estaban alerta.

—Sí, podrían hacerlo. Me aseguraría de ello.

—Pero necesitarías pruebas, ¿verdad? —insistió Gray—. No bastaría con que alguien dijera: «He oído algo malo». Tendría que haber algo más.

—Tendría que haber alguna información válida —admitió Julia—. Pero la persona que escuchó la amenaza no tiene por qué ser la que encuentre la prueba. —Se dio un toque en el pecho—. Yo puedo hacerlo. Es mi trabajo.

Gray no había tenido eso en cuenta. Aunque su madre insistiera en que era una mentirosa, puede que se vieran obligados a investigar si Julia le creía.

—Gray. —Julia dio un paso hacia ella. Su mirada era profunda—. ¿Has oído a alguien amenazando a tu madre?

—Yo… —comenzó Gray, pero no tuvo la oportunidad de terminar la frase.

La puerta del apartamento dio paso a la ministra, que llevaba un maletín negro y brillante. Richard estaba justo detrás de ella.

Gray cerró la boca de golpe.

Vio cómo su madre las contemplaba, de pie en la cocina. Vio cómo se fijaba en los platos limpios sobre la encimera y en el trapo que Gray tenía en la mano.

—Bien —dijo su madre con frialdad—. Has cenado.

Le dirigió a Julia una mirada de rechazo.

—Gracias por tu ayuda. Ya puedes irte.

Con los ojos puestos en Gray y una pregunta reflejada en el rostro, Julia vaciló.

Gray negó con la cabeza de forma apenas perceptible. No iba a hablar de esa cuestión delante de su madre y de su padrastro.

Con evidente reticencia, Julia se dirigió a la puerta.

—Hasta mañana, Gray —dijo. Se giró hacia la primera ministra y añadió—: Gracias, señora.

En cuanto salió del apartamento, el aire se volvió gélido.

—Tenemos que hablar —le dijo su madre a Gray.

Gray no estaba dispuesta a hablar con ella ahora.

—Ya hemos hablado bastante. —Dejó caer el trapo y se dirigió a su habitación.

—No seas maleducada con tu madre —intervino Richard tras ella.

Gray se detuvo lo suficiente como para lanzarle una mirada fulminante.

—No me digas lo que tengo que hacer, Richard.

—Gray. Déjalo ya. —Los tacones de su madre golpearon con furia el suelo de madera pulida a medida que la seguía por el pasillo—. Tienes dieciséis años y te comportas como una niña pequeña.

—Tengo dieciséis años —contraargumentó Gray—, y tú me tratas como si fuera una niña pequeña.

Acto seguido, cerró la puerta con fuerza y dejó a su madre fuera. Se quedó en su habitación respirando con dificultad, intentando calmarse. A través de la puerta oyó hablar a su madre y a Richard.

—Es imposible —dijo ella—. No voy a aguantar mucho más.

Gray no fue capaz de entender la respuesta de su padrastro.

Al cabo de un rato, oyó de nuevo los tacones de su madre a medida que se alejaban. Sus voces se apagaron.

Sacó el móvil del bolsillo y comprobó que no hubiera ninguna llamada perdida de Jake, pero la pantalla estaba vacía.

Lo dejó caer sobre el escritorio y se sentó con pesadez. Su conversación con Julia le había dado mucho en qué pensar.

No dudaba de que la guardaespaldas estuviera de su lado. Pero ¿podría ayudarla? ¿Podría confiar en ella?

Empezaba a sentir que no le quedaba otra opción.

TREINTA

A LA MAÑANA SIGUIENTE, CUANDO GRAY BAJÓ, JULIA LA ESTABA esperando al pie de la escalera.

—Vamos. —Fue lo único que dijo la guardaespaldas. Sin embargo, Gray pudo percibir la tensión. Se movía con una determinación absoluta a medida que guiaba a la chica hacia la entrada principal del número 10, en lugar de hacia la habitual puerta lateral por la que habían optado desde la noche de la fiesta de Aidan.

—¿Por qué vamos por aquí? —preguntó Gray cuando pasaron junto a un grupo de policías.

—Estamos haciendo cambios —respondió Julia.

Era un día soleado y frío. El coche negro de siempre estaba aparcado justo delante de la puerta. Los fotógrafos y los reporteros, ubicados tras una valla para esperar a los políticos, prestaron poca atención mientras Gray se metía en el coche. El incidente del Bijou era agua pasada.

Ryan se colocó al volante con los ojos ocultos por unas gafas de sol. En lugar de hacer de copiloto, como de costumbre, Julia subió a la parte trasera con Gray.

Nerviosa, Gray se abrochó el cinturón de seguridad y esperó. Un centenar de preguntas no formuladas flotaban en el aire a medida que Ryan se incorporaba al denso tráfico de Westminster.

Julia se volvió hacia Gray.

—Tenemos que terminar la conversación que empezamos anoche.

Gray lanzó una mirada nerviosa a la parte delantera, donde Ryan escuchaba mientras conducía.

—Puedes confiar en nosotros, Gray —prometió Julia—. En los dos.

Tras quitarse las gafas de sol, la mirada de Ryan se encontró con la suya en el espejo retrovisor.

—Trabajamos para ti. Sea lo que fuere, déjanos ayudarte. Protegerte a ti y a tu madre es lo que hacemos, Gray.

En realidad, no necesitaban convencerla. La conversación que había tenido con Julia había cambiado las cosas, y la idea de compartir la carga suponía un alivio tan grande que podía sentir cómo una tirantez en su interior le rogaba que lo hiciera.

—Lo primero que tenéis que saber —comenzó— es que anoche no fue la primera vez que me colé por los túneles del Parlamento.

Durante todo el trayecto habló rápido, tratando de no omitir nada. Ryan y Julia escucharon la historia en silencio. El rostro de Julia no mostraba recriminación alguna. En todo caso, parecía absorta en los detalles, y pedía de vez en cuando más información, especialmente sobre los dos hombres a los que había escuchado.

Cuando Gray les dijo que uno de los hombres era John Ashford, el único signo de sorpresa que revelaron fue un intercambio de miradas en el espejo retrovisor y la forma en la que Ryan apretó el volante.

Cuando terminó el relato, los dos se volvieron hacia ella con una expresión solemne.

—Has hecho lo correcto —le aseguró Julia—. Ahora podremos ayudar.

Sin embargo, Gray sabía más que ella sobre lo que iba a ocurrir a continuación.

—Tal vez. Pero como se lo cuentes a mi madre, te aseguro que te dirá que estoy mintiendo. Lo único que puedo decirte es que no miento. Tienes que creerme. Cada palabra es cierta.

Para su sorpresa, Julia se acercó y le apretó la mano.

—Gray, escúchame. Te creemos.

Algo que se había aferrado con firmeza en el corazón de Gray durante semanas se soltó. Respiró hondo.

—Gracias —dijo con fervor—. Gracias por creerme.

Cuando entraron en el instituto unos minutos más tarde —Julia al frente con los ojos buscando entre la multitud—, Gray se sintió libre. Había entregado la carga a unas personas que podían hacer algo. Su madre estaría a salvo. Ahora podría volver a vivir con cierta normalidad.

Dejó a los dos guardaespaldas en la sala de visitas y entró medio corriendo en el instituto, prácticamente saltando de alivio.

Chloe estaba en el lugar de siempre, cerca de las puertas dobles, y su expresión era sombría. Agarró a Gray del brazo en cuanto la vio y la arrastró a un rincón fuera del pasillo abarrotado.

—¿Por qué no has contestado el móvil? Te he llamado tres veces.

—Lo siento —respondió Gray, sorprendida—. Estaba ocupada. ¿Qué ocurre?

—¿Has oído lo de Jake? —preguntó Chloe.

La sonrisa de Gray se desvaneció.

—No. ¿Qué ha pasado?

—Su padre lo ha sacado del instituto.

Gray cerró los ojos, todo había sucedido por su culpa. Él había intentado ayudarla.

—¿Dónde está? ¿Está aquí? —inquirió Gray mientras miraba a la multitud que los rodeaba con algo parecido al pánico—. ¿Ya se ha ido?

—Creo que está reunido con la directora —respondió Chloe—. Nadie sabe si lo va a mandar directamente a casa o si va a dejar que asista a clase.

Sonó el primer timbre. Montones de estudiantes empezaron a entrar en las aulas.

—Tengo que encontrarlo. —Gray alzó la voz para que se le oyera por encima del ruido—. Si lo ves, llámame de inmediato.

Chloe la miró con extrañeza.

—¿Es por vosotros? Por lo de la amenaza.

—No lo sé —contestó Gray—. Pero creo que sí.

Ambas buscaron a Jake durante toda la mañana. Ninguna lo vio. Ni durante las primeras horas de clase ni en los pasillos durante los intercambios. Gray estaba cada vez más asustada. No respondía a sus mensajes y tenía la sensación de que ya no tenía su móvil. Tendría que encontrarlo a la antigua usanza. Fue a la sala de ordenadores, a la biblioteca, incluso al teatro, donde algunos chicos iban a esconderse cuando se saltaban las clases. Nada.

Al mediodía se convenció de que ya se había ido.

Desolada, avanzó por el pasillo del instituto dejándose empujar por la aglomeración propia de la hora del almuerzo. No tenía ni idea de qué hacer ahora. Cómo contactar con él.

Fue entonces cuando lo vio a lo lejos hablando con Aidan.

Daba la impresión de estar tenso y enfadado. Aidan parecía que estaba intentando calmarlo.

Gray se detuvo en seco. Los estudiantes se arremolinaban a sus costados como el agua que fluía alrededor de una piedra. Alguien se quejó en voz alta («¿Podrías moverte?») y Jake levantó la vista.

Sus ojos se encontraron entre el gentío. Incluso desde donde estaba, pudo ver el alivio que reflejaba su rostro.

Tras decirle algo a Aidan, Jake lo dejó plantado en medio del pasillo y caminó hacia Gray mientras ella se abría paso entre la gente con la garganta apretada por el alivio. Todavía estaban a tiempo para despedirse.

Cuando estuvieron uno frente a otro, Jake le recorrió el rostro con los ojos.

—¿Te has enterado?

Gray asintió.

—Lo siento mucho. Si no me hubiera metido, nada de esto estaría pasando.

—No es culpa tuya —la consoló Jake—. Aidan me ha dicho que tu madre también te va a mandar lejos.

Gray le dirigió una mirada sombría.

—Te dije que lo haría.

—Me cago en nuestros padres. —Lo dijo con verdadera rabia.

Era tan injusto. Solo intentaban hacer lo correcto. Y a ambos los estaban castigando.

—Odio la idea de no volver a verte —dijo ella sin poder evitarlo. Después de todo, era la verdad.

Jake se quedó quieto mientras le sostenía la mirada.

—Salgamos de aquí.

Caminaron a través de la masa de estudiantes hacia un pasillo lateral en dirección a un conjunto de puertas dobles que conducían a la parte trasera del instituto, hacia el campo de deportes.

Gray no sabía adónde la estaba llevando y tampoco le importaba. La multitud iba disminuyendo a cada paso que daban. La mayoría de los estudiantes estaban yendo hacia la cafetería.

Cuando salieron, estaban solos.

El cielo invernal era de un azul intenso. Los árboles que rodeaban el colegio se habían desprendido de las últimas hojas doradas y rojizas, lo que había creado una gruesa alfombra en la que hundían los pies mientras caminaban y Gray le contaba lo que le había dicho su madre, que el internado podía darle libertad.

Jake se rio con amargura.

—Tanta libertad que necesitan muros para mantenerla —dijo con sarcasmo.

—¿Y tú? —Lo miró de reojo—. ¿Adónde te va a enviar tu padre?

—Me está dando lo que le pedí hace un año. Me envía de vuelta a Leeds, a vivir con mi madre.

Gray dejó escapar un suspiro. Fue muy inteligente por parte de su padre. Darle lo que quería y deshacerse de él al mismo tiempo. Un movimiento que albergaba auténtica maldad. Pero al menos Jake iba a un buen lugar. Estaría con su madre.

—¿Estás… feliz? —preguntó Gray, vacilante—. En plan, querías vivir con ella.

Jake se detuvo en seco y se giró para mirarla.

—¿Feliz? Lo odio por esto. —Estaba pálido y furioso—. Lo hace ahora, en mitad del curso, para que sea lo más difícil posible. Y, sobre todo, para alejarme de ti.

De forma inesperada, alargó la mano para tocarle la mejilla. Sintió un leve escalofrío cuando él rozó su piel caliente; su caricia era tan suave como el ala de una mariposa.

—No quiere que haga nada que no pueda controlar. Y a ti no puede controlarte.

—Jake —dijo Gray en voz baja—. No quiero que te vayas.

—No quiero dejarte.

Y, de repente, sus labios estaban sobre los de ella, y el mundo se desvaneció.

A Gray se le cortó la respiración. Inclinó la cabeza hacia atrás, aferrándose a él mientras tiraba de ella para tenerla más cerca.

El beso fue apasionado, desesperado. No tenían tiempo para comenzar con ternura. Todo estaba llegando a su fin.

Gray le deslizó las manos por la columna vertebral. Era tan delgado que podía sentir sus costillas a través de la camisa. Al aproximarse, sintió su pecho duro contra el de ella, todo músculo y huesos.

Jake le acarició la boca con la lengua y ella le separó los labios, saboreando su sal.

Sabía que enamorarse ahora no tenía sentido. Ambos iban a irse. Sus padres nunca iban a permitir que estuvieran juntos. Deberían hablar, despedirse, pero besarlo tal vez fuera un acto definitivo de rebeldía. Podrían separarlos, pero tendrían esto para recordarse uno al otro.

Hicieron una pausa para respirar, pero Jake seguía abrazándola con fuerza, presionando su frente contra la de ella. Olía a aire fresco y limpio, a jabón aromático. Gray lo inhaló.

—Gray —empezó a decir él, pero se detuvo cuando se oyeron voces.

Se separaron de un salto cuando vieron a los encargados de mantenimiento bajando por un sendero cercano. No obstante, los hombres no parecieron darse cuenta de su presencia. Se limitaron a deambular hacia el cobertizo de las herramientas mientras hablaban sin parar.

Cuando se fueron, Jake volvió a acercarse a ella.

—Llevo queriendo besarte desde aquel primer día en la biblioteca —le confesó—. Compartiste tu sándwich conmigo, y nunca había querido besar tanto a alguien.

Gray sonrió y se apoyó en él.

—Deberías haberlo hecho. Me habrías pillado desprevenida, y puede que te hubiera pegado un guantazo.

Jake sonrió e inhaló el aroma de su pelo.

—Qué estúpido soy. Ahora no hay tiempo.

—No digas eso —le dijo Gray—. Tiene que haber tiempo.

Él apartó la mirada. Se le marcaba un músculo de la mandíbula.

—Me he pasado media mañana discutiendo con la directora sobre si podía quedarme y terminar mis estudios, si me mudaba con Aidan.

Gray sabía que era mejor no tener esperanzas.

—¿Qué ha dicho?

—Que no quiere interponerse entre mis padres y yo. —Su voz era sombría—. Sin su permiso, es imposible. Y mi madre está tan emocionada…

Más voces se acercaban desde el instituto.

—Vayamos a otro sitio —dijo Jake, y echó un vistazo al imponente edificio que tenían detrás.

Abandonaron el refugio de los árboles y salieron a través del campo de deportes, una vasta extensión de color esmeralda salpicada por el oro otoñal. El sol, el aire fresco, el sonido del tráfico londinense que se aproximaba a medida que iban llegando al límite de los jardines, todo conspiraba para otorgarle a la tarde una extraña sensación de magia. Tal vez pudieran huir y ser quienes quisieran en algún otro lugar.

Pero incluso cuando el pensamiento entró en la mente de Gray, lo dejó pasar. Era imposible.

—¿Qué vamos a hacer? —preguntó, tanto para sí misma como para él.

Habían llegado a la valla que rodeaba la parte trasera del recinto escolar. Jake se agarró a la barra superior, apoyó la robusta bota en el peldaño inferior y la saltó con un movimiento suave y rápido. Desde el otro lado de la valla le dirigió una mirada pícara.

—Vamos a tomar un café —respondió.

Gray miró por encima del hombro. El instituto se veía pequeño a la distancia. Sabía que Julia estaba en alguna parte y se pondría furiosa como supiera que se estaba yendo sin ella. Se suponía que no debía salir del recinto sin ella jamás.

Pero no iría muy lejos. Y, por una vez, necesitaba estar sola.

Puso un pie en la tabla inferior y trepó para unirse a él.

TREINTA Y UNO

Después de que Gray entrara en el instituto aquella mañana, Julia y Ryan se encerraron en su pequeña oficina. Dos pantallas de ordenador mostraban varias imágenes de las cámaras de vigilancia que habían montado en las salidas del centro y en los pasillos, pero no las estaban mirando.

—¿Qué opinas? —preguntó Julia, sentada en una de las sillas de plástico duro que el centro les había proporcionado.

A través de las paredes oyeron un timbre que indicaba el comienzo de las clases.

—Fue muy específica. —Ryan habló con cautela—. Pero tiene que estar equivocada con respecto a Ashford. Es decir, la voz sonaba igual. —Giró las manos—. Pero eso no es una identificación positiva.

—Estaba convencida —objetó Julia.

—Y yo creo que lo cree —dijo—. Pero no basta con eso. No cuando se trata de alguien como Ashford. —Se inclinó hacia atrás en la silla—. Además, tenemos que considerar la posibilidad de que le guste inventar fantasías. Quiero decir, existe un motivo por el que su madre no le cree. La chica suele mentir.

Julia se enfureció.

—¡No nos ha mentido nunca! ¡Ni una sola vez!

Ryan la miró con frialdad.

—Venga ya, Julia. No es que nos haya informado que iba a dejar el número 10 para colarse en otros edificios. Usó la ruta que utilizasteis para salir.

—Eso no es mentir. Eso es ser una chica de su edad —contestó ella con vehemencia—. Todos los adolescentes rompen las reglas. ¿Tú no lo hiciste?

—No como ella —respondió.

Julia empezaba a arrepentirse de haberlo metido en esa situación. Ryan jugaba según las reglas. Funcionaban de manera diferente. No obstante, ahora que estaba dentro, Julia no podía simplemente largarse. Necesitaba que estuviera de su lado o la situación de Gray podría empeorar aún más.

—Mira —dijo, adoptando un tono conciliador—, no quiero discutir. Estoy de acuerdo en que no tenemos lo suficiente, pero estamos a miércoles. Si por alguna disparatada casualidad Gray tiene razón y alguien va a atacar a su madre el sábado, eso significa que tenemos un día y medio para organizar cómo protegerla.

Se inclinó hacia delante con una expresión transparente, recurriendo a él.

—¿Qué crees que deberíamos hacer?

Con una mirada oscura, Ryan la observó durante un largo rato desde el otro lado del escritorio.

—Deberíamos contárselo a Raj —contestó al final—. Y que sea él quien decida.

Eso significaba jugársela. Raj podría ir directamente a informar a la primera ministra y ella podría ordenar que no se investigara más.

Pero tenía razón. No había otra opción a la que pudieran echar mano. Raj era el experto. Estaba de viaje, y fue al mediodía cuando, por fin, les devolvió las llamadas. Para entonces, Julia estaba tan nerviosa que apenas podía permanecer sentada. Puso la llamada en altavoz.

—¿Qué pasa? —les preguntó con ese familiar tono de barítono del norte—. ¿Está a salvo Luciérnaga?

—Está bien —le aseguró Julia. Mientras lo decía, estaba atenta a la pantalla del ordenador; los estudiantes salían de clase para ir a almorzar formando una corriente de cuerpos que empujaba y gritaba con prisa.

—¿De qué se trata entonces? —inquirió.

—Anoche hablé largo y tendido con Luciérnaga —respondió Julia—. Me gané su confianza lo suficiente como para que esta mañana revelara lo que ha estado ocurriendo. Entiendo por qué ha estado actuando así. Y no son buenas noticias.

Le contó todo lo que Gray le había dicho, y para ello utilizó un lenguaje con el que sabía que llamaría su atención: «amenaza inminente», «peligro real».

El jefe la escuchó en silencio hasta que le habló de John Ashford. Justo cuando dijo el nombre, la interrumpió.

—Ya basta. ¿Estaba segura?

Julia pensó en la expresión aterrorizada y desesperada de Gray. La forma en la que la había mirado, como si supiera que no iban a creerle. Y los ojos sin emoción de Ashford recorriéndole el rostro como una cuchilla de afeitar.

—Sí, señor. Muy segura.

Raj maldijo en voz baja.

—¿Podría estar equivocada?

—Señor —intervino Ryan—, ella no le vio la cara. Confiamos en su capacidad para reconocer su voz.

—¿Tienes dudas, Ryan? —adivinó Raj—. Cuéntame.

La mirada de Julia se encontró con la de Ryan al otro lado de la mesa.

—No es más que una niña, señor —contestó Ryan.

Julia se mordió la lengua.

Sin embargo, Ryan añadió a regañadientes:

—Pero debo admitir que parece totalmente convencida.

—Mierda —maldijo Raj—. Si tiene razón, ¿a qué nos enfrentamos? ¿Un golpe de Estado?

Ryan y Julia intercambiaron una mirada.

—Algo así —admitió Ryan.

Raj soltó un largo suspiro.

—Tengo que contárselo a la primera ministra. No me queda más remedio.

—Ella y su hija no están pasando por un buen momento —le recordó Julia de forma precipitada.

—¿Qué parte de «no me queda más remedio» no entiendes? —Había alzado la voz—. Hay reglas, Julia. Y tengo que cumplirlas.

Ella hizo una mueca de dolor y se calló.

—Hablaré con ella en cuanto pueda y os llamaré —continuó—. Si está de acuerdo, transmitiremos las acusaciones de su hija al Servicio Secreto. Si no lo está, tendremos que dejarlo estar, independientemente de lo que diga la chica.

—Sí, señor —contestaron Julia y Ryan al unísono, pero Raj no llegó a oírlo. Ya había colgado.

Julia se giró hacia Ryan.

—Bueno, supongo que podría haber sido peor.

No obstante, los ojos de su compañero estaban puestos en la pantalla del ordenador.

—Mira la puerta lateral en tu pantalla. ¿Esa es Luciérnaga?

Gray escaneó las imágenes en movimiento que llenaban la amplia pantalla en busca de lo que Ryan estaba viendo. Tardó un segundo, pero lo encontró.

No cabía duda de que era Gray, con el top azul y los vaqueros negros ajustados que había llevado esa mañana, y con las botas que le llegaban hasta las rodillas. Iba de la mano con Jake McIntyre.

Estaban corriendo. Se estaban yendo del instituto.

TREINTA Y DOS

—¿QUÉ PASÓ AYER DESPUÉS DE CLASE? —PREGUNTÓ GRAY—. LO último que supe de ti fue aquel mensaje.

El rostro de Jake se ensombreció.

—Justo lo que me esperaba. Mi padre se volvió loco. Dijo que yo era un traidor y que pasaba tiempo con el enemigo. Que estaba siendo desleal con el partido por una chica. Que podía echar por tierra su liderato, arruinar su carrera.

—Suena igual que mi madre —comentó Gray—. ¿Qué dijiste?

Se frotó los nudillos contra la frente.

—Se puede decir que no lo manejé bien. Tuvimos una discusión y entonces me dijo que me iba a mandar a vivir con mi madre y con Alison. Me ordenó que hiciera las maletas. Luego me quitó el móvil y el portátil para que no tuviera la «tentación» de contactar contigo.

Estaban sentados en la esquina más alejada de una cafetería muy concurrida. Por el equipo de música sonaba una alegre melodía pop, y Gray estaba deseando que alguien la apagara. Sus cafés se enfriaban ante ellos, casi olvidados.

—¿Y tu madre, qué? —Los ojos de Jake le recorrieron el rostro—. Mi padre me dijo que la había llamado. Siento que lo hiciera.

Gray se encogió de hombros.

—Me dijo que era infantil y egoísta. Que solo era tu amiga porque quería hacerle daño.

Jake soltó una risa seca y sin gracia.

—Solo piensan en ellos mismos y en sus ridículas carreras. Sacrifican nuestra vida para ganar puntos y hacer que los voten.

De repente, se dio cuenta de que Jake no estaba al tanto de algo. En medio del drama de ese día, no le había hablado de John Ashford.

—Dios mío, no te lo he dicho. —Le contó lo que sucedió en el despacho de su madre.

El chico se quedó boquiabierto.

—Es el sustituto de tu madre. —Parecía sorprendido—. ¿Por qué iba a…?

Se detuvo a mitad de la frase, pensando.

—Quiere ser primer ministro, ¿no? —dijo—. No van a elegirlo porque nadie quiere que un viejo gruñón dirija el país. Pero si todo el mundo tuviera miedo, si ocurriera algo terrible, el partido lo elegiría. Pensarían que es alguien en quien se puede confiar. Es casi la única manera de lograrlo. —La miró con asombro—. Joder. ¿Cómo nos enfrentamos a alguien tan poderoso? La única persona con más poder que él es tu madre.

Gray le lanzó una mirada.

—Se lo he contado a mis guardaespaldas hoy.

Jake abrió los ojos de par en par.

—¿Todo?

Asintió.

—¿Qué han dicho?

—Me creen —respondió—. Van a hacer lo que puedan para ayudar. Que se involucre el Servicio Secreto.

Parecía aliviado.

—Ellos pueden solucionarlo. Ashford no es tan inteligente.

—Eso espero —dijo Gray. No obstante, la duda seguía acechándola. A pesar de todos sus intentos, sabía que no tenía pruebas. Era su palabra contra la de uno de los hombres más poderosos del país. Era imposible que su madre aceptara su versión.

—Gray… —Estaba extendiendo la mano hacia ella por encima de la mesa cuando una mujer se acercó y la miró con una especie de ansia hambrienta.

Jake retiró los dedos con rapidez.

—Siento interrumpir. —La mujer les sonrió a los dos y luego se dirigió a la chica casi con malicia—. ¿No es usted Gray Langtry?

La mujer era pequeña y delgada. El pelo castaño le caía sobre los hombros y llevaba un periódico en una mano.

Gray se tragó una respuesta cortante. Lo único que quería era cinco minutos en los que pudiera ser una persona normal. Cinco minutos en la naturaleza sin que la cazaran. Ya había tenido suficiente. Basta de ser la hija de la primera ministra. Basta de ser alguien de la que todo el mundo creía ser dueño de una parte.

Parpadeó y miró a la mujer con ingenuidad.

—No —contestó—. No lo soy.

—Te pareces a ella. —La mujer la miró con desconfianza—. Exactamente igual.

—Me lo dicen mucho —dijo Gray con una sonrisa.

Jake se rio en voz baja, pero la mujer debió de haberlo oído, porque, de repente, su estado de ánimo cambió. Dio un paso hacia ella con el papel arrugado entre los dedos.

—¿Te crees demasiado importante como para dignarte a hablar conmigo? Egoísta, mimada…

En ese momento, Julia y Ryan aparecieron de la nada. La guardaespaldas miró a la mujer con desprecio, como un ángel vengador con actitud hostil.

—Necesito que retroceda ahora mismo —dijo con un tono que casi la desafiaba a discutir.

La mujer se estremeció.

Ryan se volvió hacia Jake y hacia Gray con los ojos tan duros como dos fragmentos de pizarra.

—Levantaos —les ordenó—. Nos vamos.

TREINTA Y TRES

Julia estaba tan enfadada que apenas podía respirar. Estaba enfadada con Gray por haber salido a escondidas y haber arriesgado su vida por un chico. Estaba enfadada porque una mujer de mediana edad había acosado a una niña para pedirle un autógrafo, como si fuera una celebridad en vez de una simple adolescente que intentaba pasar cinco minutos con un chico que le gustaba.

Sacó la funda de cuero con más fuerza de la necesaria y la abrió para mostrar la placa que le habían expedido al equipo de Raj. No era una placa oficial de la policía; simplemente los autorizaba a trabajar *con* la policía, pero convencía a la mayoría de la gente. Esta mujer no era una excepción.

Se le fue el color de la cara.

—Solo quería un autógrafo.

—Ha elegido una forma muy agresiva de pedirlo. —Julia gruñó las palabras.

—Lo siento… No pretendía… —La mujer retrocedió a trompicones, se chocó con la mesa que tenía detrás y derribó un pequeño jarrón que contenía una sola margarita.

Todas las personas que estaban en la cafetería se detuvieron para ver el espectáculo. Incluso los camareros dejaron de hacer café y se quedaron boquiabiertos.

Mientras Gray y Jake se apresuraban hacia la puerta, Ryan levantó las manos con su placa en una de ellas y alzó la voz para hacerse oír por encima de la empalagosa música pop que salía de los altavoces.

—Les pedimos disculpas, estamos en un asunto oficial. No hay ningún peligro. No tardaremos y podrán volver a tomarse sus cafés.

En el exterior soplaba un viento gélido. Gray tenía un aspecto ceniciento y, con los brazos cruzados sobre el pecho, parecía estar enfadada. Jake permanecía cerca de ella con las manos en los bolsillos.

De forma desacertada, Gray saltó en su propia defensa.

—Solo estábamos hablando…

—Ni se te ocurra. —Julia la hizo callar con una mirada que podía congelar el agua—. No digas nada excepto: «Lo siento, Julia. Te he decepcionado».

Por un segundo dio la impresión de que Gray iba a discutir, pero luego pareció arrepentirse y se hizo físicamente más pequeña. Agachó la cabeza.

—Lo siento, Julia —susurró—. No debería haberme ido sin decírtelo.

—Tienes toda la razón, no deberías haberlo hecho —dijo Julia—. Estás al tanto del peligro, y así y todo has salido del instituto y te has ido sola sin ninguna razón. —Señaló a Ryan—. Habríamos ido contigo. Solo tenías que pedirlo.

Gray le lanzó una mirada incriminatoria.

—Me habríais dicho que no podía ir y lo sabes.

—De acuerdo —contestó Julia—. Pero al menos habrías estado viva.

—*Ahora* estoy viva —señaló Gray, y su disgusto anterior se desvaneció.

Una mujer mayor que paseaba con un perro pequeño se giró al oír esto y los observó con interés.

—Chicos. —Jake alzó las manos—. ¿Podemos evitar pelearnos?

—Cállate —espetó Julia acaloradamente—. Nadie te ha pedido tu opinión.

—Julia. —La voz de Ryan era relajada, pero su compañera notó la advertencia que ocultaba.

Dejó escapar una bocanada de aire y trató de calmarse.

Gray saltó en el silencio que siguió.

—Lamento haberme ido, pero ¿puedo preguntar cómo me habéis encontrado?

Como Julia no habló, Ryan respondió a la pregunta.

—Te vimos salir del instituto y te seguimos.

Gray y Jake estaban atónitos.

—¿Nos habéis seguido? —La voz de Gray subió una octava.

—Te vimos trepar por la puerta —explicó Julia—, y al momento nos dimos cuenta de adónde habías ido.

—No estoy seguro de que la cuestión sea cómo te encontramos —intervino Ryan—. La cuestión es que podrías haber hecho que te mataran.

—Hemos tenido cuidado —le aseguró Jake. A pesar de todo, estaba tranquilo y observaba a los guardaespaldas con abierta curiosidad.

—Genial. Han tenido cuidado. —La voz de Julia era sarcástica—. Bueno, supongo que no hacemos falta entonces, ya que dos jóvenes de dieciséis años, entre ellos la hija de la primera ministra, han tenido cuidado.

—Lo sé todo sobre la amenaza —le informó Jake—. Estaba alerta.

Julia le lanzó una mirada fulminante a Gray.

Gray no se echó atrás.

—Es mi amigo. Confío en él.

—Calmaos todos. —Ryan se interpuso entre ellos—. Volvamos al instituto, podemos retomar esto más tarde.

Treparon la valla de uno en uno para volver a la seguridad que proporcionaba el recinto escolar y cruzaron el campo de deportes casi en silencio. Jake y Gray caminaban uno al lado del otro e intercambiaban miradas expresivas de vez en cuando.

Para ser sincera, Julia no habría sido capaz de explicar por qué estaba tan enfadada. Más que nada, estaba dolida. Y eso la sorprendió. De verdad pensaba que Gray no haría algo así bajo su vigilancia. No después de las conversaciones que habían tenido. No con todo lo que sabía.

Por primera vez se dio cuenta de que tal vez la primera ministra no estaba del todo desencaminada al decir que su hija tenía problemas con la verdad.

Tal vez no era posible confiar en Gray después de todo.

TREINTA Y CUATRO

JULIA Y RYAN ACOMPAÑARON A GRAY Y A JAKE DE VUELTA AL INSTITUTO y los llevaron a sus respectivas aulas. Julia permaneció tan callada durante todo el camino que su actitud resultaba inquietante, por lo que fue Ryan quien le dijo a Gray que se preparara para volver a casa en cuanto terminaran las clases y que no intentara hacer ninguna otra locura.

—No es seguro —le recordó.

El incidente había desinflado el subidón emocional y fugaz que había sentido tras el beso con Jake. Durante un segundo, cuando estuvo a solas con él, se permitió creer que podían hacerlo. Que podían desafiar a todo el mundo. Había sido excitante.

Pero en este momento la situación dejaba en evidencia cuán tonta había sido al intentarlo. Besarlo había sido una enorme estupidez. Especialmente ahora.

No obstante, al mismo tiempo se sentía culpable por Julia. La guardaespaldas se lo había tomado como una traición personal, y tal vez lo fuera. Gray sabía que no debía salir del centro escolar. Acababan de hacerse amigas.

¿Había arruinado todo lo que tenía en su vida con un beso?

Lo peor era que no había tenido la oportunidad de despedirse de Jake. Lo buscó por los pasillos al terminar las clases y sintió el corazón más vacío cuando no lo vio.

Chloe, por supuesto, estaba encantada.

—¡Lo sabía! —se alegró mientras las dos caminaban despacio hacia la puerta principal después de las clases—. Es lo más romántico que he oído. Sois Romeo y Julieta. Sois Tristán e Isolda. Sois…

—No nos vamos a volver a ver nunca más —le dijo Gray sin rodeos—. Y mi madre me va a matar.

Chloe le pasó un brazo por los hombros.

—Te las apañarás.

Gray no respondió. Había visto a Julia atravesando el pasillo atestado de gente.

—Tenemos que irnos ya —indicó sin preámbulos.

Chloe le dirigió una mirada de apoyo mientras Gray seguía a la guardaespaldas por el pasillo. El rostro de Julia no mostraba expresión alguna a medida que abandonaban el centro escolar.

Gray no pudo soportar el silencio.

—Siento mucho lo que ha pasado —dijo—. Me equivoqué al no avisarte que nos íbamos. Fue todo muy rápido.

—Yo también lo siento —contestó Julia—. Por muchas cosas.

Algo en su voz provocó un pinchazo de advertencia en la columna vertebral de Gray.

Julia se puso en guardia mientras Gray subía al asiento trasero; le cerró la puerta y luego se sentó en el asiento delantero, al lado de Ryan.

El coche salió de la acera tan rápido que los neumáticos chirriaron, y se incorporó al tráfico del sur de Londres. Nadie habló. El único sonido era el del rugido de los coches que los rodeaban.

Condujeron durante cinco minutos en absoluto silencio antes de que Gray explotara.

—Si necesitáis gritarme un poco más, por favor, hacedlo —suplicó—. Sé que me lo merezco. No debería haberme ido del instituto sin decíroslo. No volveré a hacerlo. Por favor, no me odiéis.

Los guardaespaldas intercambiaron una mirada rápida.

Julia se giró hacia ella.

—Sigues estando en un lío por eso —dijo—, pero hay algo más que tenemos que decirte. —La furia fría de aquella tarde había desaparecido de su expresión. Parecía preocupada—. Le comunicamos la información que nos diste a Raj Patel. Le hemos contado todo lo que nos has dicho.

Gray lo supo antes de que continuara hablando.

—Se lo ha informado a mi madre, ¿verdad?

Julia inclinó la cabeza.

—¿Qué ha dicho?

—Le ordenó que no debíamos llevar esta investigación más allá bajo ninguna circunstancia.

Gray se dejó caer en el asiento, y los últimos hilos de esperanza se desvanecieron.

—Os dije que pasaría esto. Supongo que vosotros tampoco me creéis.

—Queremos creerte. —Ryan la miró por el espejo retrovisor—. Pero debo admitir que no nos demuestras que se pueda confiar en ti.

Las lágrimas le quemaron los ojos a Gray. Se sentía tan perdida. Tan derrotada.

—Solo fui a tomar un café con Jake para despedirme. Puede que no lo vuelva a ver. Me gusta. ¿Es que no podéis entenderlo? —Les dirigió una mirada de puro dolor—. Mi madre podría morir ahora, y todo por eso.

Dejó caer la cabeza sobre las manos.

—No entiendo nada.

Hubo un largo silencio. Percibió que los guardaespaldas mantenían una especie de intercambio silencioso en el asiento delantero, pero no levantó la cabeza para mirarlos. No quería ver su enfado ni su lástima.

Cuando Julia volvió a hablar, su tono había cambiado. Sonaba como si tuviera sentimientos encontrados.

—¿Podemos confiar en ti, Gray? ¿Nos estás diciendo la verdad sobre Ashford?

Gray levantó la cabeza.

—No tenéis por qué creeros nada de lo que os vuelva a contar —le respondió—. Pero juro por mi vida que estoy diciendo la verdad sobre lo que oí. Por mi *vida*.

Julia le sostuvo la mirada con unos ojos fríos y evaluadores. Luego, como si hubiera visto todo lo que necesitaba, asintió.

—Bien, de acuerdo —accedió enérgicamente—. Esto es lo que hay. Tu madre le ordenó a Raj que no siguiera investigando tus acusaciones. Y él debe obedecer. Fue una orden directa —explicó Julia—. Nosotros, en cambio, no.

Gray la miró fijamente.

—¿No?

Ryan le lanzó una mirada por el espejo retrovisor.

—Estamos dispuestos a investigar más a fondo en nuestro tiempo libre. En silencio.

Gray se sentó con la espalda recta y apoyó las manos en el respaldo de los asientos delanteros. El contacto del cuero contra las yemas de sus dedos era suave y frío.

—La recaudación de fondos en Oxford es este sábado —dijo con entusiasmo—. Se supone que ahí es cuando va a tener lugar. ¿Podréis ayudar?

—Lo hemos hablado con nuestro jefe. —Julia miró a Ryan.

—Tu madre le dijo a Raj que enviara solo a su guardaespaldas habitual —explicó—. Dijo que el edificio es seguro y que no quería causar ninguna distracción.

—Siempre hace lo mismo. Tiene que convencerla. —Gray se inclinó hacia delante, implorando—. O vosotros tenéis que estar allí.

Él no puede rendirse solo porque ella diga que no. Estos tíos saben que no llevará seguridad. Cuentan con ello.

Un autobús se metió en su carril y Ryan frenó con brusquedad.

—Raj va a intentar que cambie de opinión —le aseguró Julia mientras su compañero maniobraba para rodear al autobús rojo de dos pisos—. Pero no parece una persona flexible.

—¿Qué pasa si no cambia de opinión? —preguntó Gray—. ¿Iríais a Oxford para ayudarla?

Hubo un silencio significativo.

—Haremos todo lo que esté en nuestras manos —respondió finalmente Ryan—. Pero puede que no podamos ir tan lejos. Investigaremos los antecedentes de Ashford. Veremos si es posible hallar vínculos con la organización rusa. Intentaremos comprender qué puede estar tramando. —En el espejo, le sostuvo la mirada—. Pero eso es todo. No podemos ir por libre sin permiso.

Gray se volvió hacia Julia, implorante.

—Trabajaremos con Raj —prometió Julia—. Estoy segura de que nos escuchará.

Gray se giró para mirar por la ventana. Las nubes se acumulaban en el este y bloqueaban el sol.

Lo que Julia y Ryan ofrecían no era suficiente. Tenía que haber gente en esa fiesta. Gente que supiera que alguien iba a intentar hacerle daño a su madre y que estuviera dispuesta a protegerla.

A Gray le gustaba Julia, confiaba en ella. Pero no conocía a Raj y no creía en que su madre fuera a escuchar a nadie. A medida que el coche se acercaba al número 10, tomó una decisión.

Solo había una forma de estar segura de que alguien estuviera allí para evitar que se produjera un asesinato.

Que ella misma fuera a Oxford.

TREINTA Y CINCO

CUANDO GRAY ENTRÓ EN EL APARTAMENTO AQUELLA TARDE RICHARD estaba en la cocina tomando una taza de té, con el portátil abierto delante de él.

Se sorprendió tanto al verlo que casi tropezó con sus propios pies. Nunca estaba en casa durante el día.

—Hola —dijo—. ¿Qué haces aquí?

—Me he tomado la tarde libre. —Cerró el portátil y señaló las sillas vacías a su alrededor—. Siéntate, Gray. Creo que deberíamos hablar.

Hablar con su padrastro era lo último que quería hacer, pero, como no veía otra salida, dejó la mochila en el suelo y caminó vacilante para unirse a él.

—¿Hablar de qué? —inquirió.

Richard se recostó en la silla y la observó con unos ojos enmarcados por unas cejas bien arregladas.

No habían vuelto a hablar desde la noche en la que creyó haberlo visto en el Parlamento. Gray se sentó rígida en el borde de una silla, a dos asientos de distancia.

—Tú y tu madre lleváis semanas discutiendo. —Frunció el ceño—. Esto se tiene que acabar.

—Bueno, enviarme a un internado no es una buena manera de llegar a mí. —Su tono era cortante, y el ceño de su padrastro se volvió más pronunciado.

—Gray, eres una chica inteligente con un auténtico potencial. Odio ver cómo lo desperdicias en fiestas y alcohol y pasando el tiempo con gente como esa chica. ¿Cómo se llamaba? Ah, sí. Chloe. —Se le curvó el labio cuando dijo su nombre—. Estás tomando una serie de malas decisiones que volverán para perseguirte.

—No creo que la gente con la que paso el tiempo sea de tu incumbencia. —Se levantó bruscamente y la silla derrapó tras ella.

—*Siéntate.* —Era una orden, no una petición. El tono agradable había desaparecido y su rostro mostraba una furia latente.

Sorprendida, Gray hizo lo que le dijo y lo observó con cautela.

Richard le dirigió una mirada fría y evaluadora.

—Las cosas van a cambiar por aquí. Llevas demasiado tiempo mangoneando a tu madre. Atormentándola sobre el divorcio y el supuesto impacto que tuvo en ti. —Se inclinó para acercarse a ella—. Todo eso se acaba ahora, Gray. Eres demasiado mayor como para actuar como una niña mimada. Vas a dejar de molestar a tu madre y de interferir en nuestro matrimonio. A partir de ahora irás a clase y estudiarás, y volverás a casa y estudiarás, y repetirás ese proceso todos los días hasta que vayas al internado el curso que viene. Una vez que estés allí, espero que te comportes como debe hacerlo la hija de la primera ministra. Si avergüenzas a tu madre aunque solo sea una vez, encontraré un lugar mucho peor al que enviarte. ¿Entiendes?

La sangre acudió a la cara de Gray. Tardó un momento en centrarse en su respiración antes de poder responder.

—No tienes derecho a decirme lo que tengo que hacer —comenzó. Su padrastro golpeó la mesa, lo que la sobresaltó.

—Tengo todo el derecho —gritó—. Tengo más derecho que tu padre, que se preocupa tanto por ti que ha desaparecido. —Su tono se volvió despectivo—. Soy tu padrastro, Gray. Y eso me da derecho a participar en tu vida.

Tensa por la ira, Gray se puso de pie.

—Eres mi padrastro por ahora. —Le escupió las palabras—. No te acomodes mucho en este apartamento. Estarás aquí mientras mi madre te quiera aquí. A ella no le gustaría que me hablaras así y lo sabes.

Richard se puso de pie; le sacaba medio metro de altura.

—No estés tan segura de ello.

Gray estaba harta de que los hombres la amenazaran, la saludaran con un cuchillo e intentaran asustarla. Había sido una semana larga.

—Tengo una pregunta para ti —dijo antes de que pudiera disuadirla—. ¿Qué hacías en el Parlamento la noche en que tenías que irte a Nueva York?

Se quedó callado, con los labios entreabiertos por la sorpresa.

—Mamá me dijo que estabas en un avión —continuó al ver que no hablaba—, pero te vi allí a medianoche. ¿Qué estabas haciendo? ¿Sabía ella que estabas allí?

—¿Qué significa esto? —preguntó con el ceño fruncido—. Estaba en un avión esa noche. ¿De qué estás hablando?

No obstante, con las manos apretadas a los costados, parecía que se había puesto nervioso de repente.

Gray se mantuvo firme.

—¿Por qué tengo la sensación de que me estás mintiendo?

Enfadado de nuevo, levantó una mano para apuntarle.

—Como le llenes la cabeza a tu madre con estas tonterías, me aseguraré de que te envíe mucho más lejos que al internado que ha elegido. Puedo eliminarte por completo si hace falta. No vas a arruinar nuestra relación con tus disparatadas acusaciones. Ya no parecía enfadado; estaba tan seguro de sí mismo que irradiaba tranquilidad—. Tu madre hará lo que yo le pida. Solo estarás en este apartamento hasta que le diga que tienes que irte. Conque ya estás tardando en aprender a llevarte bien con los dos. Deja de mentir. O haz las maletas.

Gray ya había tenido suficiente. Recogió su mochila y salió furiosa de la estancia. Cuando llegó a su dormitorio estaba temblando.

Durante casi una hora estuvo sentada en la cama con el móvil en la mano, intentando decidir a quién llamar. Repasó lo que le había dicho y, poco a poco, se dio cuenta de que, aun estando enfadado, había elegido sus palabras con cuidado.

Peor aún, no podía estar segura de que *estuviera* mintiendo. No lo había visto bien aquella noche. Si hubiera estado allí, tendría que haber sido registrado por las cámaras de seguridad, habría pruebas. Pero ¿quién iba a comprobarlo? ¿Y si al final no aparecía en las imágenes? En ese caso, la relación con su madre sí que acabaría hecha pedazos.

La situación afianzó la decisión que había tomado en cuanto a lo de Oxford. Iba a estar allí durante esa fiesta. Iba a estar al lado de su madre.

Iba a demostrar de una vez por todas que estaba diciendo la verdad.

• • •

Al día siguiente le contó su plan a Chloe. Para su sorpresa, su amiga ni siquiera intentó hacer que cambiara de opinión. De hecho, lo único que dijo fue:

—Voy contigo.

Estaban en el comedor del instituto hablando en voz baja, con los restos de sus almuerzos frente a ellas. Se habían medio olvidado de que se encontraban en aquel cacofónico lugar.

—No puedes —dijo Gray—. Te meterás en problemas. No pienso ser responsable de eso.

—No puedes ir sola —contestó Chloe—. Es demasiado peligroso.

—¿Y tu madre? —inquirió Gray—. ¿Qué vas a decirle?

—Le diré que me voy con unos amigos a visitar universidades. —Chloe sonrió—. Se pondrá muy contenta.

Una vez que acordaron ir juntas, quedaba el problema de cómo colarse en el evento. Las entradas para la gala estaban agotadas desde hacía semanas. Además de la madre de Gray, iban a ir varios famosos. Eran los billetes más solicitados de la ciudad.

—Podríamos comprar las entradas en una de esas páginas web de reventa —sugirió Chloe.

—Costarían cientos de libras —le dijo Gray, desanimada—. Tengo mi tarjeta de crédito de emergencia, pero no puedo usarla para algo así. Es demasiado.

Chloe lo sopesó mientras comía una patata frita con un tenedor.

—No veo por qué tienes que pagar —reflexionó—. Eres la hija de la primera ministra, joder. Si eso no te hace entrar a una fiesta, no sé qué lo hará. —Se metió la patata frita en la boca.

Gray la miró fijamente mientras una idea se desarrollaba en su mente.

Chloe le devolvió la mirada.

—¿Qué? —inquirió, y tragó saliva—. ¿Qué he dicho?

Una sonrisa se extendió lentamente por el rostro de Gray.

—Soy la hija de la primera ministra, joder. ¿Cómo no se me había ocurrido antes?

Las finas y rubias cejas de Chloe se juntaron.

—Estoy muy confundida ahora mismo.

—Les diré más o menos la verdad. Llamaré a la organizadora del evento y le preguntaré si puede reservar dos entradas para la hija de la primera ministra, a la que le gustaría asistir para darle una sorpresa a su madre —explicó Gray—. Es imposible que diga que no.

—Tienes una mente retorcida, Gray Langtry. Eso es lo que me gusta de ti —dijo Chloe con aprobación. Hizo una pausa y su sonrisa se desvaneció—. Sin embargo, creo que nos vendría bien algo de ayuda con esto. ¿Crees que Jake podría venir con nosotras?

—No lo sé —respondió Gray mientras se miraba las manos—. No he sabido nada de él.

Jake no había ido a clase ese día. La última vez que lo vio fue cuando los llevaron a sus aulas. Como su padre le había confiscado el ordenador y el móvil, no podían comunicarse.

—Podría estar ya en el norte, en casa de su madre.

—¿No se ha puesto en contacto en absoluto? —Chloe se sorprendió.

Gray, que se sentía destrozada por toda la situación, negó con la cabeza.

—De todas formas —respondió—, siento que ya le he hecho bastante daño, ¿sabes?

—No puedes culparte por lo que le está pasando —la reprendió Chloe—. La culpa es de su padre, no tuya.

—Puede.

No obstante, al no haber hablado con él —y mucho menos haberlo visto—, su mente había empezado a jugarle malas pasadas. La estaba convenciendo de que él la culpaba de la situación en la que se encontraba. De que se arrepentía de haberla conocido, y más aún de haberla besado.

Ahora mismo parecía que Chloe era la única persona que no estaba enfadada con ella. Jake tenía todos los motivos para estar resentido con ella. Julia seguía siendo dura con ella por lo de ayer. Richard la asustaba. Y esta mañana su madre había dejado un folleto del internado sobre la mesa de la cocina para que se topara con él junto con su desayuno. Estaba lleno de estudiantes preciosos que llevaban uniformes azul oscuro y que corrían alrededor de un edificio que parecía un mausoleo.

Si era totalmente sincera, esa era la otra razón por la que quería ir a Oxford. Quería demostrarle algo a su madre.

Tal vez, si lo del sábado sale bien, no me mandará lejos.

TREINTA Y SEIS

CUANDO JULIA Y RYAN LA DEJARON EN LA PUERTA DEL APARTAMENTO del número 10 aquella tarde, Gray abrió con cautela. Sin embargo, no había señal de que Richard estuviera esperando para tenderle una emboscada. El apartamento estaba vacío y en silencio, y la luz se filtraba a través de las cortinas a prueba de bombas.

No había tiempo que perder. Se sirvió un vaso de zumo y abrió su portátil, en el que buscó la página web de la recaudación de fondos que iba a tener lugar en Oxford. Encontró el número de la encargada de la organización en la página de contacto. Llamó al momento, antes de perder el valor. Ella y Chloe habían ideado lo que iba a decir, palabra por palabra. Habían decidido que lo mejor sería que no dijera quién era, sino que se hiciera pasar por la asistente de su madre.

Estaba preparada, ya tenía las palabras en la garganta. No obstante, saltó el buzón de voz.

En lugar de dejar su número de teléfono, colgó de inmediato.

Decidió esperar media hora y volver a intentarlo.

Mientras esperaba, examinó la página web del evento. La gala anual recaudaba millones de libras para destinarlas a tres organizaciones benéficas. Siempre atraía a gente famosa y a políticos de renombre. Este era el primer año que su madre iba a asistir y, además, iba a dar el discurso de inauguración. Las imágenes de la página web mostraban a las mujeres con vestidos de seda de diseño y a los hombres con esmoquin. Era increíble cuán glamurosos parecían todos.

Mientras hojeaba la galería de fotos, Gray empezó a dudar de sí misma. ¿Cómo iba a hacer para que se viera que pertenecía a ese tipo de fiesta? Era muy de adultos. Ella no tenía un vestido que encajara con eso.

De hecho, el único vestido que tenía y que tal vez podría funcionar era el que se había puesto para un evento hacía seis meses. ¿Serviría siquiera?

Corrió a su habitación y abrió de un tirón las puertas del armario. Rebuscó entre su ropa y sacó del fondo un vestido de seda azul pálido. Solo se lo había puesto una vez. ¿Seguiría quedándole bien?

En un impulso, se quitó el uniforme escolar y se lo puso.

El contacto de la tela sobre su piel era fresco, se sentía ligera como el aire. Tuvo que contorsionar el cuerpo para alcanzar la cremallera, y, para su sorpresa, la pudo cerrar.

Se colocó frente al espejo y sopesó el resultado. El vestido de seda azul pálido tenía una falda a media pierna y la cintura ceñida. Le quedaba un poco más ajustado que dos años atrás y, mientras que antes le llegaba por debajo de las rodillas, ahora lo hacía justo por encima. Pero eso no tenía importancia.

Se giró hacia delante y hacia atrás mientras se observaba. No parecía una estrella de cine, pero serviría.

De repente, se dio cuenta de que le estaba sonando el móvil. Lo había dejado en la cocina.

Con el vestido puesto corrió por el apartamento, con la falda agitándose detrás de ella como un montón de alas, y tomó el móvil.

Era de un número desconocido.

—¿Hola? —dijo, jadeando—. ¿Quién es?

—Suenas como si te hubieras quedado sin aliento. ¿Estás huyendo de algo? —Aquel acento norteño tan familiar, lleno de vocales planas y consonantes agudas, hizo que se le estremeciera el corazón.

—¡Jake! —exclamó—. ¿De verdad eres tú?

—Soy yo de verdad. —Pudo oír su sonrisa a través del teléfono—. Me he escapado de mis guardianes con valentía y he comprado un teléfono desechable. No pueden detener a un hombre de Yorkshire.

Sonriendo, Gray se apoyó en la encimera de la cocina; el contacto del suelo de baldosas contra sus pies descalzos le dio frío. Jake no parecía molesto en absoluto. De hecho, parecía muy feliz de estar hablando con ella.

—Qué bien me hace escuchar tu voz —dijo—. Pensé que ya te habrían metido en un autobús de reclusos en dirección a Leeds.

—El autobús de reclusos no sale hasta el domingo —contestó con alegría—. Hasta donde sé, estaré retenido como un rehén en el despacho de mi padre todo el rato hasta entonces. No habrá buenos momentos para nadie.

—¿Estás allí ahora? —preguntó Gray—. ¿Es seguro hablar?

—Quiero que sepas que ahora mismo estoy escondido en un vestuario de caballeros del Parlamento —le informó con altivez—. Es muy grande. Hay un lugar donde dejar la espada. —Hizo una pausa—. Sí, definitivamente dice «Espada».

Gray sonreía tanto que le dolía la cara.

—Al menos es una cárcel bonita —comentó.

—Oye —dijo Jake, que se había puesto serio—. Siento que no hayamos podido despedirnos. Nos interrumpieron de repente en medio de… lo que sea que estuviéramos haciendo.

—Sí, yo también lo siento —coincidió ella, sonrojada—. Estaba disfrutando de nuestra escapada. ¿Cómo lo estás llevando? ¿Es horrible?

—No ha cambiado nada. —Suspiró—. Mi padre sigue sin escuchar. Mi madre también lo ha intentado, pero se está comportando como un absoluto imbécil. ¿Cómo se lo tomó tu madre cuando le dijeron que nos habíamos ido del instituto?

—De hecho, mis guardaespaldas no se lo han dicho. Les debo una —respondió—. Apenas he visto a mi madre. Tiene algo en el trabajo y nunca está en casa.

—Sí, por aquí se está descontrolando todo. ¿No has visto las noticias? —Parecía sorprendido de que Gray no estuviera más al tanto, y eso, por alguna razón, hizo que se pusiera a la defensiva.

—La situación ha estado un poco complicada, Jake —le recordó—. No he estado muy pendiente de las noticias.

—Lo siento. —Parecía arrepentido—. Es que todo el Parlamento está obsesionado con lo que está pasando. Me olvido de que no todo el mundo se pasa el día metido en estas cosas.

—¿Por qué? ¿Qué está sucediendo?

—Es una pesadilla para tu madre, básicamente —contestó—. Miembros de su propio partido se han posicionado abiertamente en contra de ella en cuanto a lo del proyecto de ley de inmigración. Algunos están votando junto con el partido de mi padre para intentar derribarlo todo, y puede que a ella también.

De repente, Gray sintió frío.

—¿Derribar a mi *madre*? ¿Te refieres a sustituirla como primera ministra?

—Bueno, sí. Ese es el plan —respondió—. Puede que no se lleve a cabo, pero, si te soy sincero, ahora mismo las cosas no pintan muy bien para ella.

Gray no fue capaz de pensar en ninguna respuesta. No era de extrañar que su madre estuviese tan tensa e irritable últimamente. Estaba luchando por su carrera.

—Solo lleva en este trabajo un año, Jake. ¿Y ya quieren deshacerse de ella?

—Sí, esa es una de las razones por las que mi padre se volvió loco cuando se enteró de lo nuestro. En estos momentos, lo único que quiere es que nada lo distraiga de su plan para hacer pedazos a tu madre.

Gray se estremeció.

—¿Te has dado cuenta de que cuando hablas de política haces que suene como una guerra de verdad?

—La política es la guerra —dijo él, sin rodeos—. Cualquiera que diga lo contrario miente.

Hubo una pausa.

—¿De verdad está en problemas? —inquirió Gray con una vocecita—. ¿Está perdiendo la guerra?

Jake dudó.

—Lo que pasa con tu madre es que se parece mucho a ti. Es una luchadora. Justo cuando crees que la has vencido, se vuelve a levantar y te ataca con más fuerza que nunca. Por eso mi padre la odia tanto. —Había cierta admiración en la voz de Jake—. No puede vencerla.

Un inesperado estallido de orgullo mandó calor al corazón de Gray.

—Es un puñado de hombres que intentan deshacerse de ella, ¿no? Hombres como Ashford. Ella siempre decía que odiaban tener a una mujer al mando.

—Siempre son los hombres —señaló—. Las mujeres vais a tener que hacer algo al respecto un día de estos.

—Dame algo de tiempo.

—No lo dudo ni un minuto. —Gray pudo oír cómo sonreía a través del teléfono—. Oye, tengo que volver pronto. El tocapelotas de Mike me debe estar buscando.

—Espera. Hay algo que tengo que decirte. —Tomó una bocanada de aire y lanzó un torrente de palabras—. Chloe y yo vamos a ir a Oxford el sábado para estar en la recaudación de fondos y así poder proteger a mi madre. No se lo voy a decir a nadie excepto a ti. Nos vendría bien tu ayuda.

Hubo una larga pausa mientras él lo asimilaba.

—¿Vas a meter a tus escoltas?

—Esa es la idea —afirmó—. Nadie me cree cuando digo que va a haber un ataque. Tengo que estar allí para ayudarla. Porque de verdad creo que va a pasar algo malo.

—Gray… —Pudo oír la duda que escondía su voz—. ¿No es demasiado peligroso?

—Solo va a llevar a un guardaespaldas, Jake. —Su voz se elevó—. Puede que con eso baste, puede que no. Si voy, mis guardaespaldas vendrán a buscarme. Tienen que hacerlo, es su trabajo. Seguro que la policía vendrá también. ¿No te das cuenta? —Le rogó que lo entendiera—. Si voy, un montón de agentes de seguridad vendrán en mi búsqueda. Entonces, nadie se atreverá a hacerle daño.

—Entiendo tu punto de vista, pero la gente va a reconocerte. Y si tu madre está en peligro, tú también podrías estarlo.

Gray le quitó importancia a la advertencia con un gesto de la mano.

—Me haré algo en el pelo, llevaré un sombrero. A Chloe se le da muy bien eso de esconderme.

—No me gusta cómo suena. Nada de nada.

Gray se puso firme.

—Voy a ir, Jake. De una forma o de otra. Y Chloe también va a venir. Es lo único que podemos hacer. El evento es mañana.

La pausa que siguió fue tan larga que Gray pensó que había colgado. Al final, Jake habló.

—No voy a dejar que lo hagas sola. Si tú vas, yo también.

Gray dio un puñetazo al aire.

—¿Estás seguro? ¿Cómo te vas a escapar?

El chico hizo un sonido despectivo.

—Siempre hay una manera, deja que yo me preocupe por eso. ¿Cuál es el plan?

Gray le contó lo que ella y Chloe habían urdido.

275

—Tengo que volver a llamar a la organizadora en cuanto colguemos para asegurarme de que puedo conseguir las entradas. Tenemos que ir arreglados. Es increíblemente elegante. ¿Tienes esmoquin?

—Sí —respondió—. Pero parezco un pingüino estirado cuando me lo pongo.

Gray se rio.

—Bueno, póntelo mañana, así hacemos el ridículo juntos.

Su tono cambió.

—Sabes que se va a desatar un infierno cuando vean que no estás, ¿verdad? La hija de la primera ministra no puede desaparecer sin previo aviso durante un día entero. Tendrán a todos los policías del país buscándote.

—Ese es el plan —contestó—. Quiero que me sigan. Asegúrate de estar en la estación de Paddington mañana a las dos en punto. Iremos juntos en el tren.

—Allí estaré —le aseguró—. Bueno, será mejor que me vaya. Mike va a organizar una partida de búsqueda. Y nadie ha dejado una espada aquí que pueda usar.

Gray se aferró al teléfono.

—Jake —dijo—. No quiero meterte en más problemas. ¿Estás seguro sobre lo de mañana?

La respuesta de él llegó sin dudar.

—Valdrá la pena verte una vez más antes de irme. —Hizo una pausa—. Cabrear a mi padre es un bonus extra.

TREINTA Y SIETE

EN CUANTO JAKE COLGÓ, GRAY VOLVIÓ A LLAMAR A LA ORGANIZADORA del evento. Esta vez, la mujer respondió al primer toque.

—Sarah Morgan. —Su tono era brusco. No parecía que se la pudiera engañar con facilidad.

Gray intentó que su voz sonara igualmente despectiva y urgente.

—Hola, ¿Sarah? Soy Emma Reilly, asistente especial de la primera ministra.

—Uh, hola. He estado tratando de localizarte. Espero que todo esté bien en cuanto a mañana.

—Todo está perfecto. La primera ministra está deseando que llegue mañana. Solo tenemos una pequeña petición, si no te importa.

—Por supuesto. —Sarah sonó cautelosa—. ¿Qué puedo hacer?

—La hija de la señora Langtry, Gray, quiere darle una sorpresa a su madre y asistir al evento del sábado por la noche, y me preguntaba si podrías conseguirle entradas.

—Qué bonito. —Su tono no fue para nada encantador—. El tema de las entradas está muy ajustado, como bien sabes, pero estoy segura de que podremos encontrar un hueco para su hija.

—Necesita tres entradas, en realidad —dijo Gray.

—Me temo que eso no será posible. No queremos tener problemas por exceso de gente.

Era una noticia terrible. La única finalidad de que Jake y Chloe asistieran era que Gray no tuviera que ir allí sola.

—Con dos bastaría —soltó, olvidándose por un momento de imitar a la asistente de su madre.

Hubo una pausa, como si Sarah hubiera notado el cambio.

—Podríamos arreglárnoslas para conseguir dos —accedió después de un momento—. Pero ni una más.

Eso significaba que uno de los tres no podría entrar. Pero ahora no había tiempo para pensar en cómo resolver la cuestión.

—Dos serán suficientes —decidió Gray—. Ah, y esto va a ser una sorpresa para su madre. Por favor, no le menciones nada a la primera ministra.

Si Sarah pensó que esto era extraño, no lo dijo.

—Entendido —contestó—. Dejaré dos entradas en la recepción a su nombre. Puede recogerlas mañana sábado. Ahora tengo algunas preguntas que hacerte, si no te importa. Y debo obtener una respuesta ya. El tiempo se acaba.

Gray se estremeció al oír cómo el sonido de los papeles cruzaba la línea.

—Seguimos necesitando la hora exacta a la que llegará la primera ministra. —Sarah sonaba muy firme—. Tengo apuntado que eso está por determinarse y solo falta un día. ¿Puedes ser más precisa sobre ese punto?

Tras pensar con rapidez, Gray repitió algo que le había oído decir a la verdadera Emma en circunstancias similares.

—Como puedes imaginarte, la primera ministra tiene una agenda muy apretada. Todavía estoy tratando de concretar lo que van a hacer los miembros de su equipo en cuanto al sábado. Puede que tenga que volver a hablar contigo sobre esto mañana a primera hora.

—Claro. —A Sarah no parecía gustarle la idea de esperar—. Emma, odio presionar, pero a estas alturas las cosas se están complicando bastante al no saber…

—¿Qué te parece si hablo con su jefa de prensa y te doy una hora exacta? —Gray estaba desesperada por colgar el teléfono antes de que se le escapara algo terrible. Ya cabía la posibilidad de que Sarah y Emma se dieran cuenta de que había tenido lugar esta conversación y de que esta no había involucrado a la verdadera Emma—. ¿Puedo llamarte después?

—Por supuesto. —Sarah no parecía para nada contenta—. Esto afecta a toda nuestra programación de la noche.

—Tienes razón —coincidió Gray—. Me pondré en contacto contigo tan pronto como pueda.

—Solo hay una cosa más… —comenzó a decir Sarah.

En ese momento Gray oyó el inconfundible repiqueteo de los tacones sobre el suelo del pasillo. Su madre había vuelto temprano.

—Te llamaré mañana para hablar de eso también —dijo apresuradamente—. Muchas gracias.

Colgó justo cuando su madre estaba entrando.

—Hola —la saludó Gray con demasiado entusiasmo.

La madre le dirigió una mirada recelosa.

—Hola.

Estaba sola, no había rastro de Richard. Bueno, algo es algo.

—Estaba hablando con Chloe —explicó de forma innecesaria.

Su madre juntó las cejas.

—¿Cómo está Chloe?

—¡Genial! —Gray no era capaz de controlar su entusiasmo. Los nervios la estaban convirtiendo en una especie de animadora hiperactiva—. Bueno, ya sabes —se corrigió—. Ocupada y tal.

—Ocupada y tal. —La madre dejó el maletín junto a la puerta—. Me siento identificada con eso.

A estas alturas, Gray se había calmado lo suficiente como para darse cuenta de ciertas cosas, como, por ejemplo, de qué estaba haciendo su madre aquí. Apenas la había visto en toda la semana.

—Llegas temprano a casa —observó—. Bueno, más o menos temprano.

La ministra se quitó los tacones y los dejó junto al maletín.

—Me derramé café sobre la blusa —explicó, tirando de su chaqueta hacia atrás para exponer la mancha marrón sobre su blusa color crema—. Decidí aprovechar la oportunidad para tomarme un descanso. —Estiró los brazos por encima de la cabeza y bostezó—. Tengo que volver a bajar dentro de un rato.

Parecía cansada. Las sombras le enfatizaban los ojos. Gray también notó que la chaqueta le quedaba más suelta que hace unas semanas. Por primera vez en mucho tiempo sintió una punzada de preocupación por ella.

—¿Quieres que te prepare una taza de té? —ofreció.

Su madre la miró con absoluta sorpresa.

—Claro —respondió después de un rato—. Sería estupendo. Voy a cambiarme esta camisa y enseguida vuelvo. —Fue hacia su dormitorio, desabrochándose la blusa mientras caminaba.

Gray llenó la tetera y la encendió. Preparó el té como le gustaba a su madre: fuerte, con un poco de leche y un poco de azúcar. «Tan negro como el de toda la vida», decía siempre su madre.

Estaba tirando la bolsa de té a la basura cuando la madre volvió a entrar en la cocina con la cabeza gacha mientras miraba algo en su móvil. Bajo las brillantes luces del techo, Gray notó que en su frente le habían salido unas líneas profundas. Estaba segura de que hace unas semanas no estaban ahí.

—¿Va todo bien? —Gray podía oír la preocupación en su propia voz.

Su madre bajó el móvil con un suspiro.

—Todo bien. Lo siento, cariño. Ha sido una semana infernal.

Gray le tendió la taza, no sin antes girarla para que pudiera asirla.

—Vi las noticias —le dijo—. Parece que ha sido horrible.

Los ojos de su madre le recorrieron el rostro.

—Ha sido bastante desagradable.

—Todo va a salir bien, ¿no? —preguntó Gray—. No te expulsarán por esto, ¿verdad?

—Lo superaré —le aseguró—. No te preocupes por mí. Cuanto peor actúen, mejor me irá.

Esa mezcla de seguridad y arrogancia era propia de la antigua ella. A Gray le recordó cuán diferentes solían ser las cosas entre las dos. Habitualmente se cubrían las espaldas una a otra.

Su madre debió de pensar algo parecido porque, de repente, le dijo:

—Sé que estas últimas semanas he sido dura contigo. Siento que las cosas se hayan puesto tan feas. Si te soy totalmente sincera, reaccioné de forma exagerada porque tenía miedo. La situación en cuanto a la seguridad es más grave de lo que sabes. Ha habido un montón de amenazas muy creíbles. Contra mí. Contra ti. Me asusté. Y lo pagué contigo. —Hizo una pausa—. Sé que quieres tener una vida propia y un poco de libertad. Vivir así… —Señaló el pequeño apartamento—. Sé que para ti esto es como una cárcel. Y para mí también, si te soy sincera. Pero yo elegí esta vida. —Se tocó el pecho—. Yo tomé esa decisión, tú no. Y lo siento, si ha sido duro para ti.

Gray se quedó atónita. Nunca habría esperado que su madre dijera eso. Quiso abrazarla, pero mantuvo las manos pegadas al cuerpo.

—Siento haberte hecho las cosas más difíciles —dijo—. Quiero que sepas que no quería hacerte daño. Lo único que quería era ser una persona normal.

—Quizá te sorprenda saber que lo entiendo. —Una sonrisa melancólica cruzó el rostro de su madre—. La cosa es que no puedo soportar que salgas a un mundo en el que corres peligro por mi culpa. —Miró la taza de té entre sus manos—. No creo que seas capaz de entender lo culpable que me siento por haberte puesto en esta situación. Odio lo que le he hecho a tu vida.

Esto era lo único que Gray había querido escuchar durante meses. Las lágrimas se le agolparon en los ojos.

—Mamá, estoy muy orgullosa de ti. Y lo siento por todo.

—No lo sientas. —Dejó la taza y la abrazó—. Tienes derecho a ser una adolescente. Necesito recordarlo.

Gray inhaló el aroma cálido y familiar de su colonia Chanel y le apoyó la cabeza sobre el hombro.

Después de un segundo, su madre la soltó. Le pasó la mano por la mejilla.

—Recuérdame este momento la próxima vez que te grite, ¿de acuerdo?

—¿Me vas a escuchar? —preguntó Gray.

—Probablemente, no.

Se sonrieron, y parte de la tensión que se había acumulado en el pecho de Gray se desvaneció.

El móvil de su madre sonó. Con un suspiro, se fijó quién la llamaba.

—Tengo que volver a bajar. —Dio un último sorbo apresurado—. Gracias por el té.

Cruzó medio corriendo la habitación y volvió a calzarse los tacones. Cuando se los ponía era cinco centímetros más alta y, de alguna manera, se la notaba menos agotada.

—No me esperes despierta, va a ser otra noche larga. Richard llegará sobre las nueve. ¿Te importaría volver a hacerte la cena?

Gray pensó en contarle la conversación que había tenido con Richard, la forma en la que él le había hablado. No obstante, eso arruinaría el momento que acababan de vivir. Así que todo lo que dijo fue:

—Estaré bien. No te preocupes por mí.

La madre recogió su maletín y se dirigió a la puerta. Sin embargo, en el último segundo se detuvo y miró hacia atrás.

—Creo que has estado castigada demasiado tiempo. Este fin de semana volveremos a la normalidad. ¿De acuerdo?

Con una pizca de vergüenza, Gray pensó que escaparse el sábado iba a ser mucho más fácil gracias a eso.

—Gracias, mamá —dijo—. Buena suerte esta noche.

No obstante, su madre no había terminado.

—Tus guardaespaldas irán contigo en todo momento, eso sí. Hasta que las cosas se calmen un poco. Estoy segura de que lo entiendes. —Tras eso, se apresuró a salir por la puerta.

Y las esperanzas de Gray se vinieron abajo otra vez.

TREINTA Y OCHO

—Entonces, ¿qué vamos a hacer ahora? —Julia apoyó su vaso de cerveza sobre la pringosa superficie.

Ella y Ryan estaban en un pub de Covent Garden, suficientemente lejos del Parlamento como para confiar en que no se encontrarían con nadie del trabajo. Era viernes por la noche, así que el local estaba lleno. Sentados en un rincón oscuro del fondo, nadie les prestaba atención.

—¿Todavía le crees? —preguntó Ryan—. ¿Incluso después del numerito de ayer?

—Creo que tenemos que tomárnoslo en serio —respondió—. Quizá se equivoque en algunas cosas, o exagere un poco. Pero creo que sus emociones son reales. Está muerta de miedo.

Ryan la observó desde el otro lado de la mesa. Julia podía sentir que estaba tomando una decisión.

—Bien, pues entonces tenemos que ir a Oxford mañana y tratar de entrar en esa recaudación de fondos —dijo por fin—. Es la única solución.

Julia bebió un sorbo de cerveza y se obligó a no parecer demasiado aliviada.

Cuando le propuso reunirse después del trabajo para discutir la situación en cuanto a Gray, estaba segura de que le iba a decir que tenían que olvidarse del asunto. Y, en cierto modo, no podía culparlo. Ambos pondrían en riesgo sus trabajos si lo llevaban a cabo.

Sin embargo, había algo en Gray. Parecía tan vulnerable. Rodeada de peligro y nadando a ciegas.

—¿Cómo vamos a hacer que funcione? —Julia soltó la pinta—. No podemos permitir que Raj se entere.

Ryan apoyó los codos en la mesa.

—Si los dos desaparecemos el sábado, Raj se dará cuenta de que pasa algo. Todos los fines de semana, tú o yo estamos disponibles. Así que uno de nosotros debería quedarse aquí.

—Yo quiero ir a Oxford —dijo Julia enseguida—. Sé que tienes más experiencia que yo, pero conozco a Gray.

Para su sorpresa, Ryan estuvo de acuerdo.

—Bien. Me quedaré en Londres por si sucede algo aquí. —Alzó su bebida y la observó por encima del vaso—. ¿Estás al tanto de lo que ha pasado en el Parlamento esta semana? Parece que Ashford está moviendo fichas.

—Solo he visto los titulares. ¿Qué pasa?

—Ha provocado un levantamiento en el partido —explicó—. Ha conseguido que todos estén de acuerdo en que ella no puede encargarse del trabajo. Si ahora mismo le ocurriera algo, él estaría en la posición perfecta para tomar el relevo.

Julia lo miró.

—Por eso estás de acuerdo con que intervengamos. Crees que Gray tiene razón y que fue a él a quien escuchó aquella noche.

Su compañero se encogió de hombros, pero ella sabía que tenía razón.

—Si vas a Oxford, ¿cómo lo vas a hacer? —inquirió él.

—Es difícil —admitió ella—. No podré entrar en esa fiesta. No estoy en la lista de seguridad oficial. Además, tengo que procurar que la primera ministra no me vea, ya que no espera que esté allí. —Hizo una pausa para pensar—. Me pondré en contacto con la policía local. Estarán al tanto de todo lo que ocurra dentro. Veré si pueden conseguir que entre. Si no, les enseñaré mi placa a los organizadores y les diré que es una emergencia.

Ryan le dirigió una mirada de advertencia.

—Si Raj se entera, estás despedida.

—Si le salvo la vida, me darán una medalla —replicó. Se inclinó hacia delante y le sostuvo la mirada—. En serio, ¿qué piensas de todo esto? Una oscura organización de la que nadie ha oído hablar y que conspira para matar a una primera ministra británica y sustituirla por un líder que es un títere. No puede estar pasando algo así de verdad.

—Eso es lo que yo solía pensar.

Algo en el tono de su compañero hizo que sintiera un escalofrío.

—¿Qué pasa? —preguntó la guardaespaldas—. ¿Por qué de repente le crees a Gray? Has dudado de ella desde el principio. ¿Qué sabes tú que yo no sepa?

Ryan se quedó en silencio durante tanto tiempo que ella pensó que no iba a responder.

—Hice algunas llamadas —contestó al final—. A unos amigos míos del MI6. Pregunté cuán preocupado debía estar. —Hizo una pausa mientras movía el vaso sobre la mesa—. Me dijeron que estuviera muy preocupado. Dijeron que es más grande de lo que sabemos y más peligroso de lo que podemos imaginar. Algunos creen que estos tipos se han infiltrado en varios niveles del gobierno. Algunos piensan que incluso están dentro de los servicios de espionaje. Sospechan de ellos mismos.

Algo frío se instaló en el estómago de Julia.

—¿Cómo ha podido pasar eso?

Ryan alzó los hombros.

—Dinero. Chantaje. Casi no importa cómo. Lo que importa es que, si tienen a John Ashford, no hay nadie a quien no puedan conseguir. Podrían ganar. Podrían convertirse en el nuevo gobierno.

Era una idea tan impactante que Julia se resistía a aceptarla. No obstante, sabía que Ryan tenía razón.

Raj los había contratado a ambos por sus instintos, y podían sentirlo en el aire. Había un viento helado que soplaba en el corazón de la democracia británica.

Tenían que contrarrestar el peligro antes de que fuera aún mayor. Tenían que mantener a Gray y a su madre a salvo.

Costara lo que costare.

TREINTA Y NUEVE

EL SÁBADO POR LA MAÑANA GRAY SE LEVANTÓ TEMPRANO, Y ESTUVO tensa y nerviosa desde que abrió los ojos.

La noche anterior se había quedado despierta hasta tarde enviándoles mensajes a Jake y a Chloe para encajar las últimas piezas de su plan. No dejaba de repasarlo una y otra vez en su cabeza, hasta poder verlo todo con claridad. Debían llegar a la estación de Paddington y, desde allí, dirigirse a Oxford y al museo donde se iba a celebrar el evento.

Mientras se cepillaba el pelo oscuro y se hacía una trenza de lado, los ojos azules que se reflejaban en el espejo denotaban gravedad. Sin embargo, no había posibilidad alguna de que se echara atrás.

Una parte de ella sintió una punzada de culpabilidad. Julia nunca la perdonaría cuando descubriera lo que estaba haciendo. Pero no podía permitirse pensar en eso. No cuando alguien iba a intentar matar a su madre esa noche.

Si su madre y ella sobrevivían, nadie volvería a dudar de su historia nunca más. Nadie la volvería a llamar «mentirosa».

Todo sería diferente. Y podría disculparse cuando todo se hubiera terminado.

Cuando salió de su habitación, lista para irse, su madre y Richard estaban en la cocina, bebiendo café y mirando sus portátiles.

—Gray. —La madre la miró con una sonrisa. La conversación de anoche había relajado el ambiente entre ellas—. Te has levantado temprano. ¿Quieres desayunar?

Negó con la cabeza, ya que estaba demasiado nerviosa como para comer.

—Tomaré un poco de zumo.

Richard no levantó la vista hacia ella. Tenía los ojos fijos en su ordenador y parecía emanar una especie de frialdad.

Cuando el día de hoy terminara, todavía tendría que lidiar con el problema de su padrastro. Pero eso tendría que ser en otra ocasión.

Se dijo a sí misma «cada crisis a su debido tiempo», mientras se servía zumo de naranja.

—¿Qué planes tienes para hoy? —le preguntó su madre mientras llevaba el vaso a la mesa.

—De hecho, eso iba a decirte. Chloe me ha invitado a ver una película en su casa. —Les dirigió una mirada de inocencia—. Pero solo si os parece bien. Puede que después vayamos a comer pizza. Obviamente, llevaré seguridad.

—Bueno. —Su madre miró a Richard, que arqueó una ceja pero no dijo nada—. Creo que está bien. Hoy estaremos los dos fuera, no tienes por qué quedarte aquí sola. Pídele que te lleve a… ¿cómo se llamaba? Julia.

Todavía estaba abiertamente celosa de la guardaespaldas de Gray.

—Claro. —Gray mantuvo la voz relajada. Ese era el primer obstáculo para ir a Oxford, su excusa para salir del edificio. Y su madre le había dado permiso.

Tuvo que calmarse antes de volver a hablar, para que la emoción no se reflejara en su rostro.

—Entonces, ¿vais a ir a Oxford, a la fiesta de esta noche? —preguntó cuando estuvo lista.

Los dos se miraron, cada uno desde un lado de la mesa.

Richard se aclaró la garganta.

—Por desgracia, yo no puedo ir. —Seguía sin mirarla—. Siento perderme lo que sin duda va a ser un discurso brillante.

La madre bajó la mirada y apretó un poco los labios. No la ponía contenta que él no fuera.

No era lo usual. Los dos solían ir juntos a los actos benéficos.

—¿En serio? —Gray fingió un interés modesto—. ¿Por qué no puedes ir? Va a ser un gran acontecimiento, ¿no?

Le dirigió una mirada de inocencia a su madre con los ojos muy abiertos.

—Richard tiene una reunión de trabajo a la que no puede faltar. —La madre utilizaba ese falso tono positivo cuando estaba enfadada, pero intentaba sobreponerse—. En realidad, es una suerte, ya que eso significa que no tendrás que pasar la noche aquí sola.

Gray observó a Richard con disimulo. Sus ojos permanecían fijos en la pantalla, pero no se movían. Era como si se estuviera mirando a sí mismo en la superficie reflectante. Como si estuviera esperando a que pasara el peligro.

La sospecha hormigueó en la nuca de Gray.

Una vocecita en su cabeza le susurró: *¿Y si Richard no va esta noche porque sabe que va a ocurrir algo terrible? ¿Y si él forma parte de ello?*

Pero eso era una locura. Ni siquiera ella podía considerar esa posibilidad. Richard y su madre eran felices. Y hasta ayer él siempre había sido bastante amable con Gray.

Apartó ese pensamiento, pero este persistió como la sensación de inquietud después de un mal sueño.

Su madre siempre trabajaba los sábados y Richard solía pasar la mayor parte del día en su club. Hoy, sin embargo, no parecían tener prisa por irse. Gray disimuló su impaciencia a medida que los minutos pasaban y los dos charlaban y se entretenían.

Al fin, justo antes del mediodía, sonó el móvil de su madre. Después de hablar con su asistente (la verdadera Emma) durante un minuto, suspiró y empezó a meter sus cosas en su maletín.

—Será mejor que me vaya —le dijo a su marido—. Solo me quedan un par de horas antes de viajar a Oxford. —Besó ligeramente a Richard y añadió—: ¿Vas al club?

—Sí. —Cerró su portátil—. Bajo contigo.

El móvil de Gray llevaba toda la mañana vibrando con cada mensaje que le llegaba. Chloe ya estaba en la estación de metro de Westminster esperándola. El tiempo se agotaba si querían llegar a Paddington antes de las dos.

Tumbada en el sofá, con un libro abierto y sin leer delante de ella, apretaba los dientes mientras los dos recogían sus cosas sin urgencia. Finalmente se dirigieron a la puerta, Richard con su bolsa colgada de un hombro y su madre con zapatos planos y pantalones, su ropa de trabajo para los fines de semana.

La madre se detuvo en la puerta y la miró.

—Pásalo bien con Chloe. Cuídate.

—¡Vale, gracias! —Agitando la mano, Gray se despidió de ella con una sonrisa forzada y con cada músculo de su cuerpo tenso mientras se recostaba con languidez, como si no tuviera necesidad de darse prisa.

En cuanto la puerta se cerró, se puso en pie de un salto. Sacó una mochila del armario del vestíbulo y corrió a su dormitorio; abrió la puerta del armario con tanta fuerza que golpeó contra la pared. El vestido de seda estaba donde lo había dejado ayer. Lo dobló con el mayor cuidado posible y lo metió en la mochila junto con un par de tacones que había tomado prestados del armario de su madre.

Moviéndose con rapidez, reunió otros elementos: unas gafas de sol para ocultarse el rostro, un cepillo para el pelo y su neceser de maquillaje.

Cuando estuvo lista se puso el abrigo y la bufanda, apagó el móvil, cruzó la habitación a toda prisa con el bolso golpeándole contra la cadera y se apresuró a salir. No había tiempo para dudar de su plan. No había tiempo para dudar.

Manteniendo el paso tranquilo, recorrió el pasillo hasta la salida lateral que ella y Julia utilizaban todos los días cuando iba a clase. Rara vez había allí más de un guardia, por lo que solo tendría que convencer a una persona.

El agente la reconoció al instante. Se levantó de la silla y la miró con una confusión casi cómica.

—¿Puedo... ayudarla?

—Voy a encontrarme con una amiga —le respondió con aire desenfadado—. Todos lo saben. Mi madre lo ha aprobado.

El guardia vaciló.

—¿Está segura, señorita? ¿No debería acompañarla alguien?

—He quedado con Julia fuera. —Sonrió y alzó la mano, de cuyos dedos colgaban las gafas de sol—. Voy de incógnito.

El guardia no dio el brazo a torcer.

—Lo siento, señorita. Creo que alguien debería salir con usted. —Su tono era cuidadoso, pero firme—. Por seguridad.

Gray levantó la barbilla y le dirigió una mirada imperiosa.

—Mi *madre* dice que está bien —le informó con una voz gélida, que trataba de imitar a la de la primera ministra—. No quiero discutir con usted. Pero su decisión debería ser suficiente para todos. Si quiere llamarla, ahora está en su despacho. Pero no le gusta que la molesten cuando está trabajando.

El agente dudó tanto, que ella estaba segura de que iba a llamar para comprobarlo.

Empezaron a temblarle las manos, ocultas por la mochila, pero no alteró su expresión.

Tras una larga espera que pareció durar años, el guardia tomó una decisión. Dio un paso atrás a regañadientes y abrió la puerta. Parecía preocupado mientras observaba la acera vacía.

—¿Dónde ha quedado con Julia?

—Justo afuera. —Gray le dirigió una sonrisa de disculpa—. Llego temprano. —Levantó su móvil—. ¿Sabe qué? —añadió—. Voy a llamarla ahora mismo para asegurarme de que esté cerca.

—Adelante —contestó.

Rígida, esperando que la hiciera volver en cualquier momento, Gray salió con el móvil pegado a la oreja como si estuviera hablando con Julia. Podía sentir los ojos del oficial sobre ella al detenerse en la esquina.

—Claro —dijo en voz alta al móvil—. ¡Te veo!

Hizo un gesto con la mano como si alguien más allá le estuviera haciendo señas. Se volvió hacia el agente, que seguía en la puerta.

—Está ahí mismo. Gracias.

Finalmente, el hombre volvió a entrar.

Se iba sintiendo suficientemente tranquila como para respirar a medida que dejaba atrás el edificio, atravesaba las puertas y salía a la acera.

Cuando la puerta principal sonó detrás de ella, el alivio fue casi vertiginoso. Estaba completamente sola. Hacía semanas que no estaba sola en la calle. Se sentía bien. Era liberador.

Se echó la mochila al hombro y caminó con pasos largos y seguros.

Acababa de superar la parte más difícil del plan.

Todo lo demás era pan comido.

• • •

La estación de metro de Westminster es una amplia construcción posmoderna con vigas oscuras expuestas, suelos industriales que traquetean, y escaleras mecánicas largas y desnudas. No es el punto de partida ideal para alguien acostumbrado a que lo protejan y lo mimen. Pero Gray se sintió mejor cuando llegó.

A cada paso que daba, recordaba todo lo que suponía ser una persona corriente. No preocuparse por acosadores, personas obsesivas, fotógrafos ni psicópatas. Ser una adolescente de dieciséis años que se dirigía a un lugar sin el permiso de su madre.

Había olvidado cuánto le gustaba.

Vio a Chloe casi de inmediato en la taquilla subterránea, de pie junto a las máquinas expendedoras de billetes y con la cabeza inclinada sobre su móvil. No se percató de que Gray estaba caminando hacia ella hasta que le tocó el hombro.

—¿Perdiendo el tiempo, jovencita? —le preguntó con una voz más profunda.

A Chloe se le iluminó el rostro.

—¡Lo has logrado! Empezaba a pensar que no lo conseguirías.

—Casi —dijo Gray, rebosante de alegría—. He tenido que convencer a un policía para que me dejara salir. Me ha costado bastante.

Chloe le tendió un billete.

—Toma, lo vas a necesitar.

Gray lo aceptó con agradecimiento.

—Gracias. Tengo que encontrar un cajero automático. No tengo dinero.

No dijo que el motivo por el que no tenía dinero era que, al haber estado atrapada en casa, no lo había necesitado durante semanas.

—¿Sabes algo de Jake? —preguntó Chloe.

—Solo he hablado con él una vez —respondió—. También estaba teniendo problemas para salir.

Gray le mostró el mensaje que le había enviado Jake hacía más de una hora.

No me quitan los ojos de encima. No te preocupes. Encontraré una forma de salir.

—Espero que lo consiga. —Chloe comprobó su reloj—. Igualmente será mejor que nos demos prisa. Vamos a perder el tren.

Se echaron las mochilas al hombro y corrieron hasta la larga escalera mecánica que descendía hacia las entrañas de la sombría estación. Chloe habló sin parar y de manera vertiginosa durante todo el trayecto.

Con el pelo repeinado y la bufanda ocultándole el rostro, nadie reparó en Gray. Se sintió anónima por primera vez en meses.

Aun así, cuando subieron al metro eligieron el extremo de un vagón, cerca de las puertas traseras, y se mantuvieron de pie. Chloe se colocó de manera que bloqueaba ligeramente la vista de los demás pasajeros. Era un sistema que habían desarrollado hacía meses.

No obstante, los otros viajeros miraban sus móviles, un periódico o un libro. Nadie prestaba atención al fondo, donde las dos adolescentes estaban de pie y con las cabezas agachadas.

Pasaron inadvertidas durante todo el trayecto hasta Paddington. Y al ascender por las escaleras mecánicas desde el metro hasta la estación de tren, el habitual bullicio londinense les dio la bienvenida. La emoción ahuyentó las dudas de Gray. Empezaba a creer que podría lograrlo.

Habían acordado como lugar de encuentro una cafetería cercana al andén, en dirección a Oxford. Cuando entraron, Jake estaba apoyado en una mesa, despreocupado.

—Por fin —dijo—. Creí que no ibais a llegar nunca.

Se abalanzaron sobre él, y los tres reían y hablaban al mismo tiempo. El alivio de haber llegado hasta allí era embriagador. Gray nunca se había sentido tan fuerte. Tan independiente.

Sobre la mesa, junto al codo del chico, había tres tazas. Chloe las señaló.

—Por favor, dime que una es mía.

—Pues claro. He traído café para todos. Pensé que nos haría falta.

—Eres el mejor. —Chloe eligió uno y le dio un sorbo largo.

—¿Has comprobado el tren? —preguntó Gray mientras tomaba su propia taza.

—Aún no ha aparecido el número de andén —respondió—. Todavía tenemos veinte minutos.

Veinte minutos era demasiado tiempo. Tenían que ponerse en marcha. A estas alturas alguien podría haber descubierto que no se había ido con Julia. Que Julia, de hecho, no tenía ni idea de dónde estaba. Tan pronto como eso sucediera, la policía empezaría a buscarla. Y la estación de Paddington estaba llena de agentes y de cámaras de seguridad.

Una vez que estuvieran en el tren, estarían a salvo. Nadie del número 10 tendría ni idea de adónde iban. Nadie podría detenerlos.

—¿Fue difícil salir? —preguntó Jake mientras la miraba.

—Fue... interesante —contestó—. ¿Y para ti?

—Mike cree que tengo un problema digestivo de los grandes —respondió con picardía—. Llevo ya una hora en el baño de caballeros.

El móvil de Chloe sonó. Miró la pantalla e hizo una mueca.

—Es mi madre, ahora vengo.

De entre todos los padres, los de Chloe eran los únicos que sabían dónde iba a estar su hija ese día. Era la única que no tenía que esconderse.

Así pues, Jake y Gray no se preocuparon cuando su amiga salió. Sostenía el café con una mano y se apretaba el móvil contra el oído con la otra.

—¿Dónde está tu madre? —inquirió Jake—. Intuyo que no está en casa.

—Está trabajando. Mi padrastro está en su club. Debería tener tiempo... —Se le apagó la voz. Fuera, Chloe gesticulaba de forma exagerada hacia ellos—. Espera. Algo va mal.

Los dos corrieron hacia donde estaba Chloe, justo al lado de la puerta y con el móvil olvidado en una mano. El humor había abandonado su rostro.

—¿Qué pasa? —preguntó Gray.

Chloe le dirigió una mirada de impotencia.

—Alguien acaba de llamar a mi madre desde el número 10. Te están buscando.

Gray respiró hondo.

—¿Qué le ha dicho?

—Que no tenía idea de dónde estabas. Que yo estaba pasando el día con otro amigo, mirando universidades. Pero... —Sus ojos recorrieron la cara de Gray—. Pidieron mi número. Es casi como si lo supieran.

En ese momento volvió a sonarle el móvil. Se quedaron mirándolo, atónitos. El tono de llamada era un fragmento de una canción pop animada, la que habían bailado en la fiesta de Aidan.

La alegre melodía sonaba una y otra vez.

—Gray. —Chloe entró en pánico—. ¿Qué hago?

—No contestes. —Fue Jake quien lo dijo. Su expresión era sombría.

—No puedo ignorarlo y ya está. —Chloe pasó la mirada de Jake a Gray, y sostenía el móvil lejos del cuerpo, como si fuera a morderla.

La voz profunda y resonante de los altavoces anunció el tren a Oxford.

Finalmente, el móvil dejó de sonar.

Y un segundo después empezó a repiquetear de nuevo.

—Ya me están buscando —le dijo Gray a Jake mientras sentía que el momento de libertad se le escapaba—. Saben que algo va mal. Se darán cuenta.

—Tienes que decidir lo que vas a hacer. —Le sostuvo la mirada, ignorando todo lo que los rodeaba—. ¿Quieres ir a casa y aclarar las cosas con los de seguridad? ¿O quieres aprovechar la oportunidad de ir a Oxford y concretar el plan? Podemos hacer cualquiera de las dos cosas, te lo prometo.

Gray dudó. Una pequeña parte de ella, asustada, quería correr a casa tan rápido como pudiera. No quería que la policía la sacara del tren. Que la humillaran en público.

Sin embargo, no pensaba huir. Esa era su única oportunidad para demostrarles a todos que estaba diciendo la verdad.

Era irónico que la única manera de que confiaran en ella fuera mintiendo.

—Me voy a Oxford. —Su voz era firme, decidida.

—De acuerdo. —Jake le sacó el móvil a Chloe, le quitó la batería y se lo devolvió sin armar. La chica lo miró sin comprender. Luego hizo lo mismo con su propio móvil.

Gray sacó su móvil para hacer lo mismo, pero luego dudó.

—Voy a encender mi teléfono —decidió Gray—. Lo suficiente para decirles que estoy a salvo.

—Pueden rastrearlo —le advirtió Jake.

—Lo sé —contestó—. Pero tienen que saber que no me han secuestrado. Si saben que estoy a salvo, la búsqueda será diferente. ¿Lo entiendes?

Asintió.

—Adelante.

Sus amigos la observaron con sobriedad mientras encendía su móvil. Este comenzó a sonar de inmediato, una advertencia estridente y constante. Respiró hondo y pulsó el botón de contestar.

—Gray. —Era Ryan. Oyó el alivio que emanaba de su tono de voz profundo y medido—. ¿Dónde estás?

—Mira, Ryan, estoy bien. —Su voz era tranquila—. Estoy completamente a salvo. Hay algo que tengo que hacer y luego volveré a casa. Por favor, dile a Julia que no se preocupe.

La fuerte voz de los altavoces volvió a anunciar el tren.

—¿En qué estación estás? —preguntó Ryan al instante—. No voy a detenerte, Gray. Tan solo necesito ir contigo.

Era la primera vez que le mentía.

—Estoy con unos amigos —respondió con firmeza—. Estamos bien, de verdad. No me busques. No llames a la policía y comiences una descabellada cacería. Protege a mi madre, Ryan. Ella es la que te necesita.

De manera mecánica, apagó el móvil y lo guardó en la mochila.

Podría haber estado más preocupada por que la encontraran, si este hubiera sido su móvil de siempre. Pero el que tenía un dispositivo de seguimiento escondido en alguna parte había sucumbido en un charco. Este era el móvil que usaba antes de que su madre fuera primera ministra. No creía que nadie supiera siquiera que lo tenía.

Se colgó la mochila al hombro y miró a sus amigos.

—Bien. Andando.

CUARENTA

Julia estaba metiéndose en su coche, aparcado fuera del piso seguro, cuando le sonó el móvil. El nombre de Ryan apareció en la pantalla.

—¿Qué pasa? —preguntó.

—Esto no va a gustarte —respondió—. Luciérnaga está a la intemperie.

Durante un segundo, Julia no logró que su cerebro asumiera las palabras de su compañero.

—Dime que no estás hablando en serio.

—Le dijo a un policía de la puerta que iba a tomar un café con una amiga y que tú ibas con ellas. —Recuperó el aliento—. La pillé al teléfono hace unos minutos. Estaba en una estación de tren.

Julia cerró los ojos. *Dios, Gray, ¿qué has hecho?*

Intentó ponerse en el lugar de Gray. ¿Adónde podría ir con Chloe, que fuera tan importante como para arriesgarlo todo? No era una pregunta difícil de responder.

—Va a Oxford. —No había duda alguna en su voz—. La pequeña idiota va a ir allí para intentar salvar a su madre.

Se enderezó, puso el motor en marcha y cerró la puerta. Tenía que detenerla antes de que la matasen.

—¿Sigues en Londres? —inquirió Ryan.

—Sí, ¿por?

—Ven a recogerme —le pidió—. Estaré en la puerta del número 10.

Julia arrancó el coche.

—Voy para allá.

CUARENTA Y UNO

EN OXFORD HACÍA MÁS FRÍO QUE EN LONDRES. GRAY SE APRETÓ LA bufanda alrededor de la garganta mientras seguía a Jake y a Chloe fuera de la estación de tren, hacia la ciudad congelada.

—Son las tres y media. ¿A qué hora empieza lo de esta noche? —preguntó Jake a medida que pasaban por delante de la larga fila de taxis.

—A las seis —respondió Gray.

—Hay tiempo de sobra. —Chloe dio un salto junto a ellos casi con alegría. Pasar una hora en el tren la había espabilado—. ¿Alguien sabe adónde vamos?

—Al Museo Ashmolean —contestó su amiga—. No está lejos de la estación. Creo. Estoy un poco desorientada.

Había verificado todo la noche anterior, pero ahora que estaba aquí su sentido de la orientación no era bueno. La reputación de Oxford se basa en edificios de piedra, agujas altísimas e iglesias medievales, pero, al menos alrededor de la estación, se parecía más al sur de Londres. Solo había edificios modernos y tráfico.

Se detuvieron en una esquina. Chloe y Jake sacaron los móviles y los encendieron.

Mientras Chloe buscaba el museo en la aplicación del mapa, Jake escuchaba los mensajes llenos de rabia de Mike. La voz del hombre era tan fuerte que Gray podía oírlo por encima de los coches.

Finalmente, Jake tocó algo en la pantalla y la voz se apagó.

—Uf, Mike —dijo—. Menuda boca.

—¿Te está amenazando? —inquirió Gray.

—Por supuesto. —Los labios de Jake se torcieron hasta obtener el aspecto de una sonrisa—. Pero cometieron un error crítico al sacarme del instituto. Ahora no pueden hacerme nada. No tienen ningún poder sobre mí, pueden amenazarme todo lo que quieran.

Para entonces Chloe había encontrado el museo en el mapa.

—Vamos por ahí. —Señaló a lo lejos, hacia los altos campanarios de las iglesias.

Las aceras estaban abarrotadas de estudiantes, turistas y gente que vivía en la ciudad. Todo el mundo parecía tener una prisa insana, por lo que, al mismo tiempo que seguían el mapa, tenían que apartarse cada dos por tres del camino de las madres que empuñaban los carritos de bebé como si fueran armas.

Gray llevaba un gorro de lana para ocultar el pelo y mantenía la cabeza gacha, pero habría sido imposible distinguirla entre aquella multitud. Nadie se fijó en ella.

Se preguntó qué estarían haciendo ahora Ryan y Julia. Si se habrían dado cuenta de adónde estaba yendo y por qué.

Al cabo de unos minutos, se desviaron de la calle principal por un carril más estrecho.

Era como entrar en una ciudad diferente. Altas murallas rodeaban las famosas universidades de la ciudad, y en algunas había portones grandes y antiguos, y pesadas puertas medievales ennegrecidas. A través de otras puertas, Gray vislumbró patios verdes, y edificios de piedra cubiertos de elaboradas tallas y rodeados por estatuas. Parecían castillos o catedrales.

—Ahí está. —Jake señaló hacia adelante—. El museo.

Una gran construcción de piedra gris se alzaba al otro lado de la concurrida calle. Las altas columnas se elevaban hasta un pórtico de piedra. Delante se extendía un imponente patio con una robusta puerta de metal.

Gray pudo ver de inmediato por qué su madre se sentía segura en aquel sitio. Parecía el lugar más fácil de proteger del mundo. Era prácticamente una fortaleza.

Los camiones de catering y las furgonetas de reparto a domicilio estaban aparcados en la acera. Dos agentes de policía estaban cerca, vigilando. Pero no había rastro de Julia o de Ryan, ni de nadie que Gray reconociera del número 10.

Los policías se giraron para mirarlos, y Gray retrocedió antes de la descubrieran.

—Llamamos demasiado la atención parados aquí —dijo Chloe mientras la apartaba.

Jake miró su reloj.

—Ahora mismo no podemos hacer nada. Todavía nos quedan un par de horas —informó—. Y me muero de hambre. Vamos a comer algo.

• • •

Aquella tarde, Gray se encontraba en un cubículo del lavabo de señoras de la estación de tren, luchando por meterse en el vestido de seda. Tenía la piel húmeda y fría, y la tela vaporosa se le quedaba pegada.

A través de las paredes podía oír los sonidos de la estación atestada de gente. El estruendo de los trenes que iban y venían. Las voces que pasaban por delante de la puerta.

Mientras intentaba tirar del delicado material sin romperlo el corazón le palpitaba con una sensación de aprensión, leve pero constante. O bien tenía razón y alguien iba a intentar matar a su madre esa noche, o bien estaba equivocada y había provocado una persecución sin motivo alguno.

En realidad, cuando lo pensaba, todos los resultados posibles eran malos.

—¿Cómo va todo ahí dentro? —La voz de Chloe llegó desde detrás de la puerta.

Gray se aclaró la garganta y tiró del vestido para colocarlo en su sitio.

—Ya casi estoy.

Dando saltos, se quitó los botines y los calcetines tratando de no tocar el suelo helado, y metió los pies en unos zapatos de tacón muy finos.

Abrió la puerta y salió tambaleándose con la mochila en la mano.

—No puedo caminar con esto. Son instrumentos de tortura.

Chloe la miró con abierta admiración.

—¿Qué más da? Son increíbles.

Todavía refunfuñando y haciendo equilibrio, Gray se dirigió hacia los lavabos y se examinó en el borroso espejo.

Con su falda que le llegaba hasta las rodillas y su cintura ajustada, el vestido azul plateado le marcaba una figura de reloj de arena. Le quedaba bien, pero tenía la cara sudada y el pelo apuntaba en todas direcciones.

Alguien llamó a la puerta.

—Ocupado —gritó Chloe.

Una voz al otro lado se quejó, pero ninguna de las dos hizo mucho caso.

—Estás preciosa —insistió Chloe, que se giró hacia Gray—. Deja que te haga algo en el pelo. —Rebuscó en su bolso y sacó un cepillo—. Deberías llevarlo suelto —decidió —. Con ondas.

Gray observó cómo le quitaba la trenza moviendo los dedos de manera experta.

—Ojalá pudieras entrar con nosotros. No te importa, ¿no?

Como solo había dos entradas, todos habían acordado que Chloe se quedaría fuera para vigilar mientras que Jake y Gray entrarían.

Chloe negó con la cabeza.

—No seas tonta, Jake será de más ayuda dentro. Sabe quiénes son todos. Yo seré más útil fuera.

Al verla trabajar con el labio atrapado entre los dientes, a Gray se le derritió el corazón. Era un pilar enorme, y había estado ahí todo el tiempo. Animándola cuando estaba deprimida. Negándose a dejar que su amistad se viera amenazada por los cambios que había sufrido la vida de Gray. Quedándose a su lado cuando todo se tornó extraño.

Gray esquivó el cepillo y se volvió hacia ella.

—Eres mi mejor amiga. ¿Lo sabes? Muchas gracias por estar aquí.

—Solo estoy haciendo lo que cualquier amiga haría —insistió Chloe, pero se le enrojecieron las mejillas—. Ahora quédate quieta mientras te pongo guapa. Después de todo, eres la hija de la primera ministra, joder.

Cuando ambas salieron unos minutos después, Jake estaba esperando en la entrada de la estación. No se percató de ellas de inmediato.

—Guau. —Chloe le dio un codazo a Gray—. Míralo.

El esmoquin le sentaba bien al cuerpo largo y anguloso de Jake y lo hacía parecer mayor. Y muy atractivo.

—Te pareces a James Bond —le dijo Chloe mientras se acercaban.

—¿En serio? —Tiró de la tela oscura de la solapa—. Yo creo que parezco un cretino.

Los ojos de Jake recorrieron largamente a Gray, lo que hizo que el calor le inundara las mejillas.

—Estás impresionante.

Chloe le había arreglado el pelo hasta que dejó de estar encrespado y la había maquillado.

Como no quería que se diera cuenta de que se había sonrojado, se dio la vuelta y su mirada se topó con los ojos curiosos de una mujer que pasaba por allí. El hombre que estaba detrás de ella también la estaba mirando.

El vestido llamaba la atención. Iban a reconocerla. Se rodeó el cuello con la bufanda a toda prisa y se la levantó por encima de la barbilla.

—Será mejor que nos vayamos —les dijo a sus amigos.

En la oscuridad, Oxford parecía diferente. Al volver sobre sus pasos en dirección al museo, se perdieron dos veces y tuvieron que retroceder. Los puntos de referencia en los que se habían fijado antes —una hilera de estatuas con los ojos en blanco rodeadas por una valla metálica con pinchos— ahora parecían siniestros.

Cuando volvieron a la tranquila calle, Gray tembló bajo su cálido abrigo. Estaba deseando que la noche llegara a su fin. Tenía un nudo en el estómago a causa de la inquietud.

Jake debía sentir los mismos nervios, pues tenía la cabeza gacha y los hombros encorvados. Había metido la chaqueta en la mochila y no llevaba nada encima del esmoquin.

—¿No tienes frío? —inquirió Gray.

El chico negó con la cabeza.

—Soy del norte. No me importa el frío.

No obstante, tenía las manos metidas en los bolsillos.

Cuando doblaron la siguiente esquina, el museo apareció ante ellos.

Había cambiado. Unas luces brillantes hacían que el gran pórtico central resplandeciera, mientras que las alas del edificio estaban iluminadas de un azul intenso. Una hilera de coches caros se había parado brevemente en la parte delantera para descargar a las mujeres vestidas de gala y a los hombres de esmoquin, antes de seguir su camino. Era el escenario de un baile sacado de un cuento de hadas.

—Solo hay dos policías —informó Jake al tiempo que inclinaba la cabeza en dirección a la puerta principal.

Gray escudriñó a la gente que tenía cerca en busca de rostros conocidos.

—No hay rastro de mis guardaespaldas.

Cuando se detuvieron en la esquina, se giró hacia Jake y Chloe.

—Pues aquí estamos —dijo—. Es vuestra última oportunidad para volver a casa. Prometo que no os voy a echar la culpa.

Jake no dudó.

—No seas tonta. Tenemos que hacerlo.

Chloe, con un gorro rosa y las mejillas rojas por el frío, asintió con fuerza.

—Jake tiene razón. Tenemos que hacerlo.

—¿Adónde nos vas a esperar? —le preguntó Gray.

Chloe señaló el lugar donde se había reunido un pequeño grupo de fotógrafos.

—Voy a usarlos como escondite. Debería poder verlo todo desde allí.

Se detuvieron para ponerles las baterías a los móviles. Ya era demasiado tarde como para preocuparse por que los ubicaran. Gray quería que la encontraran, ya que eso significaría que habría más seguridad en la fiesta.

—De acuerdo. —Gray exhaló y miró a Jake—. Deberíamos irnos.

Chloe apretó las manos heladas de Gray.

—Buena suerte. Tened cuidado.

Jake y Gray se dirigieron al paso de peatones. Mientras esperaban a que cambiara el semáforo, él la miró.

—¿Preparada?

Gray asintió. Estaba asustada, pero también se sentía aliviada de que por fin estuviera ocurriendo. Se habían acabado las incógnitas.

El semáforo se puso en verde.

Se adentraron en la multitud que se dirigía al museo, moviéndose uno al lado del otro como una pareja joven normal y corriente que se dirige a un emocionante evento. Consciente de la presencia de los *paparazzi*, Gray llevaba la bufanda subida para ocultar el rostro y apartaba la cabeza ligeramente de las cámaras.

Al acercarse a la puerta de entrada, se colocaron detrás de un hombre de pelo blanco con esmoquin y de una mujer con un abrigo de visón.

Por debajo de las pestañas, Gray observó a los dos policías apostados en la puerta principal del museo. No estaban armados, pero era evidente que estaban atentos por si había cualquier problema. Escrutaban a todos los que entraban.

La preocupación hizo que las mariposas se le arremolinaran en el estómago, y bajó la mirada. Ya debían estar buscándola. Cuanto más se aproximaba a ellos, más sentía que las costillas ejercían presión contra sus pulmones.

Tuvo que forzarse a caminar firmemente con unos tacones con los que no estaba familiarizada. Tenía los hombros rígidos cuando pasó junto a los dos oficiales. Sintió cómo sus ojos se posaban sobre ella.

A cada paso que daba esperaba que alguien la agarrara del brazo. Que le gritara su nombre o la apartara.

Nadie los detuvo.

Cuando estuvieron a una distancia segura, soltó un suspiro y redujo el ritmo.

Luchó contra el impulso de mirar por encima del hombro para asegurarse de que no la seguían.

Jake se inclinó hacia ella para hablarle en voz baja.

—No hay suficientes policías aquí.

Y tenía razón. A medida que subían las escaleras hacia el gran pórtico, solo vieron a la concurrencia que efectivamente estaba allí para asistir a la fiesta. Esos dos policías de la puerta principal eran toda la seguridad que había.

Todos llevaban abrigos gruesos, bufandas… Era muy fácil esconder un arma.

Se había equivocado al pensar que el lugar parecía seguro. Era el sitio perfecto para matar a alguien famoso.

El vestíbulo del museo estaba lleno de personas. A medida que la gente se reunía en medio de la calidez del recinto, sus voces resonaban en las paredes de mármol y en los techos altos. La música clásica provenía de alguna parte.

Cuando llegaron a la recepción, una mujer morena de unos cuarenta años y con un elegante traje alzó la vista.

—¿En qué puedo ayudarlos?

—Debería haber dos entradas reservadas para mí —respondió Gray.

La mujer tomó una caja de tarjetas ordenadas alfabéticamente. Estaba distraída y apenas había mirado a Gray a la cara.

—¿Nombre, por favor?

—Gray Langtry.

Vio que la mujer se contraía de forma involuntaria.

—Por supuesto. —Su comportamiento helado se derritió y le sonrió—. Señorita Langtry, aquí tengo sus entradas. Estamos encantados de que pueda acompañarnos esta noche. Su madre es un gran apoyo.

Sacó un sobre de un cajón, extrajo dos gruesas tarjetas y se las entregó. Gray las agarró con fuerza.

—Espero que disfrute del evento. —La mujer hizo una pausa—. Por cierto, su madre aún no ha llegado. Cuando lo haga, ¿desea que le diga que ya está aquí?

Gray se forzó a sonreír con cordialidad.

—Por favor, no se lo diga. He venido para darle una sorpresa.

La mujer le dedicó una sonrisa cómplice.

—No diré nada. Disfrute de la velada.

Mientras se alejaban con las entradas en la mano, Jake la miró de reojo con gran admiración.

—Tienes la calma de un verdadero criminal —dijo.

—Gracias… creo. —Le sonrió y se quitó la bufanda. Ya no tenía por qué seguir escondiéndose.

Dejaron sus abrigos y mochilas en el guardarropa y le enseñaron las entradas a una mujer joven situada en la entrada principal del museo, quien les indicó que pasaran.

Gray se sentía mal por culpa de los nervios, pero se obligó a suavizar las líneas de expresión de la cara mientras seguían la música a través de una galería llena de estatuas de mármol. Llegaron a una barandilla de cristal que daba a otra galería de esculturas, esta vez en el piso inferior, y se detuvieron para mirar hacia abajo. La fiesta ya estaba atestada de gente.

Los camareros, vestidos de negro, se movían con soltura entre las estatuas y otras piezas de arte antiguas mientras blandían bandejas con espumosas copas de champán. En una esquina, un cuarteto de cuerdas tocaba una música que parecía bailar en el aire.

Habían montado un escenario para los discursos que iban a tener lugar más tarde.

A su lado, Jake fruncía el ceño ante algo.

—¿Qué pasa? —le preguntó Gray mientras seguía su línea de visión hasta la planta abarrotada de gente.

—Ashford —Mantuvo la mano baja y señaló a dos hombres que estaban parados muy juntos.

A uno de ellos Gray lo reconoció al momento como el viceprimer ministro. Su pelo grueso y plateado era característico, y tenía la boca torcida en una mueca. Parecía estar discutiendo con su acompañante.

—¿Quién es el hombre que está con él? —preguntó ella.

Más joven que Ashford, puede que tuviera unos cuarenta años, era igualmente pedante pero más refinado. No parecía tenerle miedo a Ashford. En todo caso, lo miraba con desprecio.

—Lo conozco, siempre está en el Parlamento. Mi padre lo odia. —Jake pensó por un segundo—. Creo que se llama Nathaniel St. John o algo así. Es un hombre de dinero, no es un político. —Se volvió hacia Gray—. Mira, mi padre no va a estar aquí, pero la gente que lo conoce sí. Si me ven contigo, las cosas podrían complicarse. Creo que deberíamos separarnos.

La idea no era agradable, pero Gray le veía la lógica. También podía haber amigos de su madre aquí. Si estaba con Jake, llamarían la atención.

—De acuerdo —aceptó Gray—. Ten cuidado, ¿vale?

—No te preocupes por mí. Tú eres la que debe tener cuidado. —Miró por encima de la barandilla—. Hay demasiada gente. Sería fácil que algún loco se te acercara.

—Estaré bien, nos quedaremos donde podamos vernos. Tan solo vigila a mi madre.

A sus espaldas, un coro de voces que se reía y hablaba se estaba moviendo por el pasillo hacia ellos. Tenían que ponerse en marcha.

—Vete tú primero —le dijo Jake—. Yo iré detrás de ti.

Gray se dirigió a la parte superior de las escaleras y se detuvo para mirar abajo, a la multitud.

Era el momento de hacer lo que había planeado. Para demostrar que no estaba mintiendo. Para salvar a su madre. Para salvarse a sí misma.

No más excusas.

Bajó las escaleras y se adentró en la fiesta.

CUARENTA Y DOS

EN LA CONCURRIDA CALLE DEL MUSEO ASHMOLEAN, EL COCHE OSCURO del gobierno frenó con un chirrido y aparcó detrás de dos coches de policía que también acababan de llegar.

Ryan y Julia salieron corriendo para unirse a los cuatro agentes reunidos justo detrás de las imponentes puertas metálicas del museo.

Su aliento los precedía en forma de heladas nubes blancas.

—Hace más frío que en un iglú —dijo Ryan.

Julia no respondió. Hacía tiempo que no hablaba. Se habían visto envueltos en dos grandes atascos de camino hacia allí, lo que había causado que llegaran una hora más tarde. ¿Y si se les había escapado Gray?

Le habían enviado un aviso discreto a la policía de Oxford para que buscara a la hija de la primera ministra, pero Julia sabía que no iban a encontrarla. Gray era demasiado inteligente. Además, era un gran evento, por lo que iba a ser fácil para ella perderse entre la multitud.

Raj había conseguido mantener la situación en secreto. Solo los servicios de seguridad, el gabinete de la primera ministra y la policía local sabían que había desaparecido.

Al menos por ahora podían tener la esperanza de que quienquiera que quisiera matarla pensara que estaba a salvo en casa.

Seguía enfadada con Gray por haberla engañado de esa manera. Sin embargo, una parte de sí admiraba la valentía de la chica. Por muy peligrosa que fuera la situación, también era valiente de narices.

Cuando llegaron adonde estaban los oficiales de la puerta, los dos guardaespaldas les enseñaron su identificación.

—No la hemos visto —contestó uno de forma cortante—. Y con vosotros ahí en medio tampoco la vería aunque pasara ahora mismo.

—Tenemos que entrar —dijo Ryan mientras señalaba el edificio a sus espaldas—. Deberíamos estar dentro para cuando llegue la primera ministra.

El oficial de mayor rango del grupo negó con la cabeza.

—Nuestras órdenes son que no entre nadie que no esté en la lista proporcionada por el gobierno. Vosotros no estáis en la lista.

Julia aprendió a mantener la calma ante la idiotez burocrática cuando estuvo en el ejército. En estos momentos, dicha habilidad era útil.

—Si conseguimos el permiso del equipo de la primera ministra, ¿nos dejaréis entrar?

El policía le dirigió una mirada amarga.

—Si la primera ministra os incluye en su lista, podréis entrar. Hasta entonces, os quedaréis aquí fuera, en el frío, con el resto de nosotros.

Julia y Ryan dieron un paso atrás.

—¿Qué vas a hacer? —preguntó Ryan.

Julia marcó el número de Raj.

—Buscar ayuda —respondió.

Raj respondió con un tono tenso que ella había llegado a asociar con las malas noticias.

—Estamos aquí. Los policías locales no nos dejan entrar para buscar a Gray —explicó—. ¿Puedes hacer que entremos?

—Dame diez minutos —contestó antes de colgar.

Ryan le dirigió una mirada inquisitiva.

—Está en ello. —Se giró para escudriñar a la multitud que esperaba para ingresar—. Vamos a asegurarnos primero de que no esté aquí fuera.

Recorrió el patio con una mirada crítica. Desde su posición podía ver lo inaceptable que era la seguridad. Cuatro policías y un puñado de seguratas del museo para cientos de invitados.

Si el asesino de verdad se conformaba con la madre o la hija, Gray podría estar muerta antes de que su madre atravesara la puerta.

Lo que Gray no entendía era que cualquiera de las dos serviría. Era imposible que su madre siguiera en el cargo si asesinaban a Gray. Y Ashford conseguiría lo que quería de todos modos.

¿Cómo le explicas eso a una niña de dieciséis años?

Se lo dices, dijo una voz en su cabeza. *La tratas como a una adulta.*

No obstante, era demasiado tarde para eso. Todos los adultos habían decidido mentirle a Gray para mantenerla a salvo. Y ahora podría morir por ello.

—Tengo que entrar ahí, Ryan. —Miró a su compañero mientras temblaba a causa de la impaciencia.

Por su parte, el guardaespaldas mantenía los ojos fijos en el flujo de personas que entraban en el museo con sus impecables vestidos y trajes.

—Lo harás. —Su voz contenía una seguridad absoluta.

Pero ¿lo haría suficientemente pronto como para salvarla?

CUARENTA Y TRES

GRAY BAJÓ LA LARGA ESCALERA HACIA LA GALERÍA CON LA CABEZA ALTA. Como si perteneciera a la fiesta. Como si la estuvieran esperando.

No obstante, a cada paso que daba recorría la multitud con la mirada en busca de alguna señal de peligro.

Todo parecía normal. La música sonaba más alta abajo, ya que estaba amplificada por el espacio amplio y los suelos de piedra.

John Ashford seguía en la esquina hablando con el hombre acaudalado, Nathaniel algo. Ahora la discusión parecía haber empeorado. Gray aminoró el paso para observar. El otro hombre estaba inclinado con la cara roja y decía algo que a Ashford no le gustaba. Este hizo un gesto de desprecio. El hombre más joven se giró con brusquedad y se marchó, enfadado.

Ashford se quedó mirando a lo lejos durante un momento.

Luego levantó la vista. Sus miradas se encontraron. Incluso al otro lado de la sala, Gray supo que la había reconocido.

Con el corazón latiéndole con fuerza, Gray apartó la mirada y se apresuró a perderse entre la multitud.

Al cabo de unos minutos, volvió a mirar en su dirección. El vice-primer ministro había desaparecido.

—¿Champán? —Un camarero se detuvo frente a ella con una bandeja llena de copas doradas.

Al igual que el resto de los camareros, iba vestido de elegante negro. Tenía el pelo corto y oscuro y un rostro atractivo y ovalado. Su expresión era amable.

Gray iba a decir que no de manera automática. Pero entonces se le ocurrió que todos los demás en la sala tenían una copa en la mano. El champán la ayudaría a encajar.

—Gracias —tomó una copa de la bandeja.

Tras una cortés inclinación de cabeza el camarero se alejó, pero no antes de que Gray se percatara de que la había reconocido. Sabía quién era.

Claro que a estas alturas daba igual. La organización benéfica estaba al tanto de que estaba aquí, y lo más seguro era que la reconocieran otras personas. Estaría bien siempre y cuando se ciñera a su historia. Estaba aquí para darle una sorpresa a su madre. Eso era todo.

Eran casi las siete y la sala estaba mucho más llena. Cuando se giró para buscar a Jake, tardó en encontrarlo entre el gentío.

Lo vio de pie junto a la estatua de una mujer emplazada sobre un pedestal alto. Al igual que ella, sostenía una copa de champán y observaba con aire despreocupado a la gente que lo rodeaba.

—Es espantoso. —Oyó que decía una mujer por encima del ruido—. Como va a venir la primera ministra y esa cantante de la que todo el mundo habla, la mitad del país quería una entrada. Ahora está abarrotado.

En ese momento, una mujer con un vestido de seda verde oscuro empujó a Gray. Tuvo que levantar su copa para no derramar el champán que aún ni había tocado.

—Lo siento mucho —se disculpó la mujer—. Es totalmente desesperante, ¿verdad? No puedo moverme sin chocarme con alguien. —Cuando se encontró con la mirada de Gray, abrió los ojos de par en par al reconocerla y se le iluminó la cara—. Dios mío. ¿No eres Gray Langtry?

—Sí. —Sonrió con amabilidad—. Soy yo.

—Adoro a tu madre —le dijo la mujer, y le indicó a una amiga que se les uniera—. Creo que es una persona tan inspiradora. —Miró alrededor de la habitación como si la madre de Gray fuera a aparecer de repente—. ¿Ya está aquí? Me muero por oírla hablar.

—Llegará en cualquier momento —contestó Gray.

—Y tú has venido a darle tu apoyo. —La mujer la miró con admiración, como si ir a una fiesta fuera un gran logro.

—Por supuesto. Me encanta verla hablar.

—Eso es maravilloso. —La expresión de la mujer cambió y se mostró desanimada—. Ojalá tuviera algo para que me firmara. Me encantaría conseguirle un autógrafo a mi hija.

Antes de que Gray pudiera pensar en qué responderle, el móvil comenzó a vibrarle dentro del bolso.

—Tal vez más tarde —dijo mientras sacaba el móvil—. Disculpe. Alguien me está llamando.

—Si es tu madre, dile que la quiero —le pidió la mujer, esbozando una sonrisa llena de entusiasmo.

Gray levantó el móvil y vio el nombre de Chloe en la pantalla.

—¿Qué pasa?

—Atención —respondió Chloe sin aliento—. Tu madre acaba de llegar. Está saliendo del coche.

Todo estaba a punto de suceder.

—Gracias. —Comenzó a dirigirse hacia el pie de las escaleras, donde se encontraba Jake—. ¿Estás bien ahí fuera?

—Todo bien —le aseguró Chloe—. ¿Cómo es?

—Lleno de gente. Mucho champán. —Tras captar la mirada de Jake, Gray le hizo un gesto para que se acercara—. Será mejor que me vaya.

—Cuídate —le pidió Chloe—. Hazme saber si me necesitas. Y por cierto, tus guardaespaldas están aquí.

A Gray se le cortó la respiración.

—¿Los dos? ¿Han entrado?

—Sí, los dos. Están en la puerta hablando con la policía.

Gray estaba guardando el móvil en el bolso cuando Jake llegó junto a ella.

—¿Qué pasa?

—Mi madre está aquí —le explicó—. Y mis guardaespaldas están fuera, buscándome.

—Pero son buenas noticias, ¿no? —Le recorrió la cara con la mirada—. Querías que vinieran.

—Necesito mantenerme fuera de su vista. Podrían obligarme a volver a casa si me ven. Necesito que estemos todos aquí.

Extendió la mano y señaló la sala repleta.

—Tendrán suerte si te encuentran entre toda esta gente —la consoló—. Agacha la cabeza.

—¿Quieres un canapé? —La voz vino de atrás. Ambos se dieron la vuelta y se toparon con un camarero que les tendía una bandeja con langostinos gordos y rosados, cada uno atravesado por un palillo, junto con un tomate cherry rojo como la sangre.

Era el mismo camarero de antes.

—No, gracias —contestó Gray.

Se giró con suavidad y le ofreció la bandeja a una pareja joven que estaba cerca.

—Será mejor que nos separemos de nuevo —opinó Gray en voz baja—. Creo que ese camarero sabe quién soy.

—No son los camareros los que me preocupan —dijo Jake—. Creo que Ashford te ha visto.

—Sí. Yo también me he dado cuenta.

Justo en ese momento un murmullo recorrió la habitación. Gray miró hacia arriba y vio a su madre en la parte superior de las escaleras con un vestido plateado. Tenía el cabello castaño con mechas recogido en un moño suelto a la altura de la nuca.

El público estalló en aplausos y ella sonrió con el rostro radiante. Gray pensó en que eso era justo lo que le gustaba. La adoración del público, y todo por una buena causa.

—Será mejor que me vaya —susurró Jake.

Gray asintió con la cabeza. Lo vio moverse entre los distraídos grupos de asistentes y fundirse con la multitud al otro lado de la escalera.

Mientras su madre bajaba los escalones, Gray se deslizó entre la gente en un intento por hacerse invisible.

Justo detrás del hombro derecho de su madre estaba su secretaria de prensa, Anna, con un vestido negro y tacones, y con el móvil en la mano como siempre. No reconoció al hombre de pelo oscuro que estaba a la izquierda de su madre. Aunque, dada su complexión ancha y musculosa y la manera en la que escudriñaba a la gente, debía ser su guardaespaldas de la noche.

Estiró el cuello para ver detrás de ellos. Ni rastro de Julia ni de Ryan. Todavía debían estar afuera.

Aunque sería mejor que estuvieran dentro.

Ahora el problema principal era que la sala estaba tan llena que era difícil imaginarse cómo iba a proteger a su madre si la atacaban. Necesitaba estar cerca de ella sin que la descubrieran.

Cuando su madre llegó a la galería, la muchedumbre se separó para permitirle el paso, lo que hizo que la gente retrocediera y se creara una nueva aglomeración. Gray se escabulló entre la masa de vestidos de seda y trajes oscuros. Por encima de los hombros de la gente vislumbró a su madre a medida que se movía por la sala, deteniéndose para estrechar la mano o charlar con simpatizantes y conocidos.

El guardaespaldas no perdía de vista a quienes la rodeaban, pero Gray no veía cómo podía protegerla en aquel espacio tan atestado. La gran densidad del público hacía que la seguridad fuera prácticamente imposible.

Gray estaba oculta detrás de la estatua de un torso sin cabeza, cuando vio al camarero que la había reconocido.

Ahora no llevaba ninguna bandeja, sino que se mantenía en la periferia de la multitud. Estaba inclinado hacia delante, apoyado sobre las puntas de los pies, como si estuviera preparado para correr. No obstante, fue su rostro lo que llamó la atención de Gray. Tenía los ojos fijos en su madre con intensidad. Parecía estar absorto.

Tenía una de las manos pegada a un costado. La otra estaba escondida en el bolsillo delantero de su corto delantal negro de camarero.

Con todo el mundo centrado en su madre, nadie más que Gray se dio cuenta de que empezaba a abrirse paso entre la multitud en dirección a la primera ministra. ¿Qué estaba haciendo? Los demás camareros habían desaparecido en la cocina. Él era el único que seguía en la planta.

A Gray empezó a acelerársele el corazón.

¿Y si era él? Se giró y se balanceó sobre los dedos de los pies en un intento por encontrar a Jake, pero lo único que vio fue un mar de caras extrañas.

El camarero ya estaba escabulléndose entre el gentío. Gray no tenía más remedio. Se sumergió entre la concurrencia y lo siguió.

—Disculpe… Perdone… —repitió mientras se abría paso e intentaba no perder de vista al hombre.

Uno de sus tacones aterrizó en algo blando.

La mujer que estaba a su lado se quejó.

—Ay. Ten cuidado.

—Lo siento. —Gray lanzó la palabra por encima del hombro mientras luchaba por seguir avanzando. Había dejado de ver al hombre. Lo había perdido.

Presa del pánico, empujó a las últimas personas y, sin aliento, salió de entre la gente para acabar en el extremo de la galería.

No había ni rastro del camarero.

Retrocedió un paso para intentar obtener una mejor visión de la sala.

Fue entonces cuando una mano la agarró por detrás y una fría hoja le presionó la nuca.

—No grites —le susurró una voz al oído—. O usaré esto.

CUARENTA Y CUATRO

MIENTRAS INTENTABA LIBERARSE DEL HOMBRE, GRAY GIRÓ LIGERAMENTE la cabeza y vio el pelo corto y oscuro del camarero y su camisa negra abotonada.

El brazo con el que la rodeaba era duro como el acero. El cuchillo seguía firme contra su cuello. Miró a su alrededor, desesperada.

Estaban detrás de la multitud. Todos miraban hacia el otro lado, hacia su madre, que acababa de subir al escenario.

Nadie prestaba atención al fondo de la sala.

El corazón le martilleaba contra las costillas con tanta fuerza que le dolía.

—¿Qué quieres?

—Calla. No te muevas —le susurró al oído. El calor de su aliento contra su piel hizo que se estremeciera.

Giró la cabeza de manera instintiva para intentar verle la expresión. La empujó hacia atrás con tanta fuerza que sus pies abandonaron el suelo. Un grito de sorpresa le salió de la garganta, pero se perdió entre el ruido del ambiente.

—No me mires —siseó—. Vuelve a gritar y acabaré con esto aquí mismo.

Gray empezó a temblar.

—¿Quién eres?

Su respuesta le revolvió el estómago.

—Soy tu peor pesadilla, cariño.

Gray no podía moverse, no podía pensar. Era plenamente consciente del punto de dolor agudo que sentía en la nuca.

El falso camarero empezó a tirar de ella hacia atrás, medio levantándola del suelo, como si no pesara. Uno de sus zapatos se aflojó y cayó, y no pudo hacer nada por evitarlo.

Desde algún lugar a sus espaldas, escuchó el chasquido metálico de una puerta que se abría.

Desesperada, miró las filas de personas que se encontraban a pocos metros, pero todas le daban la espalda. Su madre estaba a punto de hablar.

El otro zapato se le cayó justo antes de que él la empujara a través de la puerta hacia un pasillo oscuro. Bajo sus pies descalzos el suelo era frío y áspero, como de hormigón.

—¿Adónde me llevas?

Tiró de su cuerpo con fuerza.

—Deja de hacer preguntas.

El hombre seguía caminando hacia atrás. No había luces. Gray soltó una mano y, en la oscuridad, tocó la pared. También era de hormigón. Debían de estar en un pasillo de mantenimiento por detrás de la galería.

Intentó pensar en alguien que pudiera ayudarla, pero no habría nadie aquí a estas horas de la noche. Nadie vendría a salvarla. Fuera como fuere, tendría que hacerlo ella sola.

Sin embargo, no podía luchar, no con esa hoja presionándole la columna vertebral.

Haz que hable, se dijo a sí misma. *Intenta distraerlo.*

Tenía la garganta tan seca y tensa que tardó un minuto en reunir las palabras. Cuando lo hizo, su voz era temblorosa.

—¿Qué quieres de mí?

—He venido a matar a la primera ministra, pero tengo la impresión de que eso no va a pasar. —Le apretó los labios contra la oreja—. Supongo que tú servirás.

Gray estaba temblando con tanta fuerza que le era difícil hablar. No obstante, se obligó a hacerlo.

—¿Quién te ha contratado?

La levantó de un tirón para que sus pies colgaran por encima del suelo. Le apretaba tanto los pulmones con el brazo que no podía respirar.

—Cállate. —Lo dijo casi con indiferencia.

Cuando la dejó de nuevo en el suelo, aparecieron unos puntos de luz brillantes frente a sus ojos.

No iba a salir de allí. Ese pensamiento hizo que un fragmento de hielo le atravesara el corazón. No quería morir. Ahora no. Tan solo era una adolescente. Tenía planes.

Sin prestar atención al cuchillo, luchó contra su agarre.

Intentó gritar, pero el sonido salió débil y sin aire. Fue un jadeo más que un grito. El cuchillo presionó con fuerza contra su cuello, lo que le provocó un dolor agudo y ardiente. Sintió cómo un líquido caliente se deslizaba por el vestido.

El dolor hizo que entrara en shock. Fue consciente de que el líquido era sangre. Pero había mucha.

En cuestión de segundos tenía el vestido mojado.

—Ayuda. —Su voz era espesa. Parecía venir de muy lejos—. Alguien.

La oscuridad ya no la rodeaba. Se estaba convirtiendo en ella, la estaba llenando. Sus huesos se transformaron en agua. Los latidos de su corazón se volvieron lentos.

Buscó entre las sombras, como si las paredes pudieran salvarla.

—He dicho que te calles —gruñó.

—Esa no es forma de hablarle a una dama. —La voz, femenina y procedente de alguien joven, vino desde atrás de ellos.

El hombre hizo girar a Gray, apartó de un tirón el cuchillo manchado de sangre del cuello y apuntó hacia delante.

Bajo la luz brillante que emitía la señal de salida de emergencia, Gray distinguió el rostro familiar de Julia.

Estaba de pie con los pies separados y con las manos sueltas a los costados. Sus ojos tormentosos no se despegaban del camarero.

—¿Quién cojones eres tú? —El hombre gruñó las palabras con desprecio. No obstante, Gray notó cómo le había cambiado el cuerpo al tensársele cada músculo.

—Escucha. Así están las cosas. —El tono de Julia era racional—. Ahora mismo te enfrentas a cargos por intento de asesinato y daños corporales graves. Son ocho años. Pero si se desangra, cumplirás veinte años. Déjala ir ahora. Acepta la condena corta. —Ladeó la cabeza y lo observó con una actitud depredadora—. Hay otra cosa que debes saber. Te mataré si es necesario.

El camarero se había quedado quieto detrás de Gray. Por un segundo la chica se preguntó si Julia había conseguido que entrara en razón.

Entonces, él habló.

—Correré el riesgo.

Al decir la última palabra, empujó a Gray con fuerza hacia un lado. Ella sintió que caía, como si estuviera en un sueño. El aire pasaba silbando y el suelo se precipitaba bajo sus pies. No podía hacer nada para salvarse. Nada funcionaba.

Sin embargo, a diferencia de lo que sucede en los sueños, cuando cayó al suelo le dolió.

Oyó que el aliento abandonaba sus pulmones, como si procediera de muy lejos. Todo se volvió oscuro.

• • •

Cuando volvió en sí, tenía las fosas nasales impregnadas de un olor a suciedad fría y a sangre cobriza y caliente.

El suelo áspero le apretaba la mejilla. No sabía dónde se encontraba. Estaba oscuro y le dolía todo.

Entonces, oyó los inconfundibles sonidos de una pelea. Puños que golpeaban la carne. Gruñidos de dolor. Y se acordó.

Julia, pensó.

Se obligó a darse la vuelta y a sentarse.

Bajo el débil resplandor de la luz que emanaba de la salida de emergencia, los vio. Julia estaba agachada. El camarero tenía en la mano una hoja que brillaba como un trozo de hielo y la movía de izquierda a derecha, y de nuevo a izquierda, casi demasiado rápido como para seguirla. Entonces, se abalanzó sobre ella.

Julia hizo una finta hacia la derecha y se lanzó hacia el otro lado. Al pasar, le agarró la muñeca derecha y se la retorció con fuerza.

El hombre chilló, pero se aferró al cuchillo y le dio una patada en el abdomen.

Gray oyó el silbido del aire que salía de los pulmones de Julia, vio el estremecimiento que le produjo el golpe, pero la guardaespaldas se recuperó rápidamente. Giró hacia él y le asestó una patada brutal en la cabeza, parecida a un paso de ballet.

El camarero levantó la mano para evitar el golpe, pero no fue suficientemente rápido. La patada le alcanzó la mejilla, y de inmediato se oyó un crujido. Antes de que pudiera recuperarse, Julia se arrojó sobre él y le propinó una lluvia de patadas en la espalda y en el costado, al tiempo que él luchaba por esquivarla.

Gray pensó que ya lo tenía. Pero en ese momento el hombre maldijo con un gruñido, bajó las manos y, con una velocidad asombrosa, le clavó el cuchillo a ciegas.

Gray gritó con la voz débil y ronca.

Julia no se inmutó. Se dejó caer y rodó por el suelo para acercarse a él. Con un movimiento suave y entrenado, lo agarró por el cuello y comenzó a estrangularlo.

—Suelta el cuchillo. —Su voz era fría como el hielo.

De la garganta del hombre salió un horrible gorgoteo cuando la guardaespaldas le apretó más el antebrazo contra la tráquea, utilizando la mano libre para aumentar la presión.

En aquel momento, corriendo por el pasillo y con los pies sonando fuerte sobre el hormigón, apareció una sombra alta. Ryan se abalanzó sobre el camarero. Agarró la muñeca que sostenía el cuchillo y la retorció hasta que la hoja apuntó lentamente hacia un lado y luego, poco a poco, hacia el suelo. El hombre tenía el rostro morado por el dolor y la falta de oxígeno.

Emitió un horrible lamento cuando el cuchillo se le escapó de entre los dedos y cayó con estrépito al suelo de cemento.

Ryan apartó la hoja de una patada y sacó las esposas de los bolsillos.

—Dame sus manos —dijo.

Sin embargo, Julia no aflojó el agarre. El sonido que hizo el hombre se convirtió en un estertor. Aun así, le apretó el brazo contra la garganta.

Ryan la miró.

—Dame sus manos, Julia. Gray nos necesita. —Su voz era casi amable.

Despacio, ella soltó la garganta del hombre. El camarero se desplomó con un jadeo y una arcada. Julia, con el rostro enrojecido, le llevó las manos a la espalda y Ryan lo esposó. En cuanto estuvo asegurado, Julia corrió hacia Gray, se dejó caer de rodillas a su lado y le tomó la mano.

—¿Estás bien?

Gray quiso explicarle que algo iba terriblemente mal. Tenía sangre en el vestido y mucho frío.

No obstante, lo único que consiguió articular fue:

—Me… duele…

Julia rastreó el flujo de sangre hasta su cuello. Cuando encontró la herida, apretó los dedos contra ella y se volvió hacia Ryan.

—Necesito algo. Una tela. Dame tu camisa —le pidió con urgencia.

Ryan se quitó la camisa negra por la cabeza y se la dio. Su piel leonada parecía fría en la oscuridad. Julia apretó la tela contra la nuca de Gray.

—Vas a estar bien, Gray. —Pero el temblor de su voz decía lo contrario. Miró a Ryan—. ¿Dónde cojones se ha metido la ambulancia?

Su compañero sacó el móvil y habló con urgencia mientras Julia sostenía la camisa contra la herida de Gray.

—Estás bien —le dijo Julia con dulzura—. La ayuda viene en camino.

Comenzó a oír otras voces que procedían del final del pasillo. Un estruendo de pies contra el suelo duro.

Ryan sacó una linterna, la encendió y la agitó en el aire.

—Aquí abajo —gritó.

Julia se giró hacia Gray y le habló.

—Vienen de camino. Quédate conmigo.

—Mi madre —susurró Gray aferrándose al brazo de Julia.

Los ojos de Julia eran serios. Tenía el rostro más honesto que Gray creía haber visto en su vida.

—Está a salvo. —Todavía presionándole el paño contra el cuello, le apartó el pelo de la cara con suavidad con la mano libre.

El alivio hizo que Gray se sintiera débil. Pensó en Chloe y en Jake. Alguien tenía que decírselo. Estarían buscándola.

Quería pedírselo a Julia, pero ya era demasiado tarde. Un muro de oscuridad había comenzado a rodearla.

—¿Cómo estás, pequeña? —preguntó Julia cuando llegaron los paramédicos.

Pero Gray estaba adentrándose en las sombras.

CUARENTA Y CINCO

CUANDO SE DESPERTÓ, LA LUZ LE HIZO DAÑO EN LOS OJOS.

Intentó parpadear, pero los párpados le pesaban mucho. Le costó un esfuerzo enorme moverlos. Tenía polvo bajo las pestañas, y sentía la boca agria y seca.

Al principio pensó que estaba en su cama, en el número 10. Sin embargo, cuando intentó girar la cabeza para mirar el despertador, un dolor intenso en el cuello hizo que jadeara. Y entonces se acordó.

Moviendo solo los ojos, con cuidado de mantener la cabeza quieta, contempló la pequeña y sencilla habitación del hospital.

Su madre estaba acurrucada en una silla de respaldo recto al lado de la cama de Gray y tenía el brazo doblado y la cabeza apoyada en él. El padre estaba junto a ella en otra silla, con la cabeza inclinada hacia atrás. Tenía los ojos cerrados.

Gray parpadeó con fuerza, pensando que debía estar soñando. No obstante, cuando volvió a abrir los ojos él seguía allí. Lo observó con nostalgia.

Parecía mayor. La barba que no tenía la última vez que lo vio hacía que su rostro fuera el de un desconocido, y en su pelo oscuro y ondulado había nuevos mechones grises.

Sin embargo, no había duda de que era él.

Trató de hablar, pero tenía la garganta demasiado seca. Tuvo que intentarlo dos veces antes de que surgiera algún sonido.

—¿Papá?

Hacía años que no lo llamaba así, pero, por algún motivo, eso fue lo que le salió.

En un instante pasó de estar dormido a estar totalmente despierto. Se le tensó cada músculo del cuerpo, preparado para entrar en acción.

Gray lo observó con nebulosa preocupación. ¿Qué había sucedido durante su ausencia como para que él actuara con la intensidad propia de un soldado?

—Gray. —Se levantó y le tendió la mano con una sonrisa que denotaba un claro alivio—. Hola, cariño. Nos has dado un buen susto.

Su voz despertó a la madre de Gray, que levantó la cabeza y se pasó una mano por la cara.

—¿Está despierta? —le preguntó a su exmarido como si Gray no estuviera allí.

—Está bien.

A Gray le ardía el cuello y estiró el brazo para tocarse la zona, pero cuando levantó la mano arrastró una serie de tubos con ella, y la volvió a bajar.

—Me apuñaló. —Las palabras salieron como un susurro.

—Sí —le contestó su madre mientras la tomaba de la mano—. Te operaron anoche. Tienes los tendones un poco dañados, pero te pondrás bien.

Los ojos de Gray apuntaron a su padre.

—¿Me operaron? —Su voz era un susurro seco.

Sin responder, él agarró un vaso de plástico con una pajita de la mesa lateral.

—Bebe.

El agua estaba tibia y le dolía al tragar, pero dio unos cuantos sorbos vacilantes.

—El corte no fue profundo, pero el cuchillo seccionó una arteria —le explicó—. Por eso has perdido tanta sangre tan rápido.

La madre de Gray extendió la mano para tocarle la mejilla. Ahora la estaban tocando ambos, como si necesitaran alguna prueba tangible de que estaba viva.

—¿Cómo? —susurró Gray.

—¿Cómo qué, cariño? —Su madre se inclinó para escucharla mejor.

—¿Cómo me encontrasteis?

Fue su padre quien respondió.

—La guardaespaldas. ¿Cómo se llama?

—Julia —le recordó la madre.

Asintió con la cabeza.

—Julia. Se dio cuenta de que habías ido a Oxford para ayudar a tu madre. Cuando vio a Chloe fuera del museo entre la toda la gente, supo que había tenido razón. A esas alturas Chloe estaba tan asustada que le contó todo. Dijo que estabas dentro y que no contestabas el móvil. Dijo que Jake McIntyre estaba contigo, pero que no podía ubicarte.

—Fueron tus zapatos —intervino su madre—. Cuando entró, Julia no pudo localizarte entre la multitud. Pero vio los zapatos y tu bolso en la puerta de mantenimiento. Cuando revisó el bolso, tu móvil estaba dentro.

El padre apretó la mano de Gray.

—En ese momento un equipo de seguridad sacó a tu madre de allí.

—No sabía lo que había pasado. —Había dolor en la voz de su madre y un dejo de ira—. Nadie me dijo nada hasta que estuvimos en el coche. Incluso entonces lo único que me dijeron fue que había habido un ataque y que habías desaparecido.

—El resto ya lo sabes —concluyó su padre.

—¿El hombre? —Gray empezaba a sentirse más despierta—. ¿Quién era?

—No lo sabemos con absoluta certeza —respondió su madre—, pero es miembro de un grupo extremista que venía profiriendo amenazas desde hacía meses. El hombre no tiene antecedentes penales ni estaba bajo vigilancia. Se unió a la empresa de catering hace tres semanas. Según ellos, se ofreció como voluntario para el evento. —Se le tensó la voz—. Le dijo a su gerente que conocerme sería todo un *honor*.

Gray pensó en cuando había llegado a la galería. Cómo el camarero se había colocado a su lado al momento. Cómo se percató al mirarlo a los ojos de ese destello que indicaba que la había reconocido.

—Ashford —susurró Gray con voz ronca mientras miraba a su madre.

Sus padres intercambiaron una mirada que ella no pudo interpretar.

—No tenemos pruebas de que esté involucrado —dijo la madre tras una breve vacilación—. He transmitido todo lo que me has dicho a los equipos de seguridad. Lo investigarán, te lo prometo.

—Si tiene algo que ver con esto… —Las palabras parecían estallar en la garganta de su padre, graves y salvajes.

La madre de Gray lo detuvo con una mirada severa.

—Si lo hizo, irá a la cárcel. —Se volvió hacia Gray—. ¿Te dijo algo el hombre? Lo que sea.

Gray levantó la vista hacia ella, pero lo único que recordaba era un pasillo oscuro, un brazo tan duro como el acero sobre su pecho y un cuchillo contra su cuello.

Una lágrima le corrió por la mejilla. Cuando habló, su voz era inestable.

—Dijo que había venido a por ti, pero que yo serviría.

Su padre cruzó la habitación para mirar por la ventana y se pasó los dedos por el pelo.

La madre se inclinó para presionar su mejilla contra la de Gray.

—Ahora estás a salvo. Te lo prometo.

Susurró las palabras con una voz que a Gray le recordó a cuando se cayó y se desolló la rodilla, a los tres años. A cuando tenía cinco años y se despertó sola en plena noche con un dolor de barriga. A cuando tenía siete y algunas niñas del colegio la atormentaban porque pensaban que su nombre era raro. Su madre habló con la voz que siempre hacía que todo fuera mejor. Una voz que Gray parecía haber olvidado. Hasta ahora.

La ira y la decepción que las había dividido durante semanas se disiparon en el aire. Había tantas cosas que Gray quería decir. Tantas cosas por las que quería disculparse. Pero estaba tan cansada.

Más tarde tendría que decirle que sentía haberle mentido. Sentía haber aumentado la desconfianza y el resentimiento que las había alejado de aquella estrecha unidad que una vez habían sido.

Con la cálida sensación de las manos de su madre contra sus mejillas, cerró los ojos y volvió a sumirse en la oscuridad.

• • •

Cuando se despertó de nuevo, la luz que atravesaba las persianas era tenue.

Podía oír voces bajas. Tardó un segundo en darse cuenta de que sus padres seguían en la habitación. Estaban hablando.

Lo hacían en voz tan queda que Gray tuvo que esforzarse para escucharlos.

—¿De verdad es tan malo? —preguntaba su madre.

—Es peor. —El tono de su padre era tirante—. Este incidente… Un intento de asesinato a la primera ministra. Un ataque a nuestra hija… —Su voz se tensó—. Es tan violento… Esto no va a acabar aquí. El hombre al que has atrapado es un soldado de a pie. Necesitas a quien lo ha contratado. Y a quienquiera que trabaje para él. Necesitas a los generales.

—Los encontraremos —prometió la madre—. Los atraparemos.

—No lo haréis. —La voz de su padre era monótona—. Lo más seguro es que ni siquiera sepa para quién trabaja. No son aficionados, Jess. Esta organización es la más peligrosa que he visto en mi vida. Llevan años pasando inadvertidos, creciendo en fuerza sin hacer ruido. Y extendiendo sus tentáculos por todo el mundo. Mientras nosotros mirábamos hacia otro lado, ellos se estaban adueñando del poder.

La ministra no estaba de acuerdo.

—No puede ser tan malo. No es posible que los hayamos pasado por alto. Los servicios de seguridad no pueden estar tan ciegos.

—No estaban *ciegos*. —La voz del padre se elevó un poco. Hizo una pausa y luego volvió a hablar en susurros—. Estos tipos eran de la KGB, Jess. La mejor organización de espionaje de la historia. Son buenos. Son despiadados. Están organizados. Todo esto, el ataque a Gray, es su forma de advertírnoslo. Tienen un plan. Vienen a por nosotros.

Gray abrió los ojos lo suficiente como para verlos a través de las pestañas. Habían alejado las sillas de la cama para no molestarla. Su madre miraba fijamente a su padre con los ojos entrecerrados e intensos, esa expresión que tenía cuando estaba resolviendo las cosas.

—¿Qué piensas de Ashford? —preguntó ella.

—Creo que se ha unido a ellos —respondió el padre sin vacilar.

—Es el viceprimer ministro, James —dijo la madre—. No puedes creer eso.

—Lo creo. Y más vale que tú también lo hagas. —Le tomó la mano—. Se ha acabado el tiempo de la duda. La época de las ilusiones terminó en el momento en el que un hombre le clavó un cuchillo a nuestra hija en el cuello. Esto es real. Está sucediendo. Eres la primera ministra. Tienes que empezar a encontrar una forma de contraatacar. Antes de que sea demasiado tarde.

La madre se apretó los dedos contra la frente.

—Pero si todos los equipos de seguridad lo han pasado por alto…

—No lo han hecho —aseguró el padre—. ¿En qué crees que he estado trabajando durante los últimos cuatro meses?

Miró a Gray, que cerró rápidamente los ojos.

—¿Crees que habría dejado voluntariamente a mi pequeña durante tanto tiempo sin un buen motivo? Es en esto en lo que he estado trabajando, en tratar de averiguar lo que estaban planeando. En Moscú nadie dice nada. Ni siquiera los contactos en los que hemos confiado durante años quieren revelar qué está pasando. La mejor información fue proporcionada por los servicios de inteligencia de Polonia y de Ucrania. Ellos me dijeron hasta qué punto se había extendido su poder. —Tomó aire—. Lo malo es que la amenaza es real.

—¿En serio me estás diciendo que han llegado a un acuerdo con miembros encumbrados del gobierno británico?

—Y del gobierno estadounidense —añadió—. Y del gobierno de la Unión Europea. Tienen gente en todas partes.

—¿Qué quieren? —La madre señaló a Gray—. ¿Qué esperan ganar haciendo algo así?

—Lo único que quieren es debilitarnos. Sembrar el caos. —Tiró el vaso a la papelera—. Y conseguir que su gente suba en la cadena alimenticia. En el caso de que lograran deshacerse de ti, porque estuvieras traumatizada o muerta, Ashford estaría en la posición perfecta para convertirse en primer ministro. Y si está trabajando para él, no necesitan nada más. Se acabó el juego.

—Pero han fallado —dijo su madre.

—Esta vez. Pero lo volverán a intentar. —Le sostuvo la mirada—. También volverán a intentar atrapar a Gray. Estuvieron muy cerca, se envalentonarán.

La madre se presionó las yemas de los dedos contra la frente.

—¿Cómo se supone que voy a mantenerla a salvo, James? Tiene que tener algún tipo de vida. Siento que la estoy encarcelando. Es horrible ver que se sienta tan atrapada.

A Gray se le encogió el corazón. Su madre sí lo comprendía. Todo este tiempo había pensado que no lo entendía. Y había estado tan enfadada por ello.

Distraída, no escuchó lo que su padre dijo a continuación. Cuando volvió a sintonizar, estaba terminando una frase.

—No te queda más remedio, Jess. Tenemos que mandarla a la Academia Cimmeria. Deja que la protejan.

—¿De verdad es seguro? —Ella no parecía estar convencida.

—Tiene la mejor seguridad de todas las escuelas del país —respondió el padre—. Es nuestra única esperanza.

La madre no respondió de inmediato. Cuando lo hizo, tenía la voz apagada.

—Ella odia la idea de ir a un internado. Alejarla de Chloe y de ese chico, Jake… Se han hecho íntimos. No sé.

El padre no dio el brazo a torcer.

—Explícaselo. —Su voz era firme—. Ya no es una niña, Jess. Tiene dieciséis años. Es inteligente. Es competente. Dile la verdad. Toda la verdad. Deja que ella decida. —Sin previo aviso, se giró y se topó con la astuta mirada de Gray, y entonces supo que ella llevaba despierta todo el tiempo—. Confío en su inteligencia —añadió, y a Gray no le quedó claro si se dirigía a ella o a su madre—. Creo que tomará la decisión correcta.

TRES SEMANAS
MÁS TARDE

GRAY ESTABA EN MEDIO DE SU DORMITORIO CONTEMPLANDO EL desorden. Había arrojado toda su ropa sobre la cama sin miramientos. Había una maleta vacía en el suelo.

—¿Se puede saber qué se lleva una a un internado? —preguntó.

Chloe, que estaba sentada en el escritorio, levantó la vista del móvil.

—¿Una moto? —sugirió—. ¿Un tío bueno? ¿Una tarta?

—Excelentes sugerencias —reconoció Gray—. Pero solo tengo una maleta.

—En ese caso, la tarta es sin duda la mejor opción —dijo Chloe.

Gray recogió el vestido que se había puesto para la desafortunada fiesta de Aidan. Parecía que habían pasado cien años de aquello, aunque solo habían sido unas semanas.

Tras dejar el vestido en el montón catalogado como «dejar aquí» se sentó en una esquina de la cama, en el único espacio libre.

—Supongo que no tengo que llevar mucho. La carta que me enviaron decía que tenía que usar un uniforme, y ellos me proporcionan la mayor parte de la ropa.

—Un *uniforme.* —Chloe arrugó la nariz—. ¿Cuántos años tienes? ¿Doce?

Dejó el móvil sobre el escritorio, se unió a ella en la cama y le pasó un brazo por la espalda.

—Ojalá no te fueras.

—Lo mismo digo. —Gray apoyó la cabeza en el hombro de su amiga. El contacto del cabello largo y rubio de Chloe contra su mejilla era suave. Olía a champú y a ese perfume floral tan de moda que llevaba últimamente.

¿Qué iba a hacer sin ella?

—Es que no entiendo por qué tienes que hacer esto. —Chloe se giró hacia ella—. Creí que tu madre y tú os llevabais mejor ahora.

—Y nos llevamos mejor —contestó Gray—. Pero… ya te lo dije. Es una cuestión de seguridad. El grupo que me atacó volverá a intentarlo.

Cuando regresó del hospital, sus padres y ella hablaron de las opciones que tenía. Gray agradeció que su madre hubiera dejado todo en sus manos.

«Nunca te obligaría a ir si no quisieras», le dijo. «Y me sienta fatal que tengas que tomar esta decisión. Lo último que quiero es que te vayas».

Y sin embargo estaba claro que, si se quedaba en el número 10, sus actividades se verían seriamente limitadas. Por su propia seguridad, nada de fiestas ni salidas al cine y guardaespaldas constantes. Tendría que reservar con antelación cada salida del edificio que quisiera hacer. La seguridad peinaría cualquier edificio en el que entrara.

«Si quieres ir a un centro comercial, los de seguridad tienen que entrar primero», le explicó su padre sin rodeos. «Alguien tendría que ir contigo cuando quisieras probarte la ropa. Tendrás menos privacidad aún que antes».

Y luego estaba la prensa. Tras la noticia del ataque, su obsesión por Gray aumentó. Cuando se recuperó, el canal de noticias de la

BBC las grabó a su madre y a ella en el salón del número 10. Las maquillaron y peinaron. Una estilista la ayudó a elegir unos pantalones y un top, modestos y pálidos.

El hecho de que accedieran a que las filmaran aunque más no fuera en unas pocas tomas les hizo albergar la esperanza de que con ello disminuiría la sed de la prensa por conseguir historias sobre Gray. En realidad, ocurrió lo contrario. Cientos de cámaras se apostaron de manera permanente en el exterior del número 10, única y exclusivamente para obtener una foto de ella. Su rostro apareció en la portada de todos los periódicos. Anna, la secretaria de prensa de su madre, recibía solicitudes de entrevistas desde Estados Unidos, Japón y Corea.

Se instalaron tantos fotógrafos frente al instituto de Gray que tuvieron que llamar a la policía para que los retiraran. Al final, Gray decidió que ya había tenido suficiente. Esa no era forma de vivir.

Gray apartó una pila de camisetas con el pie.

—Lo de los fotógrafos ya es desagradable. Cuando comience el juicio, lo único que hará será empeorar. —Hizo una pausa—. Y no te lo he dicho, pero… ha habido más amenazas.

Chloe estaba horrorizada.

—¿Por qué están haciendo esto?

Gray desvió la mirada.

—Todo es muy raro ahora.

No pudo hablarle a Chloe de las largas conversaciones que había tenido con su padre. Las charlas que giraban en torno a una organización oscura que se entrometía en las elecciones, que difundía mentiras y amenazaba a los gobiernos. Le contó lo preocupada que estaba por Richard, y él le hizo prometer que no se lo diría a su madre.

«Deja que yo me encargue de eso», había dicho.

Hasta ahora John Ashford seguía en el poder. El Servicio Secreto lo había interrogado, pero al no haber pruebas, no había forma de acabar con él. Tal como su padre había predicho, el atacante no conocía los nombres de sus jefes. Todo le había llegado a través de un sitio en la *dark web*.

Así pues, Gray iba a ir a un lugar seguro.

Un internado escondido en el bosque, en más de cien hectáreas de terreno, y estrechamente asegurado. Donde no conocía absolutamente a nadie.

—Te enviaré mensajes todo el rato —le prometió a su amiga mientras se ponía de pie dispuesta a hacer la maleta en serio—. Te aburrirás de escucharme.

—Nunca me aburriría de escucharte —le aseguró Chloe—. Y si alguien en ese estúpido internado se mete contigo, recuérdale que eres la hija de la primera ministra, joder.

• • •

Dos horas después, Chloe se había ido y la maleta de Gray estaba casi llena. Estaba introduciendo las últimas cosas cuando su madre llamó a la puerta de la habitación.

—Hay alguien que quiere verte.

Gray, que estaba sentada junto a la maleta metiendo lo que quedaba, alzó la vista sorprendida. Aparte de Chloe, no tenía permitido recibir visitas.

—¿Quién es?

La madre le dirigió una mirada misteriosa.

—Creo que es mejor que vengas a verlo tú misma.

Desconcertada, Gray la siguió por el pasillo.

Pensó que podía ser Julia. De hecho, desde la noche en el museo su madre no confiaba en nadie más.

No obstante, cuando entró en el salón, no era su guardaespaldas quien la estaba esperando. Era Jake.

Sin palabras, Gray se dirigió a su madre en busca de una explicación.

—Tengo algunas cosas que hacer. —La madre le apoyó ligeramente una mano en el hombro antes de añadir en voz baja—: Tenemos que irnos en una hora.

Gray esperó a que entrara en su dormitorio antes de abalanzarse. Bajo sus brazos, sintió que el cuerpo de él era demasiado delgado, si bien era fuerte y cálido.

—No puedo creer que estés aquí. Pensé que no volvería a verte.

Con ella aplastándolo en un abrazo, Jake respondió contra su pelo.

—Tu madre lo ha organizado todo. Creo que mi padre se equivocó con ella, ¿sabes?

Su acento norteño hizo que ese *sabes* adquiriera un significado totalmente nuevo, y eso era algo que también iba a echar de menos.

—¿Cómo has entrado? —preguntó—. ¿Y la prensa? Tu padre se va a volver loco como se entere.

—He entrado por el Ministerio de Relaciones Exteriores para que los fotógrafos no me vieran —respondió—. Me he sentido como un espía.

Gray lo condujo hacia el sofá.

—Te voy a echar de menos —dijo, no por primera vez.

—Estaremos en contacto todo el tiempo —prometió Jake—. Y vendrás a casa por Navidad, ¿verdad? Vendré desde Leeds para verte. Quedan menos de dos meses.

Era verdad. Sin embargo, dos meses parecían prolongarse hasta el infinito. Casi sesenta días en un internado rodeada de extraños.

Pensar en ello hizo que se sintiera vacía, y se apresuró a hablar para llenar el hueco. Le habló de hacer la maleta y de no saber qué llevarse. De que la carta que le había enviado la directora sugería incluir un «vestido formal» para algo llamado «baile de invierno».

—Y había toda una página llena de reglas. No salir del recinto sin permiso. No ir al bosque después de que oscurezca… —Levantó las manos—. ¿Dónde está este internado? ¿En Transilvania?

Jake, que había estado escuchando en silencio mientras ella hablaba sin parar, le sostuvo las manos entre las suyas.

—Odio que tengas que irte —le dijo en voz baja—. Pero no me cabe duda de que estarás bien. Y creo que es lo correcto.

Así de fácil, Gray estaba llorando.

Todo era mentira, todo lo que había reprimido, todo lo que había dicho acerca de que entendía por qué esto era algo que tenía que pasar y que era la decisión correcta.

—¿Qué pasa? —inquirió Jake, sorprendido—. Estabas bien en clase. Quieres irte.

—Lo sé. —Se limpió las lágrimas con el dorso de la mano—. Es solo que siento que me voy en el momento equivocado. Mi madre y yo por fin nos estamos llevando bien. Mi padre ha vuelto. Y tú…

—Gray. Aquí no estás a salvo. —Le apartó el pelo de la cara—. Lo sabes. No puedes arriesgarte.

—Lo sé. —Había dejado de llorar. Lo tenía todo muy claro. Sin embargo, lo miró con ansiedad—. ¿No te olvidarás de mí cuando me vaya? —Jake sacudió la cabeza e intentó responder, pero ella habló por encima de él—. La gente olvida. Y, Jake, odiaría que te olvidaras.

Él la miró fijamente a los ojos.

—¿Quién podría olvidarte, Gray Langtry?

Luego, la acercó a él y la besó por última vez. Y Gray trató de no pensar en que se trataba de un adiós.

• • •

Poco después de las cuatro de la tarde, cuando la última luz del día se estaba desvaneciendo en el cielo, un elegante coche de cuatro puertas del gobierno atravesó una espesa franja de bosque y se detuvo frente a unas altas puertas negras.

El coche se paró entre las sombras lúgubres de los pinos. Gray estaba sentada en el asiento del copiloto con la mirada fija en las sombras.

Hacía dos horas que se había despedido de sus padres en el número 10, antes de escabullirse por una de las entradas laterales. Ninguno de los medios de comunicación iba a ser informado de adónde había ido.

El viaje se había llevado a cabo en absoluto secreto.

En el asiento del conductor, Julia se quedó mirando las puertas. Sus manos aferraban el volante con fuerza.

Había aceptado el encargo con cierta vacilación. No le había contado muchas cosas a Gray. Por ejemplo, que había sido alumna del internado y que se había marchado bajo un manto de sospecha. Que no esperaba volver a poner un pie en ese sitio. Que todavía ese lugar se le aparecía en sueños, y también en sus pesadillas.

¿Cómo podía explicarle todo eso a una chica a la que se suponía que debía proteger?

Cuando Raj le pidió que viniera, dejó claro que tenía que ser ella.

«Te necesitamos allí, no solo por Gray, sino también por el resto de los estudiantes. Todos ellos son objetivos. Y tú conoces ese internado mejor que nadie en este edificio, excepto yo». Le dirigió una mirada. «Está empezando otra vez, Jules. Las cosas se van a poner peligrosas. Te necesitamos. Gray te necesita».

Julia sabía que tenía razón. Podía sentirlo. Y, al final, accedió a regañadientes.

Ahora miraba fijamente las intimidantes barras negras, y tenía el estómago tan agitado que pensaba que podía estar enferma.

—¿Cómo entramos? —preguntó Gray—. ¿Hay un timbre o algo así?

—No —contestó Julia sin pensar—. Hay que esperar. Si quieren que entres, te abren.

Como si la hubiera escuchado, la imponente puerta se estremeció y comenzó a deslizarse lentamente hacia atrás con un chirrido metálico.

—Supongo que quieren que entremos —comentó Gray.

Julia no respondió. En lo único en lo que podía pensar era: *Ten cuidado con lo que deseas.*

Raj tenía razón. Ella lo sabía todo sobre el internado. Conocía sus bosques y su suave césped, la pequeña capilla escondida en la espesura y las espeluznantes ruinas del castillo, en lo alto de una colina. También sabía que contaba con una seguridad de última generación. Que era el lugar al que presidentes, primeros ministros y la realeza confiaban a sus hijos. Porque pensaban que allí iban a estar a salvo.

Sin embargo, ahora nadie estaba a salvo. Ni siquiera aquí. Y ella tenía un trabajo: proteger a Luciérnaga.

Tenía la intención de hacerlo a toda costa.

• • •

Con la aprensión en aumento, Gray se asomó a la penumbra mientras la puerta se abría con un repiqueteo.

—Bien. —Julia encendió el motor del coche. Había mostrado un extraño nerviosismo durante todo el trayecto. Cuanto más se acercaban al internado, más callada estaba.

A Gray se le contagió su estado de ánimo, y cuando entraron en un camino de grava suave que se curvaba a través del bosque oscuro, se encontró temblando por un escalofrío.

Los faros del coche lanzaban destellos sobre los gruesos troncos de los árboles, que desaparecían entre las sombras que los separaban. El lugar parecía antiguo, prehistórico. Aislado del mundo.

En su regazo, Gray apretó las manos con nerviosismo. Tenía los músculos tan tensos que le palpitaba la cicatriz del cuello. Un recordatorio de por qué estaba allí.

Finalmente, el coche tomó una última curva oscura y una construcción apareció frente a ellas.

El edificio victoriano de cuatro plantas estaba iluminado con dramatismo por el sol poniente, que se perdía detrás de los altos tejados y se reflejaba en las agujas de metal negro que sobresalían como si quisieran apuñalar el cielo. Había luz en todas las ventanas y, por un momento, les dio la impresión de que el internado estaba ardiendo.

Gray dejó escapar el aire.

—¿Ahí es donde voy a estudiar?

Julia acercó el coche a los escalones bajos de la entrada y apagó el motor. El silencio que siguió duró demasiado.

—Bueno, supongo que hemos llegado. —Julia sonaba casi tan insegura como se sentía Gray.

Cuando abrieron las puertas del coche, el aire frío olía a agujas de pino y a hierba húmeda. Eso en sí mismo ya fue extraño para Gray, que al instante echó de menos el asfalto y la emisión de gases de Londres.

El lugar parecía estar extrañamente vacío, como si ellas fueran las únicas personas allí. Sus voces retumbaban en la quietud, por lo que hablaron en susurros mientras descargaban el equipaje.

Estaban moviendo las últimas maletas cuando dos figuras aparecieron a lo lejos, corriendo por la hierba hacia ellas. Eran altos y vestían de negro. Se movían con un atletismo casi sinuoso, y cada paso que daban estaba en sincronía.

Gray los vio primero. No le gustó la forma en la que se movían.

—Julia. —Había tensión en su voz—. Viene alguien.

A toda velocidad, la guardaespaldas dejó caer la bolsa que tenía en las manos y se interpuso entre Gray y los recién llegados.

Cuando los corredores se acercaron, Gray vio que eran un hombre y una mujer. De cerca parecían demasiado mayores como para ser estudiantes, pero muy jóvenes como para ser profesores. A su lado, notó que Julia se ponía rígida.

Los dos se detuvieron a poca distancia y comenzaron a caminar. A pesar del esfuerzo, no se habían quedado sin aliento. No estaban sudando.

La mujer le dijo algo al hombre, que retrocedió mientras ella seguía caminando hacia Gray y Julia. Tenía el pelo largo y dorado y la cara ovalada. Sus ojos eran del color de una inminente tormenta de invierno.

Julia retrocedió hasta situarse al lado de Gray, con las manos inertes a los costados.

Cuando la mujer se acercó a ellas pasó algo entre las dos, una chispa de reconocimiento. Y algo más, algo parecido a la desconfianza.

No obstante, en ese momento la mujer se giró hacia Gray y le sonrió.

—Tú debes ser Gray. —Su voz era firme, segura. Parecía no tener miedo en absoluto—. Me llamo Allie Sheridan. Soy la directora en funciones. —Extendió la mano—. Bienvenida a la Academia Cimmeria.

FIN

¿TE GUSTÓ ESTE LIBRO?

Escríbenos a

puck@edicionesurano.com

y cuéntanos tu opinión.

ESPAÑA 🇫 /MundoPuck 🇹 /Puck_Ed 🇮 /Puck.Ed

LATINOAMÉRICA 🇫 🇹 🇮 /PuckLatam

🇮 /PuckEditorial

¡Gracias por vivir otra
#EXPERIENCIAPUCK!

Ecosistema
digital

Floqq
Complementa tu
lectura con un curso
o webinar y sigue
aprendiendo.
Floqq.com

Redes sociales
Sigue toda nuestra
actividad. Facebook,
Twitter, YouTube,
Instagram.

AB

Amabook
Accede a la compra de
todas nuestras novedades en
diferentes formatos: papel,
digital, audiolibro
y/o suscripción.
www.amabook.com